고쳐쓰기,
좋은 글에서 더 나은 글로

고쳐쓰기,
좋은 글에서 더 나은 글로

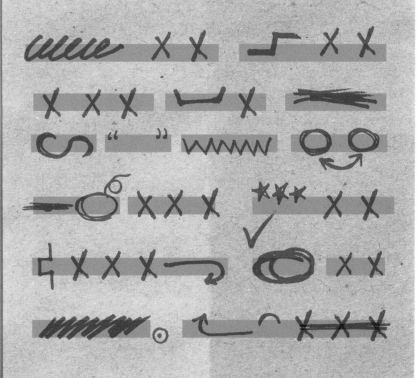

윌리엄 제르마노 지음

김미정 옮김

ON REVISION

논문에서 대중서까지 공부하는 작가를 위한 글쓰기, 편집, 출판 가이드

글항아리

우리 손으로 쓰는 더 나은 글을 위하여

1 (옮긴이) 원문은 "What's the story, morning glory?"이다. 뮤지컬 노래 가사인 이 문장은 등
 장인물들이 전화 통화로 소식을 전할 때 상대방 쪽에서 "그래 오늘은 무슨 일이야?"라고
 인사처럼 묻는 말이었다. story(스토리)와 glory(글로리)가 주는 운율감을 살리고자 mor-
 ning glory(나팔꽃)라는 단어를 썼고, 가사 뒷부분에도 이렇게 운율감을 살린 단어 쌍이 더
 나온다. 영국 록 밴드 오아시스의 1995년 앨범 제목이기도 하다.
2 1939년 《아기 사슴 플랙*The Yearling*》으로 퓰리처상을 받은 소설가

가르치기는 나누는 일이며, 글쓰기는 모으는 일이다.

-토니 모리슨Toni Morrison,
《뉴요커》 힐튼 알스Hilton Als와의 인터뷰(2003) 중에서

나팔꽃아, 오늘은 무슨 소식이야?[1]

-뮤지컬 〈바이 바이 버디Bye Bye Birdie〉(1960)의 대표곡
'더 텔레폰 아워The Telephone Hour'의 가사 중에서

제가 하는 말을 절대로 단정적으로 받아들이지 말고 하나의 예시로만 들어야
합니다. 어쩌면 이 모든 것이 전혀 다른 방식으로 완성될지도 모르니까요.
저는 그저 마지막에 좋은 효과를 낼 수 있도록 제안을 드리는 것뿐입니다.
완성본을 얻기 위해 동원하는 방법과 수단은 제가 예로 들었던 것과는
사뭇 다를 수도 있습니다.

-편집자 맥스 퍼킨스Max Perkins가 마저리 키난 롤링스Marjorie Kinnan Rawlings[2]에게 건넨 글쓰기 조언

오, 젠장! 쉬운 말로 말해줘요.

-제임스 조이스James Joyce의 《율리시스Ulysses》(1922)의 작중 인물인
몰리 블룸Molly Bloom이 해명을 요구하며 내뱉은 말

차례

일러두기

- 이 책은 윌리엄 제르마노William Germano의 《고쳐쓰기On Revision: The Only Writing That Counts》(The Univ. of Chicago Press, 2021)를 우리말로 옮긴 것이다.
- 주는 모두 각주로 처리했으며, 옮긴이의 주는 (옮긴이)로 표시했다.
- 원서의 이탤릭체는 본문에서 고딕체로 처리했다.

시작 버튼을
눌러라

나는 형편없는 새 관찰자, 탐조인探鳥人이다. 부주의할뿐더러 몹시 서투르다. 쌍안경을 활용하기는 하지만, 모름지기 탐조인이라면 자기가 찾고 있는 대상부터 잘 알아야 한다.

백로나 붉은꼬리말똥가리처럼 눈에 잘 띄는 새도 있다. 한번은 기차를 타고 가다가 허드슨강 변에서 대머리독수리를 발견하기도 했다. 새들은 날쌔고, 몸을 잘 숨기며, 서로 비슷비슷해 보이고, 한 곳에 머무는가 하면 잠시 왔다 가기도 한다. 화창한 날, 맨해튼 차들의 소음이 그리 방해되지 않을 때면 보이지 않는 새들의 아침 노랫소리가 내 방 창문으로도 흘러들어온다. 기껏해야 참새 정도겠으나 녀석들이 호기심 어린 내 눈을 피해 어디선가 안전하게 머물고 있을 거란 생각에 즐거워진다.

탐조인들 말로는 새들만의 고유한 소리가 있다던데 나는 그것을 익힐 만큼 충분한 시간을 들이지 못했다. 센트럴파크에 가보면 진정한 탐조인들을 볼 수 있다. 그들은 동상처럼 꼼짝도 하지 않고 다부져 보이는 쌍안경으로 어딘가를 보고 있는데—뭐가 있다는 거지? 어딘가에 있다고? 대체 어디에?—내 머리 위로 보이는 거라곤

파란색과 초록색 그리고 그림자뿐이다. 나로서는 찰나의 희열이었지만 희귀 철새류에 코앞까지 가까이 다가갔다(누군가 '저기야!'라고 속삭여서 알았다)는 데 만족해야 한다. 남쪽이나 북쪽으로 이동하는 철새들이 도심의 녹지 속에 잠시 머물며 흔적을 남겨주었다는 것을 기쁘게 여길 뿐이다. 하나 배운 것도 있다. 나무 덤불을 흩뜨리는 새들의 모습을 보기 전에 새소리—새들 사이의 신호 또는 나뭇잎들이 바스락거리는 소리('뭐지? 저쪽에 있나?' 하는 생각이 들게 만드는 소리)—를 먼저 듣게 된다는 것이다.

위 내용을 쓸 때는 앤 라모트Anne Lamott의 책을 염두에 두고 있었음이 틀림없다. 베스트셀러가 된 이 책의 제목 "새 한 마리씩 한 마리씩—글쓰기와 삶에 관한 몇 가지 교훈Bird by Bird: Some Instructions on Writing and Life"은 저자 가족의 일화에서 유래했다. 라모트가 어렸을 때, 당시 열 살이었던 그의 오빠는 새에 관한 리포트를 쓰느라 애를 먹고 있었다. '버거운 과제를 앞두고 단단히 얼어붙은' 아들을 지켜보던 아버지는 한 번에 하나씩, 새 한 마리 한 마리에 집중하라는 지혜로운 조언을 건넨다.[1]

라모트의 책은 이 책만큼이나 새와 별 관계가 없다. 사실 라모트는 학술 텍스트가 아니라 주로 픽션을 다루는 작가지만, 그의 일은 비유적으로 새 관찰과 비슷한 데가 있다. 한 번에 하루씩, 한 번에

---

1   Anne Lamott, *Bird by Bird: Instructions for Writing and Life*(New York: Anchor, 1995), p. 18. [한국어판: 앤 라모트, 최재경 옮김, 《쓰기의 감각—삶의 감각을 깨우는 글쓰기 수업》(웅진지식하우스, 2018)]

한 단계씩, 한 번에 하나씩 다룬다는 점이 그렇다. 학술적 글쓰기를 해야 하는 이들에게는 새로운 연구논문이나 자료보관함, 이론, 끝없는 구글 검색이 이에 해당할 것이다. 이렇듯 우리가 포착하려는 새는 더 크고 복잡하다. 우리 각자는 자기가 쓰는 글의 유형에 적합한 전문 훈련을 받았을지 모르지만, 적어도 가끔은 버거운 과제 앞에서 꼼짝할 수 없는 막막함에 압도당하곤 한다.

새들의 세상이든 글자들의 세상이든 중요한 것은 경청이다. 귀로 읽어야 할 것이 상당히 많다. 다시 읽고 또 다시 들어야 할 것이 많다. 경청은 글쓰기와 퇴고 과정에서 다 필요하며, 이 책의 요지도 결국은 경청이라고 할 수 있다. 한 번에 한 버전만 다뤄야 한다. 한 버전을 온전히 고친 뒤, 새로운 자세로 다시 집중해서 고쳐야 한다.

잘 쓰인 글은 아무거나 골라 읽어도 그 속에서 글쓰기의 작동 원리를 배울 수 있다. 새를 찾듯 좋은 글을 찾고 들어보라. 홍관조와 매, 독수리처럼 화려한 색과 커다란 몸집에만 주목하지 말고 소리에도 귀 기울여야 한다. 새들의 신호, 저 높은 데서 수풀이 바스락거리는 소리, 바로 발밑에서 나는 소리에도 집중해야 한다.

좋은 글은 설득력 있는 짜임새를 갖추고 있다. 하지만 보기에만 좋을 뿐 아니라 듣기에도 좋다. 여러분도 이미 알고 있는 사실이다. 성공한 작가들에게는 그게 무엇이든 자기만의 노하우가 있다는 것도 우리는 익히 알고 있다. 잘 쓰인 글을 읽다 보면 문장의 의미나 논의를 완전히 이해하기도 전에 좋은 글처럼 들린다는 것을 종종 경험한다. 글에 대한 이런 반응은 결코 사소한 것이 아니다.

이렇게 볼 때 글을 고치는 과정에서 지켜야 할 철칙은 매우 간단하다. 글을 듣는 것이다. 이는 글을 쓸 때도 최고의 방법이다. 나는 이 사실을 깨우치기까지 참 오랜 시간이 걸렸다. 크게 소리 내어 읽어라.

(나를 포함해) 많은 사람이 말하는 "크게 소리 내어 읽으라"에는 다양한 뜻이 담겨 있다.

크게 소리 내어 읽어라. 그러면 그 글이 얼마나 혼란스러운지 듣게 될 것이다.

크게 소리 내어 읽어라. 그러면 똑같은 단어가 반복되는 소리를 듣게 될 것이다.

크게 소리 내어 읽어라. 그러면 주장의 핵심이 얼마나 빨리 지나가 버리는지 알게 될 것이다.

크게 소리 내어 읽어라. 그러면 순간순간 무슨 일이 벌어지는지 알게 될 것이다. 독자를 곤혹스럽게 만들어놓고 이내 뚝 끊어지는 난해한 문장을 발견할 것이다. 급변하는 어조 탓에 마치 다른 사람이 불쑥 끼어들어 말하는 듯한 지점도 나타날 것이다.

크게 소리 내어 읽어라. 그러면 어디서부터 점점 지루해지는지 알게 되고, 어디에서 나의 에너지와 열의가 터져나오는지도 발견하게 될 것이다.

이 모든 것을 들을 수 있겠는가?

물론 글은 짜임새 있는 소리, 그 이상을 의미한다. 글은 무언가에 관한 소리, 무언가를 위해 발생시키는 소리다. 쓰고, 고쳐쓰고 또 고쳐쓰는 행위—쓰기와 퇴고—를 좌우하는 것은 이른바 청각적 읽기acoustic reading다. 소리는 무언가를 더해준다. 어쩐지 좋은 글은 집중해서 듣게 될 때 더 좋은 글이 된다. 개념들이 움직였다가 멈추고 또다시 급히 움직이는 것을 잘 들어보면 글 속의 개념들이 나보다 글의 방향을 더 잘 알고 있는 듯하다.

실제로 그렇다.

글 쓰는 모든 이가 씨름하는 야곱[2]과 같다. 다만 이들은 천사 대신 관점과 씨름한다. 글을 쓰는 모든 야곱은 무엇보다도 관점부터 찾아야 한다. 집필 초기 단계든 아니면 뒤늦게라도 초안을 다시 한 번(어쩌면 서너 번) 천천히 검토하면서 내가 말하고자 하는 것, 그리고 이를 다른 사람들에게 들려줘야 하는 이유를 찾아내야 한다. 고쳐쓰기는 말하려는 바를 나 스스로 이해하게 되는 첫 단계다. 동시에 고쳐쓰기는 편집자에게 글을 넘겨주기 전에, 그리고 내 글이 편집자를 통해 세상 밖으로 나오기 전까지 내 할 말을 정확히 담아내는 마지막 단계이기도 하다.

여러분의 글에 적용되는 진실은 지금 이 책에도 그대로 적용된다. 주제를 생각해보니 이 책이 어떻게 나오게 됐는지 간단하게나마 이야기하는 것이 좋겠다. 오랫동안 나는 고쳐쓰기, 특히 복잡한

---

2   (옮긴이) 성서의 창세기 일화. 복을 얻고자 밤새도록 천사와 씨름했던 야곱의 이야기에서 따왔다.

시작 버튼을 눌러라

글을 고쳐쓸 때 중요한 사항들을 잘 엮어 지면에 담고 싶었다. 다른 사람들도 궁금해 할 것이라 생각했다. 저자라면 누구나 고쳐쓰기라는 문제에 부딪히니 말이다. 하지만 내가 찾아보니 글쓰기 관련 책 중에서 퇴고 방법을 알려주는 거라곤 몇 쪽 분량의 간단한 격려문밖에 없었다(왜 고쳐써야 하는지 알려주는 것은 더더욱 없었다).

유독 이 분야의 연구가 부족한 탓일까? 글로 정리하기에는 고쳐쓰기가 너무 어려운 주제여서일까? 학생들의 리포트를 검토하거나 동료 연구자의 논문 초안을 애정 어린 시선으로 읽어보는 것과는 별개로, 전문 작가, 글쓰기 훈련을 받은 전문가, 혹은 글쓰기에서 이미 고급 수준에 오른 학생이 고쳐쓰기에 관해 아직 모르는 게 있고 그래서 그에 관해 조언해주고 싶은 게 있다면 정확히—'정확하다'는 난해한 말이지만 여기서만큼은 강조하고 싶다—무엇일까?

나는 이 책을 쉽게 쓸 수 있을 거라고 생각했다. 경험을 통해 이미 많은 자료를 쌓아둔 상태였기 때문이다. 첫 경력으로 학술서 편집자 겸 발행인으로 일할 때는 훌륭하고 탁월한 원고라 해도 그 안에서 약점을 발견해 고치고, 다듬어지지 않은 글의 잠재력이 제대로 드러나도록 만들었다. 결국 편집자의 모든 작업은 읽고 다시 읽고, 쓰고 다시 쓰고, 다른 사람들도 그렇게 하도록 돕는 능력으로 귀결된다.

나는 교사이기도 하다. 지난 15년간 공학, 예술, 건축을 전문으로 가르치는 쿠퍼 유니온Cooper Union이라는 작은 대학에서 똑똑한 학부생들을 가르쳐왔다. 나는 글솜씨가 뛰어나다는 이유로 이 학교에 들어온 사람은 아무도 없다고 최대한 정중히 학생들에게 일러주곤 한다(물론 몇몇은 정말 글을 잘 써서 입학했다). 신입생들을 대상으로 한 나의 글쓰기 수업에서는 '글쓰기에 관한' 것만 다루지 않는다. 읽기, 쓰기, 생각하기도 모두 다룬다. 글쓰기만 다룬다면 아무 의미가 없다. 적어도 내게는 그렇다. 초창기 업무 경험과 더불어 내가 교실에서 보낸 시간도 분명 고쳐쓰기에 관한 글을 쓰는 데 중요한 실마리를 제공했다.

마지막으로, 내가 고쳐쓰기에 관한 책을 쓰는 데 가장 중요한 밑거름이 된 것은 다수의 책을 써본 경험이다. 다른 저자의 출간 작업을 숱하게 도와왔지만 내 책을 펴내는 데도 각고의 노력을 기울여왔다. 초안을 쓰고 버리고, 구조를 바꾸거나 다른 표현을 찾아보고, 대대적으로 글을 뒤엎는가 하면 세밀하게 다듬어보기도 했다. 이 모든 작업에도 불구하고 내가 말하려는 바가 정확히 표현되지 않을 때는 그나마 저자로서 직접 경험한 것이 있었기에 언제든 그때를 되짚으며 생각을 정리할 수 있었다. 《논문에서 책으로*From Dissertation to Book*》는 일종의 자동차 수리 설명서처럼, 박사과정생들과 최근 학위를 취득한 박사들에게 도움을 주려고 쓴 책이었다. 이 책에서 제공하는 조언들도 여전히 유용해 보이지만, 지금 여러분이 읽는 이 책에서는 더 깊은 바다를 탐험하고 싶었다. 특정 유형의 학술적 텍스트를 고쳐쓰는 데서 나아가 더 큰 질문을 던져보려 했다. 글을 쓰고 또 글을 고칠 때 우리는 무엇을 하고 있다고 생각하는가?

그러나 막상 이런 내용을 지면에 담으려니 만만치가 않았다. 지금 여러분이 보고 있는 쪽만 해도 여러 번 수정하고 관점을 변경해 얻은 결과물이다. 처음, 전체 원고를 시카고대학 출판부에 보낸 뒤 전문 독자 검토서가 도착하는 대로 하나하나 읽으며 반응을 살펴보았다. 아직 손봐야 할 게 많은 원고였다. 그래서 다시 초고를 펼쳐놓고 읽고 읽고 또 읽으면서 전달이 미흡한 부분들을 찾아내려고 경청했다. 이 구절은 너무 도식적인가, 저 구절은 너무 일화만 내세웠나? 그렇게 살펴보니 내가 써놓은 글은 이 책의 하나의 버전일 뿐, 완성된 버전은 아닌 듯했다.

나는 애초에 품었던 전제와 의문, 그리고 나만의 아카이브(본문에서 자세히 살펴볼 개념)로 돌아갔다. 교정교열 매뉴얼을 쓰려던 것은 분명 아니었다. 나는 글쓰기의 원리, 특히 학술 출판사에서 글을 다루는 방식과 원칙, 그리고 이에 못지않게 중요한 실용적인 문제들을 하나의 구도 안에 넣고 싶었다. 그런데 당장 원고를 제대로 고치려면 나부터 이것들을 빠짐없이 고려해야 했다(이 얼마나 아이러니한 일인가). 여러 번 수정을 거친 이 책은 애초에 작성한 초안과 비슷하면서도 다르다. 하지만 이 모든 것은 독자인 여러분에게 전혀 중요치 않다. 어차피 여러분은 지금 내가 보여주는 버전을 볼 뿐이니 말이다. 여러분이 읽고 있는, 읽을 가치가 있는 글이 다 일련의 수정본 중 마지막 버전이다. 출간된 모든 텍스트가 수개월간의 습작, 생략, 철회, 번득이는 통찰의 짜릿한 순간 끝에 나온 작품이라는 생각이 들어도, 무슨 글을 읽든 갑자기 독자로서 연민이 발동해 저자가 그 페이지에 적절한 단어를 찾으려고 고심한 흔적을 조금이나마 느꼈다 해도, 여러분은 자연스레 그런 생각을 멈추고, '무슨 상관이야. 어차피 나는 저자가 여기 써놓은 것만 읽는 건데'라고 여길 것이다. 마땅한 생각이다. "내가 쏟아부은 노력이 얼마인데!"라고 저자가 한탄해봤자 소용없다. 이 단순하고도 가혹한 진실을 잘 알기에 저자는 글을 다듬으면서 고쳐쓰기에 심혈을 기울인다.

목적 없이 뒤섞여 있는 듯한 단어들을 앞에 두고 막연히 고민하는 단계를 넘어서려면 어떻게 해야 할까? 지침을 세우는 것도 유용하고, 목표와 규칙을 설정하는 것도 도움이 된다. 여기에 직관을 더해야 한다. 글쓰기는 기계적으로만 진행되지 않는다. 루드비히 베멀먼즈Ludwig Bemelmans의 고전 동화 《마들린느Madeline》에 등장하는 주의력 깊은 클라벨 선생님은 포도나무로 뒤덮인 파리의 오래된 기숙사에서 뭔가 이상한 낌새를 감지한다. 누군가 크게 우는 소리를 들었던 것일까? 아니면 그의 직관이 무언가를 먼저 일러준 것일까? (스포일러: 알고 보니 마들린느가 맹장염에 걸렸던 것이고 결국에는 잘 해결된다.)

직관은 여러분을 포함한 모든 저자에게 매우 귀중하다. 우리가 '직관'이라고 말하는 기술을 사용하려면 감각 단서의 증거와 연습이 필요하다. 직관은 여러분이 만들고 세우고 발전시킬 수 있다. 직관 없이 글을 쓰거나 고치기란 어려운 노릇이다. 그렇다면 대체 직관이란 무엇일까? 아마 직관은 우리가 정확히 규명하지는 못하지만 저자가 꼭 갖춰야 할 기술을 통칭하는 말일 것이다.

정확히 규명되는 기술, 실용적인 기법, 작업 노트, 직관, 직감, 예감. 썩 어울리는 조합은 아닌 듯하나 글을 쓰고 고칠 때는 이 모두를 활용해야 한다. 그러나 초안 검토에서 가장 중요한 것은 세심하게 읽고, 동시에 내가 내는 소리를 주의 깊게 들으면서 내가 말하려던 것을 살펴보는 것이다. 단순히 묘사하거나 설명하는 것이 아니라 말하려 했던 것을 찾아야 한다. 글의 성격에 따라 어떤 것은 묘사하고 어떤 것은 설명해야 할지라도 말이다. 고쳐쓰기란 오류를 고치는 것보다는 글의 의도를 더 분명히 벼리고, 나의 글을 바닥부터 찬찬히 생각해봄으로써 내가 하는 작업, 내가 가려는 방향, 독자를 특정 방향으로 이끌려는 이유를 명확히 하는 일에 가깝다.

고쳐쓰기는 틀린 글자를 수정하는 것도, 완전히 재창조하는 것도 아니다. 고쳐쓰기는 바로잡아가는 일이다. 주의 깊게 글을 고치다 보면 차량 내비게이션 음성이 "경로를 재탐색합니다"라고 말하는 것처럼 생각의 경로를 틀어야 할 때도 있다. 단 몇 분이라도 길을 잃었다고 생각될 때 고쳐쓰기를 하면 방향성 없는 경로에서 되돌아오게 된다. 때에 따라 적절히 경로를 다시 탐색해보자. 이것이야말로 길을 잃었을 때 배움을 얻는 직관적인 능력이자 경로에서 이탈했더라도 다시 길을 찾을 수 있는 방법임을 알게 될 것이다. 어쩌면 새로운 경로를 찾을지도 모른다.

관건은 직관과 주의력이다. 훌륭한 초고를 쓰는 것이 정보에 입각한 듣기informed listening라면, 초고를 고치는 것도 이와 크게 다르지 않다. 다만 고쳐쓸 때는 초안을 쓸 때보다 난잡한 부분들이 줄어들 뿐이다. 이렇게 글을 고치고 나면 새 버전이 효과를 발휘하길 바라게 된다. 지금쯤 여러분은 이 책이 일종의 글쓰기 레시피도 아니거니와 글쓰기의 열반에 도달하는 지름길은 더더욱 아니라는 점을 파악했을 것이다. 사실 곧이어 읽게 될 2장과 3장에서는 잠시 호흡을 가다듬고 자기가 가진 것, 자기가 아는 것, 자기가 효과적으로 말하려는 것을 되돌아보게 할 것이다. 그다음 4장부터 6장까지는 고쳐쓰기를 실행하는 세 가지 방식을 집중적으로 다룬다. 이 중 하나를 택할 수는 없다. 세 가지가 모두 필요하다. 마지막 7장에서는 모든 내용을 정리한다. 이 책은 분량이 그리 많지 않기 때문에 내용을 읽고 요점을 정리한 뒤 여러분의 글에 충분히 적용해볼 수 있다. 물론 그 과정에서 길을 잃고, 다시 길을 찾고, 더 나은 길을 찾게 될수도 있다.

이 책이 내가 바라는 효과를 낼지는 다른 사람들이 판단할 몫이다. 독자들이 책을 읽고 난 뒤에야 판단이 내려질 테니 말이다. 나는 그저 최선의 버전을 만들고자 최대한 내 글을 경청했다는 것만 말할 수 있다. 이제 판단은 여러분에게 달려 있다.

2

좋은 글에서
더 나은 글로

이제 막 글 한 편을 다 썼는가? 축하한다. 이제 그 글을 다시 다듬어 써보자. 지금 눈앞에 있는 글이 괜찮긴 해도 아직은 불완전하다. 그 불완전함에 독자와 나 자신이 더 만족할 만한 글이 될 가능성이 숨어 있다.

이 이야기를 책이 아니라 학술논문 퇴고에 관한 수업에서 한다면, 강의계획서 첫머리에 다음과 같은 내용이 실릴 것이다.

작문 316: '퇴고로서의 작문, 작문으로서의 퇴고'. 글을 쓰면서 글쓰기에 관해 생각하는 법. 빨간펜을 들고 초고를 검토할 때 지금 무슨 작업을 하는지, 무엇을 찾고 있는지, 어떤 결과물을 내려는 것인지 잘 알고 있는가? 수업 준비물: 주의력, 인내, 작업하던 원고의 완전한 또는 거의 완전한 초고. 예민함은 선택 사항.

이 수업의 일부는 학술적 글쓰기에 통용되는 텍스트 의사소통의 철학을 다루고, 다른 일부는 자기 생각을 알아낼 수 있다고 스스로를 속이는 일련의 전략을 다룰 것이다.

공공연한 비밀을 하나 얘기하자면, 적어도 가끔은 작문과 퇴고의 부담 때문에 겁이 나도 괜찮다. 작은 불씨를 큰 불꽃으로 키울 만큼 주제에 집중하지 못하기 때문에 많은 아이디어가 흐지부지되기도 한다. 반대로, 아이디어 자체가 애초에 '좋은 감'을 넘어설 만큼 강력하지 않을 때도 같은 결과가 나타난다. 그러니 예민한 자세로 글을 대하자. 지금 내 글의 목적이 무엇인지 집요하게 캐묻자.

"잠깐!" (이 책 소개문을 다시 한번 확인한 독자가 말한다.) "지금 이건 고쳐쓰기가 아니라 그냥 글쓰기 얘기잖아. 나는 맨 처음부터 시작하는 것이 아니라 글을 고치는 요령을 알고 싶단 말이야. 대체 이게 다 무슨 소리야?"

"좋은 질문이군." 교실이었더라면 모두가 고개를 끄덕이며 이렇게 말했을 것이다. 이 책이 이른바 '글쓰기'와 구별되는 '퇴고'만을 다룬다고 하기는 어렵다. 그러니 둘을 적절히 다루겠다.

저자는 퇴고자이자 학습자

장르나 형식과 관계없이 모든 글은 글쓴이가 여러 번 들여다볼수록 더 좋아진다. 고쳐쓰기란 단순히 글을 다듬는 것이 아니다. 고쳐쓰는 과정에서 무슨 일이 생겨난다. 마치 강의실 안에서의 상황과 비슷하다. 데이비드 구블라David Gooblar는 《우리가 놓친 과정The Missing Course》에서 이렇게 논했다.

우리는 학습이 고쳐쓰기 행위와 매우 비슷하다는 것을 잘 알고 있다. 학생들은 강의실 안에서 수업 주제와 세상사와 관련한 자기들의 생각을 이것저것 꺼내놓는다. 학생들의 이런 선개념들은 새로운 지식을 습득하는 과정에서 중요하게 작용한다. 배움이란 새로운 지식을 받아들이기 위해 현재의 것을 수정하고 변경하는 작업이다. 이 일은 저절로 이루어지지 않는다.[1]

구블라의 조언은 글쓰기 과정에도 잘 들어맞는다. 고쳐쓰기는 학습을 묘사하는 꽤 설득력 있는 비유라고 할 수 있다.

이 교수법의 요점—학생들이 본디의 인식을 고쳐 새롭게 이해하도록 돕는 것, 즉 스스로를 새로운 방식으로 이해하도록 돕는 것—은 글쓰기 이론과도 상통한다. 즉 고쳐쓰기는 새롭게 이해하는 것 re-understand이다. 단순히 내가 쓰고 있는 것을 새롭게 이해하는 데서 나아가, 글 속에서 움직이고 있는 일련의 아이디어와 나 사이의 관계를 새롭게 이해하는 것이다. 적어도 부분적으로, 내가 쓰는 게 곧 나다. 원고를 고칠 때면 나 자신의 일부도 다듬게 된다.

이렇게 다듬고, 새로운 형태를 만들고, 다시 세워가며 더 나은 글을 만들려는 일련의 노력은 일부 의도적이고 일부 자동적이다. 때로는 무심코 글을 고친다. 손을 보면 더 나아진다는 것을 직관적

---

1   David Gooblar, *The Missing Course: Everything They Never Taught You about College Teaching*(Cambridge, MA: Harvard University Press, 2019), p. 17.

좋은 글에서 더 나은 글로

으로 알기 때문이다. 그런가 하면 글쓰기 과정의 하나로서 주의 깊게 고쳐쓰기를 할 때도 있다. 마치 내면의 글쓰기 선생이 나서서 '좋은 소식을 전해주지. 드디어 고쳐쓰기를 할 단계라네!'라고 일러주는 듯하다.

윌리엄 진서William Zinsser는 그의 고전적classic('유서 깊은venerable'은 너무 어감이 강하다) 저서 《글 잘 쓰는 법*On Writing Well*》에서 우리가 겪어봤을 법한 감정을 공유한다.

> 다듬는 과정을 즐기자. 나는 글쓰기는 좋아하지 않지만 고쳐쓰기는 아주 좋아한다. 특히 잘라내기를 좋아한다. 삭제키를 눌러 불필요한 단어나 문구나 문장을 없애는 것이다. 따분한 표현을 더 정확하고 빛깔 있는 말로 바꾸는 것도 좋아한다. 문장과 문장의 연결을 튼튼하게 만드는 것도 좋아한다. 단조로운 문장을 유쾌한 리듬과 우아한 선율이 있는 문장으로 바꾸는 것도 즐겁다. 작은 것을 하나하나 고쳐나가다 보면 내가 도달하고자 하는 곳에 좀 더 가까이 다가가고 있음을 느낄 수 있으며, 결국 그곳에 도달했을 때는 게임을 승리로 이끌어준 것이 글쓰기가 아니라 고쳐쓰기였음을 깨닫게 된다.[2]

2   William Zinsser, *On Writing Well: The Classic Guide to Writing Nonfiction*, 30th anniversary ed.(1976; New York: Harper Perennial, 2006), p. 87. [한국어판: 윌리엄 진서, 이한중 옮김, 《글쓰기 생각쓰기》(돌베개, 2007)]

이 느낌을 목표로 삼아야 하며 그런 순간이 찾아오면 이를 충분히 누려야 한다.

하지만 컴퓨터 모니터를 마주하고 있으면 도무지 이런 느낌이 들지 않는다. 나 홀로 초고를 검토할 뿐이니 말이다. 이때 태도를 바꿔 외부인의 시선으로 내가 해놓은 작업을 들여다볼 수 있다. 그 과정에서 떠오르는 격려의 말이나 비판을 마음속에 새기고, 모니터 앞으로 돌아가 써놓은 글을 다시 살펴보면서 초고를 더 낫게 다듬어보는 것이다.

솔직히 말해 나는 목표한 바를 정확히 담아낸 글을 한 번도 못 써본 것 같다. 몇 번을 고쳐 썼다 해도 막상 출간되고 나면 더 견고하고 명확한 글을 만들 수 있었겠다는 아쉬움이 들고, 조금 더 다듬을 부분이 눈에 들어오곤 한다. 최종 인쇄물로 나온 원고를 다시 들여다보지 않는 이유 하나는 이제 더는 고칠 수 없어서다. 이미 끝난 작업을 굳이 검토할 이유는 없지 않은가?[3] 나와 같은 이유로 자신의 출연작은 절대 보지 않는다고 밝힌 유명 영화배우들의 말은 큰 위안을 준다. 이미 끝난 일이고 어차피 관심을 쏟을 다른 일이 또 있지 않은가. 어떤 작업을 완전히 끝냈다면 다시 읽지 않아도 괜찮다. 하지만 그 정도까지 원고를 완성하려면 반드시 고쳐쓰기

---

3 "개정판도 있지 않은가?"라고 말할 사람도 있을 것이다. 물론 그렇다. 하지만 개정판 도서는 예외로 보아야 한다. 출판사의 개정판 출간은 이례적인 경우이며, 대개 이는 꼭 필요한 부분을 갱신하거나 바로잡고 때로 새로운 장을 추가하는 데 그칠 뿐, 원고 전체를 새롭게 구성하는 경우는 드물다.

를 거쳐야 한다.

커피와 글쓰기에 의지해 살아가며 지칠 줄 모르는 창작혼을 불태운 19세기 프랑스 대문호 오노레 드 발자크Honoré de Balzac는 1833년에 발표한 《외제니 그랑데Eugénie Grandet》의 수정본(그림 2.1)을 남겨두었다. 현재 모건 도서관에 소장된 이 문서는 내가 무척이나 좋아하는 자료다. 곳곳에 적힌 수정 내용을 보라! 그만큼 여러 번 다시 생각했다는 뜻이다. 이렇게까지 심도 있게 글을 살펴보면서 다듬을 곳을 맹렬히 찾았던 것은 발자크의 집필 방법에 관해 기자가 인터뷰를 통해 캐낼 수 있는 것보다 훨씬 많은 것을 보여준다.

발자크의 이 원고를 보고 숨이 턱 막히는 것은 여러분만이 아니다. 발자크는 원고에 고쳐쓰기를 해둔 것을 언론사에 보내는 작가였다. 분명 조판을 마친 원고였으나 여전히 엉망진창이었다. 삭제, 수정, 재배치, 삽입 등 사방에 고쳐쓰기를 해둔 원고였으니 말이다. 발자크의 고쳐쓰기 기법을 보면 전자기기를 동원한 개작 기법이 나오기 전에 그가 나름대로 활용했던 모든 기술을 확인할 수 있다. 발자크는 이러한 과정을 거쳐 자기가 세상에 선보이려 했던 바로 그 단어들을 내놓을 수 있었다. 자신의 결과물이 완벽했다고 생각했을지는 모를 일이지만, 그가 남긴 증거들을 보면 그가 얼마나 집필에 심혈을 기울였는지 여실히 알 수 있다.[4]

발자크 이후로 두 세기가 흘렀고, 손쉬운 디지털 도구의 유익을 누리게 된 우리의 과업은 발자크의 일보다 분명 수월해졌다. 몇 초

[그림 2.1] 오노레 드 발자크의 《외제니 그랑데》 자필 원고(장 번호: 31r, 1833년). 타자기로 작성한 원고 위에 군데군데 손으로 고친 흔적이 보인다. 모건 도서관 및 박물관 소장(수납 번호: MA 1036, 구매연도: 1925년).

사이에 글을 덧붙이고, 삭제하고, 재배치하기도 하고, 흠이 있다고 판단되는 버전은 키보드를 몇 번 눌러 지우고는 더 낫다고 판단되는 것으로 대체할 수도 있다. 하지만 이런 작업은 어떻게 이루어질까? 기술적인 장치들이 우리를 더 나은 저자로 만드는 것일까? 더 나은 교정자로? 무엇이 우리의 고쳐쓰기를 밀어붙이고 이끄는 것일까?

잠시 이 책의 마지막 장에서 말할 법한 내용으로 훌쩍 넘어가서 조금은 기묘한 의인법을 써보려 한다. 우리가 고쳐쓰기를 하는 목적은 자기가 진심으로 생각하는 바 또는 독자가 받아들일 만한 것을 찾아내는 데 그치지 않는다. 글 자체가 원하는 바가 무엇인지도 알아내야 한다. 글에 맥박 같은 것이 있을지는 모르겠으나 내 글에서 그런 생생함이 느껴졌으면 하기 때문이다.

만약 내 아이디어가 살아 있는 생물 같아서 돌보고 단장하고 영양을 공급해줘야 한다고 상상한다면 글이 전과는 어떻게 다르게 느껴질까? 완전히 '제어할' 수는 없으나 공존하고 싶은 거대한 야수처럼 느껴질까?

시간과 공을 들일 만큼 가치 있다고 여겨지는 것을 글로 쓸 때, 우리가 가지런히 배열하는 것은 단어만이 아니다. 우리는 그 속에

---

4   출판업자도 발자크의 원고를 보면 기합을 칠지 모른다. 디지털 방식을 동원하는 오늘날에도 교정 단계에서 발자크가 했던 것만큼 고쳐쓰기를 하기에는 너무 늦다. 비용도 많이 들거니와 출간이 지연될 수도 있다. 출판 계약을 체결할 때 교정 작업을 위한 소정의 비용을 명시해두는 것이 일반적이지만, 해당 금액을 넘어서는 부분은 저자가 부담해야 한다.

서 어떠한 아이디어도 발견한다. 제대로 글 속에 담아낸 아이디어라면 전에 생각하고 표현했던 것과는 전혀 다른 방식으로 나타날 것이다.

최고의 효과를 발휘하는 글은 각 부분이 충실히 제 역할을 하는 덕분에 전혀 군더더기가 없다고 느껴진다. 주제를 제시하면서 주장의 타당성을 충분히 보여주고, 오해를 바로잡고, 독자가 숨을 고르며 방금 읽은 부분을 잘 소화할 틈도 허락한다. 이런 글을 쓰려면 우선 자기가 쓴 초안을 경청하면서 혹시 더 손대야 할 데가 있는지 살펴야 한다. 귀 기울여 들어야 한다. 귀—마음속에 있는 귀—는 퇴고자의 가장 소중한 도구다.

고쳐쓰기를 할 때 우리는 거의 살아 있다고 느껴지는 실체로서의 아이디어('글감', '글의 알맹이', '핵심 개념')가 지니는 특별한 점을 최대한 보호하고 싶어진다. 고쳐쓰기는 효과를 내지 않는 것, 즉 군더더기가 무엇인지 가려내는 일이다. 보고 들어야 한다. 고쳐쓰기를 배운다는 것은 모든 저자—명망 있고 탁월하며 영향력 있는 최고의 저자도 예외는 아니다—가 때로는 형편없는 개념, 또는 좋든 나쁘든 지금 쓰는 글에 어울리지 않는 개념을 가지고 있음을 인정하는 것을 의미한다. 그렇기에 고쳐쓰는 것이다. 이렇게 작업해나가며 스스로 깨달음을 얻는다.

좋은 글에서 더 나은 글로

청각적 읽기, 청각적 쓰기

그렇다면 21세기의 저자는 뭐라고 정의할 수 있을까? 살짝 짓궂게 말하면, 저자는 적절한 타이핑 기술을 갖춘 한 쌍의 훌륭한 귀다. 물론 생각하고 논쟁하며 정교하게 가다듬고 형태를 잡는 것도 전부 글쓰기에 속한다. 하지만 초안을 마음속으로 귀 기울여 듣는 것이야말로 차이를 만들어내는 핵심이다.

고쳐쓰기는 초안으로 돌아가 지금까지 써놓은 글 속에 무엇이 담겨 있는지 듣고자 노력하는 과정이다. 무엇을 놓쳤는지, 무엇이 방해가 되는지, 문장 배치나 어조는 적절한지 살핀다. 또한 말해야 할 것, 말하지 말아야 할 것(완전히 지우거나 때로는 함축적으로만 표현할 것), 다른 방식으로 말해야 할 것도 염두에 둔다.[5]

이를 위해 우리는 각자의 전문성을 두 배로 발휘하지만, 때로는 자기만의 아카이브를 찾아보기도 하고, 낯선 학문 분야와 작문 기법도 공부하고, 다른 분야와 자료에서 끌어온 은유적인 지식을 탐구하기도 한다.

목소리가 없는 것들에도 귀를 기울여야 한다. 지질학자들은 암석의 형성 과정을 보여주는 증거를 조사함으로써 '암석이 우리에게 말해주는 것'을 이해하도록 돕는다. 농부들은 농사를 짓기 시작

5　내가 이 장을 몇 번이나 다시 썼는지 세다가 그만두었다. 심지어 한 번 고쳐썼다는 게 어디서부터 어디까지를 뜻하는지 헤아리는 일도 그만두었다. 하지만 매번 변형을 시도할 때마다 글이 크게 달라졌다.

고쳐쓰기

하면서부터 땅이 무엇을 말하는지 깨달아왔다. 올바른 도구를 가지고 올바른 질문을 던지면서 주의 깊게 대답을 듣노라면 옥수수 한 알에서도 토양과 기후 변화에 관한 정보를 얻을 수 있다. 작은 암석이나 옥수수 한 알처럼 아무 말이 없는 원고 초안도 우리에게 이런저런 것들을 말해준다.

하지만 글은 돌이나 식물과는 다르다. 글은 하나의 역설이다. 입을 굳게 다물고 있다가도 누군가 읽어주기만 하면 끝없이 이야기를 늘어놓는다. 저자인 우리는 무언가를 말하고 있는 글이 나의 진의를 잘 드러내주길 바라는 마음으로 글을 고친다. 내가 쓴 글을 잘 들어야 하는 이유도 여기에 있다. 단어 자체를 넘어 단어들이 이루는 층위와 기원, 간격과 휴지, 단어들이 개념을 만들어나가는 크고 작은 모양새도 들을 줄 알아야 한다. 더 나은 저자가 되고 싶은가? 그렇다면 단어들의 작용을 더 주의 깊게 듣길 바란다.

알고 보면 글쓰기는 무언가를 한데 모으는 일이다. 글쓰기는 여러분 자신, 여러분의 모든 경험과 생각, 여러분이 추앙하는 글쓰기 감각 사이에 작동하는 것이다. 이 모든 것을 묶어 글쓰기 관행이라 할 수 있다. 여러분만의 글쓰기 관행은 반복하고 수정해가며 터득하는 것으로서 헬스장에서 하는 준비운동이나 키보드 연습과도 같고, 새들이 매년 둥지 트는 방법을 배우는 방식과도 같다. 이렇게 함으로써 언어와 아이디어들이 한 자리에 충분히 오래 머물러 다른 사람들—본 적 없고 세어보지도 않았으며 누구인지도 모르는 타인들—이 그 언어와 아이디어와 소통하도록 만들 수 있다. 여러분이 바라는 것은 더 나은 글을 써서 다른 사람들이 여러분의 글을 더 잘 읽게 만드는 것이다. 집을 작업실처럼 꾸며놓았든, 사람들과 동떨어져 자기만의 작업 공간에서 작업하든 글은 혼자서 쓰지만, 글을 잘 쓴다는 것은 자기 혼자가 아니라 (사람들) 사이에서 쓰고 있다는 것을 의미한다. 단순히 독자들을 위해서가 아니라 독자들 사이에서 쓰는 것이다.

초고를 출력해서 고치는 사람도 있고, 모니터 앞에 앉아 작업하는 사람도 있다. 초안을 가지고 어떻게 작업하느냐에 따라 글을 '듣는' 능력이 달라진다. 나는 출력된 원고로 작업해야 더 정교하게 글을 검토할 수 있다. 물론 나조차 알아보기 어려울 정도로 손글씨가 엉망이긴 하지만 말이다. 출력본이어야 더 잘 들릴까? 아마 그럴 것이다. 탁상, 바닥, 책상, 침대 여기저기에 초안을 펼쳐둘 수도 있다. 몇몇 페이지는 이미 출간된 책에 포함된 글인 것처럼 바라볼 수도 있다. 이런 눈속임으로 자신을 응원하는 것이다. 하지만 실제로 원고를 손에 들고 작업할 때의 한계점도 많다. 찾기 기능도 없고, 손쉬운 삭제키도 없다. 한 장 한 장 페이지를 넘길 때면 글이 자기 할 말을 내뱉으며 천천히 움직인다는 느낌을 받는다. 아직 초안임에도 불구하고 인쇄물로 출력된 원고는 주의력을 요한다.[6]

화면을 보고 고쳐쓰는 것은 이와 다르다. 종이에 출력한 초안은 굳게 제자리를 지키고 있지만, 화면으로 초안을 대할 때는 색인을 열어둔 채 다른 문서에서 내용을 복사해 붙여넣을 수 있다. 그러니 디지털 방식의 초안이 더 작업하기가 쉬운 것일까? 여러 면에서 그렇다. 우리 모두는 우리가 애호하는 워드프로세스 프로그램의 부가 기능을 내면화했다. 키보드 위에서 춤추듯 손가락을 움직이며 자기만의 기준에 맞게 텍스트를 다듬는다. 하지만 아무리 정교하게 화면 속에 레이아웃을 잡아놓아도 어떤 선택을 하느냐에 따라 종이에 펼쳐놓은 것보다는 뒤떨어진다는 느낌이 들 수도 있다. 종이에 출력했든 화면으로 대하든, 여러분의 초안은 눈으로 보는 것만큼이나 귀로도 들어야 할 텍스트다.

내가 쓴 초고를 주의 깊게 들을 때도 무엇을 들어야 할지 알게 되지만, 만약 누군가 기꺼이 내 원고를 읽고 피드백을 주겠다고 나선다면 동료애적인 혹은 전문적인 객관성을 확보할 수 있다. 작문 모임이 매우 유용한 것도 이런 피드백이 있어서다. 작문 모임은 애초에 초안을 써내도록 이끄는 원동력도 제공한다. '작문 모임 파트너에게 목요일까지 초안을 주겠다고 약속했지.' 이는 공적인 테두리 밖에 있는 내적인 기한이지만, 어떤 면에서는 이런 기한이 더 실재적으로 다가오기도 한다. 작문 모임의 파트너는 출판사가 아

---

6   종이와 화면 중 어느 쪽으로 글을 접할 때 더 효과적으로 읽을 수 있을까? 다수의 심리학 연구에 따르면, 사람들은 문서를 화면으로 접할 때 글을 더 피상적으로 대하기 쉽다고 한다. 즉 화면에 보이는 주변 정보들에 쉽게 주의를 빼앗길 가능성이 크다. 반면 종이에 적힌 글은 읽는 속도를 늦춘다 해도 독자의 주의를 빼앗는 요소가 더 적다. 한편, 종이에 적힌 글을 읽으려면 나무를 베어 제지를 만들어야 하고 그렇게 만든 종이 대다수는 금세 재활용품으로 들어간다. 참고 기사로, 디지털 환경에서의 '전문가 학습'을 전문으로 하는 영국 회사 아바도Avado 웹사이트에 게시된 "지면 혹은 디지털—어느 쪽이 고쳐쓰기에 가장 좋을까?Paper or Digital: Which Is the Best Way to Revise?"(2019.5.9)를 읽어보라. https://www.avadolearning.com/us/blog/paper-vs-digital-which-is-the-best-way-to-revise/

니라 사람이다. 실재하는 구체적인 독자를 위해 글을 쓴다는 것은 실체가 없는 출판사에서 관심을 보일 만한 글을 완성하는 데 튼튼한 동기가 되어준다.[7]

원고를 출력해놓으면 집필 과정이 엉망이 될까 봐 최대한 초안을 늦게 출력하려는 사람도 있다. ("완성된 게 아니잖아. 아직은 '출력본'으로 만들고 싶지 않아.") 진행 중인 작업물의 출력본에 대해 이런 생각을 하는 편이라면, 각 장 상단에 다음과 같은 문구를 머리말로 실어두라. "이것은 초안이며 아직은 만족스럽지 않다." 또는 "이대로도 훌륭한 원고지만 지금보다 더 낫게 만들 마지막 기회가 남아 있다." 좀 과장되기는 했어도 여기에는 요점이 잘 담겨 있다. 나는 내가 쓴 초안을 다룰 때 강한 표현을 쓰곤 했다. 물론 실제로 작업할 때는 출력본에 수정 사항을 표시해두었더라도 편집자에게 원고를 보내기 전에는 수정 사항을 파일에 입력해두어야 한다. 그러므로 출력본 수정 절차는 항상 출력본에 더해 디지털 문서를 수정하는 절차이다.

컴퓨터 파일만 띄워놓고 고치는 편을 선호하더라도, 집필 과정이 꽤 진전된 단계에서는 적어도 한 번은 작업 원고를 인쇄하는 편을 진지하게 고려하라. 꽤 진전된 단계란 언제를 말하는 것일까? 이는 충분히 다음 단계로 넘어가도 좋지만 세세한 것들까지 다 확

---

7 출판사는 실체가 없어 보일 뿐, 확실한 실체가 있다. 출판사는 여러분의 연구 분야를 인증해주는 집단이 아니라, 저자를 위해 협력하는 전문가들로 이루어진 체계적인 팀이라고 생각하는 것이 바람직하다.

정하지는 않은 시점을 말한다. 아직 고쳐쓰기가 가능하다고 생각될 때 심혈을 기울여 글을 고치길 바란다.

다음으로, 애초에 글을 쓰면서 염두에 두었던, 눈에 보이지 않지만 실재하는 진짜 독자들이 있다. 이는 몇 번을 반복해서 말해도 부족하지 않다. 어디에서 어떻게 쓰든 훌륭한 글이란 단순히 독자들을 위해서 쓰는 것이 아니라 그들 사이에서 쓰는 것이다.[8]

좋은 조언을 듣고, 자신의 충고도 새겨듣기

글에 관한 조언은 가만히 앉아서 기다리지 말고 적극적으로 찾아 나서야 한다. 솔직히 말해 고쳐쓰기를 배울 최고의 방법은 내가 속한 분야의 훌륭한 저자들이 쓴 책을 많이 읽는 것이다. 매우 주의 깊게(이에 관한 한 이미 잘 훈련되어 있을 것이다), 하지만 특별한 방식으로 읽으라는 말이다. 유독 인상적인 단어나 주장을 만났다면 잠시 멈추고 그 부분을 크게 소리 내어 읽으라. 다시 한번 크게 읽으라. 그런 다음 그대로 베껴 적는다.[9]

메모도 적어둔다. 어떤 점에서 잘 썼다고 생각했는가? 단어나

---

8   나는 《생각을 책으로 내기까지*Getting It Published*》에서 독자를 위해 쓰는 글에 관해 논하면서, 저자는 책의 대상이 되는 사람들이 누구인지를 제대로 파악해 자기 책의 핵심 주제를 명확히 해야 한다고 말했다. 이 문장에 적은 '사이에서'라는 표현은 독자를 먼 곳에 있는 대상이 아니라 목소리가 들릴 만큼 가까이 있는 존재로 상상하도록 유도하려는 의도다. 자신을 독자의 위치에 놓고 생각할 줄 알아야 한다.

개념을 제시하는 방식이 어떤 면에서 특별하다고 여겨지는가? 무엇이 들리는가?

다른 사람이 지은 훌륭한 글에 자기가 긍정적으로 반응한 이유를 잘 설명할수록 내가 좇고 있는 것을 자세히 알게 된다. 여러분이 읽은 책의 저자들이 자기 일을 훌륭히 해냈다면, 인쇄된 글자 뒤에 숨은 저자의 극심한 고통이 눈에 띄지 않을 것이다. 속지 말라. 고쳐쓰기에는 고통이 따른다(고쳐쓰기가 고문처럼 괴롭다는 말은 아니다). 우리가 '훌륭한 저자'라고 인정하는 사람들은 적절한 표현을 찾아 지면에 담고자 구슬땀을 흘린다. 그들이 그토록 노력했기에 우리가 글을 읽으며 배울 수 있는 것이다. 그럼에도 대다수 사람은 그런 훌륭한 책들 외에 구체적으로 글쓰기를 다룬 책에서도 조언을 얻으려 한다. 이에 고쳐쓰기라는 도전과제를 다룬 몇몇 책을 소개하고자 한다.

웨인 부스와 그레고리 컬럼이 지은 《연구의 기술The Craft of Research》은 공부하는 이들을 위한 고전 도서다. 이 책의 저자들은 연구 주제 선정에서부터 연구 결과 발표에 이르기까지 이에 필요한 원칙을 차례로 제시하는데, 그들이 말하는 내용의 상당수는 고쳐쓰기에도 충분히 적용된다. 특히 저자들은 연구 보고서를 비롯한 학술적 텍스트의 고쳐쓰기를 설명하는 데 약 20쪽을 할애했다.

---

9 베껴쓰기는 기원후 1세기 세네카가 살던 시대부터 널리 행해진 기법인 필사에 동참하는 일이다. 가동 활자와 인쇄된 책들이 나온 이후로 필사는 익숙한 독서 기법이 되었다. 물론 이는 훌륭한 독서 방법이다.

고쳐쓰기에 관해 부스와 컬럼이 건네는 조언은 매우 간결하다는 점이 매력이다. 두 페이지 분량의 '신속한 수정 전략'이라는 소제목을 붙인 장에서는 앞서 언급한 복잡한 내용을 다음과 같이 요약한다. 명확성clarity은 문장과 절을 시작할 때 특히 중요하다. 강조점emphasis은 문장과 절을 끝맺을 때 특히 중요하다.[10] 이는 훌륭한 조언이며 쉽게 외워질 만큼 간단하다. 또한 하나의 장, 하나의 문단, 심지어 하나의 문장을 작성하는 것을 체조에 빗대어 생각할 수도 있다. 목표에 집중하고 완벽하게 착지하라. 도약에 집중하는 것은 당연하지만, 마찬가지로 착지 또한 글쓰기에서 매우 중요하다.[11]

이와는 다른 시각에서 고쳐쓰기를 다룬 책으로는, 저명한 논픽션 작가이자 글쓰기 분야의 베테랑 교사인 존 맥피John McPhee의 에세이 모음집 《네 번째 원고Draft No. 4》가 있다. 맥피의 글을 읽고 있으면 자기 분야에 정통한 사람이 진솔하게 건네는 조언을 듣는 듯한 느낌이 든다.

맥피의 모든 말이 학술적 글쓰기의 핵심을 이루지는 않는다. 그는 "독자들이 구조를 눈치채게끔 해서는 안 된다"라고 조언한다. 글쎄, 왜 그럴까? 맥피가 보기에 구조는 "사람의 외양을 보고 그의

---

10   Wayne Booth, Gregory Colomb et al., *The Craft of Research*, 4th edition(Chicago: University of Chicago Press, 2016). [한국어판: W. 부스·그레고리 컬럼·조셉 윌리엄스, 양기석 옮김, 《학술논문 작성법》(나남출판, 2000)]

11   지금 읽고 있는 책에 체조 선수들의 이름이 등장해도 놀라지 말라. 나는 비유를 들어 이상적인 글쓰기 원칙을 설명할 때 시몬 바일스Simone Biles의 탁월한 운동 기량을 즐겨 언급한다.

골격을 짐작할 수 있는 만큼만 눈에 보여야 하기" 때문이다.[12]

　이런 점에서 볼 때, 산문은 감추어진 뼈대에 살을 붙이는 역할을 한다. 이는 에세이 작가에게 유용한 기교적 조언이겠지만, 학술 논문이나 책의 한 챕터를 구성하고자 개념들을 정렬해야 하는 학자에게 꼭 필요한 조언은 아니다. 여기서 전문적, 제도적 차이점이 관여한다. 대개 에세이스트는 서두에 실을 별도의 초록을 작성할 필요가 없지만, 학자는 정확히 그 작업을 해야 할 때가 많다. 논픽션 작가들과 학술 저자들은 많은 공통점을 지녔지만, 학술서의 독자들은 글의 구조가 빤히 보인다고 불평하는 일이 거의 없다. 실제로 학술 분야의 출판물은 연구 결과를 요약해 서두에 싣고 뒤이어 몇 쪽에 걸쳐 밀도 있는 자료를 빼곡히 소개하는 것이 일반이다.

　따라서 우리는 이공계 연구진들이 꼭 해야 하는 고쳐쓰기와 대다수 인문·사회과학 분야 연구자들이 해야 하는 고쳐쓰기의 차이점을 분명히 알아야 한다. 그 차이점은 서사narrative의 역할에서 드러난다. 단순히 서사의 유무를 말하는 것이 아니다. 에세이 작가에게 서사는 예술적이든, 서정적으로 위장했든 작가를 작가답게 하는 필수 도구다. 반면 학술 저자들에게 논지와 증명은 가장 우선순위가 되어야 한다. 서사는 그다음에 생각해볼 것이다. 하지만 이 책에서 나는 학술적 글쓰기에서도 서사적 구조가 중요하다는 것을 강조하고 싶다. 여러분의 분야에서는 서사를 다루지 않는다고 하더라도 염려 말라. 실은 다루고 있다. 부르는 이름이 다를 뿐이다. 이 책 후반부에서는 서사의 수단으로서 구조를 유용하게 다루는 방법을 살펴볼 것이다.

크리스틴 고드시Kristen Ghodsee의 《메모에서 서사로From Notes to Narrative》는 인류학자를 비롯한 사회과학자들이 어떻게 자신의 연구 결과를 설득력 있게 제시하는지 일러주는 대단한 시도를 했다. '누구나 읽을 만한 민족지학 작성법Writing Ethnographies That Everyone Can Read'이라는 부제만 봐도 이 책의 핵심 목표가 가독성임을 명확히 알 수 있다. 고드시의 책은 간결하며, 구어체가 자주 등장하고, 독자를 격려하는 내용을 담고 있다. "이 책에서 딱 하나만 기억해야 한다면 이 점을 기억해주길 바란다. 당신이 쓰는 모든 것을 속속들이 고쳐라."[13] 나는 이 말에 때로 저자는 과하게 정돈된 텍스트 속을 헤집고 들어가 완전히 다시 써야 한다고 덧붙이고 싶다.

웬디 벨처Wendy Belcher는 《12주 만에 학술논문 작성하기Writing Your Journal Article in Twelve Weeks》에서 학술 텍스트에 관한 시의적절한 조언을 남긴다. 이 책이 집중적으로 논하는 것은 학술지에 실을 비교적 짧은 논문이지만, 학술적 글쓰기의 두려움과 도전에 대한 벨처의 통찰은 분량 있는 학술문을 고칠 때도 쓸모 있게 적용된다. 가령 그는 논문 초록이 곧 서문에서 언급될 연구 계획처럼 읽혀서는 안 된다고 충고한다. "'입증하고자 한다', '분석하고자 한다', '본

---

12 John McPhee, *Draft No. 4: On the Writing Process*(New York: Farrar, Straus and Giroux, 2017), p. 32. [한국어판: 존 맥피, 유나영 옮김, 《네 번째 원고—논픽션 대가 존 맥피, 글쓰기의 과정에 대하여》(글항아리, 2020)]

13 Kristen Ghodsee, *From Notes to Narrative: Writing Ethnographies That Everyone Can Read*(Chicago: University of Chicago Press, 2016), p. 110.

연구의 목적은 다음과 같다' 등의 문장을 초록에 담아서는 안 된다. 연구 지원서나 학회 제출용 제안서에는 이런 문장이 어울릴지 몰라도 연구논문에는 적합하지 않다. 논문 초록은 당신이 앞으로 할 연구 과제가 아니라 이미 진행한 연구 보고다."[14]

벨처의 이 조언은 학부생, 대학원생, 전공자들이 흔히 저지르는 문제를 잘 짚어낸 훌륭한 지적이다. 이렇게 초록에다 자기 논문이 앞으로 무엇을 다룰지를 싣는 자신감 없는 저자라면 책 한 권 분량의 긴 원고를 쓸 때도 각 장 첫머리에 앞으로 자신이 논증하고, 제시하고, 검토하려는 바를 일일이 적을 것이다. 논문이나 책, 챕터나 학술논문 등등 어떤 글을 쓰든 간에 고쳐쓰기 과정에서는 판단, 파악, 전달, 수행, 설득이 이루어져야 한다. '하고자 하는' 내용에 치중하지 말자.

효과적인 글쓰기, 그리고 이와 자연스럽게 연결되는 효과적인 다시 쓰기에 관해 수십 년간 독자들에게 훌륭한 조언을 제공한 책으로는 하워드 베커Howard Becker의 《사회과학자들을 위한 글쓰기 *Writing for Social Scientists*》[15]가 있다. 특히 나는 그가 과감한 태도로 짧은 문장을 옹호한 점에 감탄했다. 사회과학 분야의 글 상당수가 대체로 학술지 게재를 목표로 하고 있기에, 베커는 (많이) 쓰고, (많이)

14 Wendy Belcher, *Writing Your Journal Article in Twelve Weeks: A Guide to Academic Publishing Success*, 2nd ed.(Chicago: University of Chicago Press, 2019), p. 55.

15 Howard Becker, *Writing for Social Scientists*, 3rd ed.(Chicago: University of Chicago Press, 2020). [한국어판: 하워드 S. 베커, 이성용 옮김, 《학자의 글쓰기—사회과학자의 책과 논문 쓰기에 대하여》(학지사, 2018). 본 번역서는 2판 개정본을 옮긴 것이다.]

고치고, (많이) 출간해본 오랜 경험을 바탕으로 사회과학자들을 넘어—인문학자들도 잘 듣길 바란다—모두에게 유용한 생생한 조언을 이 책에 담았다.

위에서 말한 다섯 권의 책은 고쳐쓰기에 관해 유용하면서도 색다른 점들을 일러준다.[16] 꾸준히 글을 쓰는 사람이라면 책장 한쪽에 글쓰기, 문체, 출판 등에 관한 책을 모아두었을 것이다. 하지만 학술문의 고쳐쓰기에 관한 지침은 일반적인 글쓰기 책의 한 챕터를 차지하고 있거나, 책 전반에 걸쳐 조금씩 언급하는 데 그치는 등 단편적으로 다뤄지는 경향이 있다. 물론 학술문의 고쳐쓰기 방법만을 집중적으로 다룬 책들을 모아둔 진열대가 없는 이유도 쉽게 이해할 수 있다.[17] '글쓰기에 관한 현명한 조언'은 해야 할 것과 하지 말아야 할 것을 색인 카드에 간단히 정리한 내용이거나, 저자 개인의 습관과 성향에 지나치게 좌우되어 일반화하기 어려운 내용처럼 느껴진다. 전자는 피상적이고, 후자는 너무 제멋대로다.

하지만 다른 모든 글쓰기 주제를 다룰 때처럼 고쳐쓰기도 신중

---

16 논문 작성을 마친 상태라면, 내가 쓴 《논문에서 책으로》와 더불어 베스 루이Beth Luey 의 《논문 고쳐쓰기—선도적인 편집자들이 건네는 조언Revising Your Dissertation: Advice from Leading Editors》(Berkeley: University of California Press, 2008) 개정판을 참고하길 바란다. 이 책은 박사 논문에 관한 학술서 발행인들의 견해와 논문다운 논문이 무엇인지 일러준다.

17 그런 책을 모아둔 곳도 더러 있으나 책마다 고쳐쓰기를 이해하는 방식이 제각각인지라 대개는 서로 다른 지침을 제시한다. 일례로 파멜라 해그Pamela Haag의 최근작 《학자들의 고쳐쓰기—원고를 비틀고, 편집하고, 온전하게 하는 필수 가이드Revise: The Scholar-Writer's Essential Guide to Tweaking, Editing, and Perfecting Your Manuscript》 (New Haven, CT: Yale University Press, 2021)를 살펴보라.

좋은 글에서 더 나은 글로

한 태도로 생각해볼 수 있다. 결국 고쳐쓰기란 무엇인가? 여러 번 되풀이하는 것인가? 물론이다. 글이 어떻게 배치되고 전개되는지 파악하며 구조에 주의를 기울이는 것인가? 그렇다. 글이 독자의 머릿속에 어떤 울림을 주는지 생각해보고, 개념 제시 방식과 글의 간결성을 살피는 것인가? 설득력, 확신, 재미, 충격을 주는지도 확인하는가? 그렇다. 물론 글의 종류에 따라 강조점도 다르고, 쓰는 사람마다 목표하는 바도 다를 것이다. 이는 당연한 사실이지만, 성공적인 고쳐쓰기를 보장하는 손쉬운 단계란 없다. 어떻게 그럴 수 있겠는가? 하지만 작업 방식과 관계없이 더 나은 글을 쓰는 데 도움이 될 만한 아이디어는 제시할 수 있을 것이다.

고쳐쓰기 할 때 따라야 할 원칙들

상당수의 수정 단계는 글쓰기에 관해 여러분이 이미 아는 것들을 성실하게 실천해가는 과정이기도 하다. 다음에 언급할 몇 가지 원칙은 전에 없던 새로운 사실이 아니다. 글쓰는 사람으로서 여러분이 이미 알고 있는 것들을 다시 한번 상기시키는 내용일 뿐이다. 뒤이은 장들에서 설명하는 내용도 마찬가지다. 이 원칙들을 여러 번 읽어보길 바란다. 깜짝 놀라기보다는 고개가 끄덕여지는 점들이 많겠지만, 덕분에 글쓰기에 대한 여러분의 생각이 더 분명해진다면 이번 장은 제 역할을 다한 것이다.

1. 교정은 고쳐쓰기가 아니다

더 나은 글을 만드는 방법에 관해 이보다 큰 오해는 없다. 교정은 사소하고 지엽적이며 즉각적이다. 물론 빼먹지 말아야 할 작업이기도 하다. 오탈자만큼 독자 눈에 금세 포착되는 것도 없으니 말이다. 나 역시 박제된 듯이 남아 있는 내 글들을 보면서 이를 충분히 경험했다(어이없는 실수가 많았다).

교정은 시간을 많이 소모하는 따분한 작업으로서 주로 규칙을 다룬다. 재빨리 오탈자를 바로잡는 일만큼 만족스러운 일이 또 있을까? 특히 이런 작업에 능숙한 사람이라면 집중해서 한번 쓱 읽는 것만으로 간단한 실수를 잡아낼 수 있다. 때로는 선생님이나 교정교열자의 도움을 받아보았을 것이다. 페이지마다 미흡한 문장구조SFRAG(for sentence fragment), 접속사 없이 여러 문장이 나열된 경우R/O(run-on sentence), 잘못 배치한 수식어구M/M(misplaced modifier) 등의 약어로 표시된 부분을 고치기만 하면 된다.

흔히들 개념 수정과 문단 및 목차 재구성을 교정 작업과 혼동하는 경향이 있다. 교정 작업이 중요하지 않다는 말이 아니다. 우리 모두는 스펠 체크Spell Check[맞춤법 검사기]의 규칙을 따르도록 훈련받았다. 스펠 체크는 문서 내의 모든 단어를 프로그램 아카이브에 저장된 용어집과 비교해 언어 규칙에 위반되는 부분을 짚어낸다. 때로는 눈에 보이지 않는 글쓰기 교사가 컴퓨터 뒤에 숨어서 지나가기, 바꾸기, 모두 바꾸기 등의 지시사항을 조용히 일러주었으면 싶다. 만약 학술 저자들만의 '화물 숭배cargo cult'[18]가 있다면, 스펠 체

크라는 신이 특별한 숭배의 대상이 될지도 모르겠다.[19]

자잘한 고쳐쓰기와 대대적인 교정 사이에 분명한 선을 긋기가 어려울 때도 있다. 쉼표 하나를 삭제했다가 다시 붙여넣느라 오전 시간을 전부 허비했다는 어느 한 작가의 이야기가 종종 회자되곤 하는데, 들을 때마다 매번 귀를 쫑긋 세우게 된다. 사실 이는 《마담 보바리》의 저자이자 엄격한 글쓰기 과정을 추구했던 귀스타브 플로베르의 일화다. 엄밀히 말하자면 오스카 와일드의 이야기일 것이다.[20] 와일드(또는 플로베르)의 입장에서, 쉼표 하나가 있고 없고 차이로 문장의 진의가 뒤바뀔 수도 있으므로 고쳐쓰기에 해당할지도 모른다("Let's eat Grandma"라는 고전적인 예문에서 구두점의 위치에 따라 문장이 극적으로 달라지는 것을 생각해보라).[21] 하지만 대부분의 경우 쉼표는 문법적 오류를 수정하는 수단으로 생각되며, 쉼표 사용이 선택적일 때도 그저 사소한 문체상의 문제로 간주되곤 한다. 이러한 맥락에서 쉼표의 삽입과 삭제는 고쳐쓰기의 영역이 아니다.[22]

---

18 (옮긴이) 외부에서 들어온 물건이나 제도를 숭배하는 신앙.

19 하지만 음성 파일을 텍스트로 변환해주는 프로그램처럼 스펠 체크도 여러분의 의도는 전혀 알지 못한다. 스펠 체크의 지적 사항을 눈여겨보되 이를 엄격한 법처럼 여기기보다는 좋은 의도로 참견하는 사람을 대하듯 적당히 참고하자.

20 존 쿠퍼John Cooper가 "오스카 와일드 인 어메리카Oscar Wilde in America"라는 글에 그 증거를 모아두었다. https://www.oscarwildeinamerica.org/quotations/+took-out-a-comma.html.

21 (옮긴이) "Let's eat, Grandma"라고 하면 "우리 같이 먹어요, 할머니"가 되지만 구두점을 찍지 않으면 "할머니를 먹자"라는 뜻이 된다.

교정 작업 역시 고쳐쓰기라 할 수 없다. 원고를 퇴고할 때에는 오류를 바로잡기도 하지만, 그보다는 더 큰 것을 생각한다. 교정은 글을 마지막으로 다듬어주는 필수 작업이지만 고쳐쓰기와는 완전히 다르다. 교정 단계에서 '고쳐쓰기를 완료'한다는 것은 있을 수 없는 일이다.

2. 글쓰기는 생각하기이며, 학자에게 생각하기는 곧 글쓰기다

글쓰기는 학자들의 일이기도 하다. 고쳐쓰기도 비슷한 과정—글쓰기로서의 생각하기를 글쓰기로 실천하는 것—이다. 다만 고쳐쓰기를 할 때는 글을 더 세심하게 의식하면서 텍스트를 마주할 미지의 독자를 염두에 두는 것뿐이다.

초안을 쓸 때 무엇을 염두에 두었는가? 좋은 고쳐쓰기란 무엇을 어떻게 쓰는가 만큼이나 왜 쓰는가를 다루는 것이다. [그림 2.2]에 실린 댄스 스텝 도형이 춤에 대한 정보를 알려주기만 하는 것처럼, 고쳐쓰기의 체크리스트 역시 고쳐쓰기에 관한 건조한 정보만 일러줄 뿐이다.

정말 댄서가 되고 싶다면 직접 춤을 춰봐야 한다. 글이 쉽게 써진다 싶더라도(적어도 컨디션이 좋은 날에는 그렇게 느껴진다), 고쳐쓰기는 생각을 처음으로 글로 옮기는 초안 작업과는 완전히 다른 방

---

22 물론 시인에게는 펜으로 적거나 키보드로 작성하는 한 글자 한 글자가 중요하다. 하지만 학술 텍스트를 다룰 때는 글의 세부 요소들이 만들어내는 미적 효과 그 이상을 생각해야 한다. 글자가 아니라 글을 쓰라.

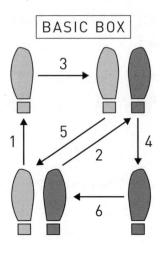

[그림 2.2] 댄스 스텝 도형. (사진 출처: Wikimedia Commons)

식의 중요한 작업이다. 고쳐쓰기 과정에서는 큰 개념들을 작은 공간에 끼워 넣거나 작은 개념들을 거대한 공간에 펼쳐놓기도 하며, 구성 요소의 배열을 바꿔 새로운 연결고리를 만들고, 한때 중요해 보였으나 더는 그렇지 않다고 여겨지는 것들을 걷어내고, 한 페이지를 한 문단으로 줄인다거나 한 문단을 한 페이지로 늘리는 등의 작업을 하게 된다. 또는, 방금 쓴 것을 완전히 새로 써야 한다는 가혹한 현실을 마주하기도 한다.

시인이면서 아편 중독자였던 새뮤얼 테일러 콜리지Samuel Taylor Coleridge가 남긴 말들은 글쓰기 관련 어록에 자주 오르곤 한다. 기록에 따르면, 그는 자신의 '산문과 시에 관한 소박한 정의'를 당대 젊은 시인들이 기억해주길 바랐다. 콜리지는 "산문이란 최상의 순

서로 배열된 단어들이며, 시란 최상의 순서로 배열된 최상의 단어들"이라고 정의했다.[23]

어느 정도는 맞는 표현이다. 하지만 글을 고칠 때는 콜리지와 같은 낭만주의의 대가가 남긴 짧은 충고만으로는 최고의 글을 만들 수 없을지도 모른다. 방금 써놓은 글보다 훨씬 나은 버전의 글을 만들고 싶다는 것쯤은 여러분도 이미 잘 알고 있으니 말이다.

3. 설득력 있는 글이 좋은 글이다

어떤 연구를 하든 어떤 대단한 목표가 있든, 모름지기 학술 저자라면 온갖 복잡한 내용으로 구성한 자신의 논지가 청중에게 설득력 있게 전달되게끔 해야 한다.

설득과 논쟁polemic은 연속선 위에 있으나 같은 뜻을 나타내지는 않는다. 논쟁은 가장 진심 어리고 가장 격정적인 형태의 설득이다. 이 단어의 어원인 고대 그리스어 폴레모스polemos는 전쟁을 의미한다. 따라서 어떤 면에서 논쟁은 언어로 벌이는 전쟁이라고도 할 수 있다. 모든 설득이 논쟁은 아니며 그럴 필요도 없다. 단, 모든 저자가 설득하는 일에 종사하고 있다는 것만은 분명하다.

학술 저자 대부분이 다른 연구자들을 설득하기 위해 글을 쓴다. 이는 논평가들도 마찬가지다. 제임스 볼드윈James Baldwin은 논평이 소설보다 쓰기 수월하냐는 질문을 받았을 때 이렇게 답했다.

---

23 이 내용은 시인의 탁상 담화를 콜리지의 사위가 글로 옮긴(그리고 《탁상 담화Table Talk》라는 제목으로 출간한) 것이다. 이 말은 1827년 7월 12일에 남긴 것으로 알려져 있다.

좋은 글에서 더 나은 글로

"논평은 기본적으로 일종의 논지를 드러내는 것이다. 논평에서 필자의 관점은 늘 매우 명확하게 드러난다. 독자가 무언가를 보도록 애쓰며, 독자를 설득하려고 노력한다."[24] 리포트, 논문, 연구논문—학술적 글쓰기 생활의 기본—의 목적은 설득이다. 학술서를 읽는 독자는 이미 배움을 갖춘 까다로운 사람이다. 그들의 호기심은 배움을 바탕으로 한 까다로운 호기심이다. 그들은 (단순히 입장이나 추론을 살피는 데서 나아가 각주, 미주, 부록, 줄줄이 이어지는 참고문헌의 서지정보까지) 모든 복잡한 내용을 소화하도록 훈련된 사람들이다. 또한 새로운 (형태의) 진리를 추구할 목적으로 설계된 주장과 반론, 흥미로운 개념들을 기대한다. 권투 글로브를 끼고 각오를 단단히 하고 글을 읽을지도 모른다.

여러분의 독자와 그들의 지성을 항상 인식하라. 특히 오늘날과 같은 디지털 세상에서 글쓰기는 단순한 전달 체계가 아닌 하나의 생태계로 작용한다. 저자가 독자를 염두에 두고 글을 써온 내내 그래왔다. 더군다나 학문의 세계에서는 글쓰기를 역동적으로 상호 의존하는 구성 요소들로 이루어진 생태계로 인식해왔다. 이렇게 생각할 때, 학술적 텍스트의 독자는 단순히 정보를 받아들이는 수신자가 아니라 정보 네트워크의 살아 있는 구성 요소로서 더없이 소중한 존재다. '그들'이 곧 '우리'이자 '당신'이다. 한쪽에서 글을 타이핑하고 있는 우리는 자신만큼이나 엄격하고 회의적인 타인들

---

24 James Baldwin, "The Art of Fiction No. 78," *Paris Review*, no. 91(Spring 1984).

을 위해 글을 쓴다. 이렇게 우리 모두는 다양한 개념과 지식을 서로에게 제공하며 거듭 성장해나간다.

다른 모든 유형의 독자들처럼 학술서를 읽는 사람들도 저자들에게 독자로 인정받길 원한다. 이 개념을 받아들인다면 고쳐쓰기의 대상뿐만 아니라 고쳐쓰기의 이유도 알아차릴 것이다. 훌륭한 글은 독서가 단순히 정보를 얻거나 새로운 개념을 접하는 것 이상이라는 점을 잘 알고 있다. 독서는 일방통행로가 아니라 관심사를 주고받는 교차로다.

독자는 자기가 저자에게 주의를 기울인 만큼 저자 역시 자기에게 관심을 주길 기대한다. 이 점을 꼭 기억하자. 이에 관해 누가 그들과 다툴 수 있는가? 독자는 논쟁과 설득을 기대하지만 여기에는 위험이 따른다. 특히 학술 분야에서 자신의 논지를 힘주어 밝히려는 사람들에게는 더더욱 그렇다. 독자는 저자와 함께 논쟁을 벌이고, 저자에 의해 설득되길 원한다. 빤한 내용을 반복해 듣는 것도 원치 않으며, 일방적으로 가르치는 듯한 글을 참아주는 일도 거의 없다. 글쓰기는 독자와의 관계 속에서 이루어진다. 글쓰기는 일종의 주고받음이다.

이 점을 좀 더 논하려고 하니 참을성 있게 들어주길 바란다. 독자는 단순히 여러분이 쓴 책을 구매하거나 빌리거나 내려받는 사람이 아니다. 독자는 텍스트와 긴밀한 관계를 맺으면서 그 속에 존재하지 않았던 생명력을 불어넣는다. 어쩌면 독자가 저자를 창조한다고 말할 수 있을지도 모른다. 작곡가가 오선지 위에 그려놓은 음표를 음악가가 연주를 통해 음악으로 살려내듯이, 독자도 저자가 만든 책을 창조해냄으로써 저자를 저자답게 만든다.[25]

이 밖에 고려해야 할 다른 글쓰기 원칙들도 있다. 이른바 창의적 글쓰기는 대다수의 학술적 글쓰기보다 구조, 어조, 스토리의 중요성을 모두 갖추고 있다.[26] 이 특성들은 다른 모든 창작 장르만큼이나 학술 분야의 저자에게도 중요하고, 설득력 있는 주장만큼 학술적 글쓰기를 성공으로 이끄는 핵심 요소이기도 하다. 학술적 텍스트를 고칠 때도 구조, 어조, 스토리에 주의를 기울여야 설득력을 확보할 수 있다.

설득은 단순히 논거와 각주의 문제가 아니다. 전혀 그렇지 않다. 그러한 것들은 저자의 주장을 뒷받침하되 핵심 논지를 벗어나지 않도록 잘 정리해서 적절히 배치하는 필요 사항일 뿐이다. 독자는 본문 텍스트에 초점을 맞춘다. 그들은 본문 자체에 들어 있는 어떤 진정한 정신이 무언가를 만들어냈다는 것을 알고 싶어 한다. 그 정신이 자기 생각을 담아내려 구조를 고안했고, 무언가를 전달하는 종결점을 능숙하게 만들어냈다는 것을 확인하려 한다. 심지어 실

---

25 롤랑 바르트Roland Barthes는 1967년에 쓴 에세이 《저자의 죽음La mort de l'auteur》에서 글은 저자로부터 독립된 것이라고 주장했다. 널리 영향력을 행사하는 바르트의 이 정교한 주장은 여러분이 읽는 이 책이 건네는 온화한 권고와 일맥상통한다. 텍스트가 말하고 행하는 바를 귀 기울여 듣도록 하자.

26 사회학자, 문학 평론가, 그리고 논픽션을 능숙하게 다루는 영화사학자 등은 창의적 작가라고 불리지는 않아도 실제로는 모두 창의적 작가들이다. 이 책에서 나는 창의적 글쓰기 creative writing를 전통적인 의미로 사용하고 있으나 이것이 썩 마음에 들지는 않는다.

험적 스타일의 텍스트를 다룰 때에도 이 원리들이 적용된다. 요컨대, 독자는 여러분이 쓴 글에 자기의 시간을 할애해야 할 이유가 무엇인지 알고 싶어 한다. 달리 말해서 여러분이 독자에게 이 생태계에 참여해달라고 요청하는 이유가 무엇인지 궁금해한다. 그러므로 글을 고칠 때에는 여러분의 독자가 관계를 맺고 씨름할 만한 무언가를 마련하겠다고 생각하라.

학생이든 전문가든 설득력 있는 글을 쓰려면 기본적으로 자기가 말하려는 바를 제대로 알고 있어야 한다. 그리고 이를 어떻게 증명해낼지도 알아내야 한다.

4. 우리는 데이터와 서사의 세계 속에 산다

우리가 논지와 증거에 반응할 때 영향을 주는 요인들이 있다. 지식을 조직하는 체계도 영향을 주고, 자신이 속한 학문 분야의 특성도 영향을 끼친다. 즉 증거에 기반하고, 이론을 중심에 두며, 호기심을 관대히 여기고, 엄밀한 방법론을 따른다. 이것이 학문적 탐구의 기법이며 현대 생활의 기초다. 인문학적 특성도 고려해야 한다. 구체적으로 인문학의 풍부함, 역사와의 연결고리, 인간사에 대한 관심, 가치와 의미의 끊임없는 추구가 주된 인문학적 특성이다.

과학자들이 데이터를 사용하는 데 반해 비과학자는 그렇지 않다는 말을 꽤 자주 듣는다. 과학만이 실제적이며 진실한 것이고, 다른 방식의 탐구와 연구는 전혀 과학적이지 않다는 소리로 들린다. 이렇게 과학과 인문학이 반목하게 만드는 허술한 구분이 21세기에 놀라운 관심을 끌었다. 인문학과 대다수 사회과학 분야에 종사하는 우리로서는 기술과 무관한 학문 연구 방법—완전히 질적인 접근이든 부분적으로 질적인 접근이든—이 STEM(과학·기술·공학·수학) 분야만큼이나 엄밀하고 까다롭다는 것을 증명해야 할 끝없는 압박을 느낀다. 수학적 증명이 이토록 기준을 높여 놓았다.

하지만 이는 단순히 '기준이 높다'의 문제가 아니라 기준 자체가 틀렸다. '책'이 학문적 생산 단위이자 새로운 지식의 도관인 분야에 종사하는 학자들에게 이는 불가능한 기준이다. 도달할 수 없을 정도로 높아서가 아니라 측정 대상과 방법이 다르다.

서사 중심의 학술적 글쓰기는 실험실에서 해낼 수 없는 효과를 낸다. 1949년 영국 철학자 길버트 라일Gilbert Ryle은 때로 범주 혼란 category confusion이라고도 일컫는 범주 착오category mistake의 문제를 경고했다. 계속해서 양적 도구를 질적 분석에 적용하는 것은 다양한 착오 중에서도 범주 착오일 때가 많다.

효과적이며 설득력 있는 글을 쓰려면 각 분야에 적용되는 기준이 무엇인지 파악하고, 결과물을 판단하는 데 어떤 측정 지표가 쓰이는지 분명히 알아야 한다. 그러니 이제 한발 물러서서 우리가 스스로를 어떻게 규정하는지 생각해보자.

모든 학문 분야의 학자와 연구자는 데이터 중심의 연구자와 서사 중심의 연구자로 나뉠 수 있다. 데이터 중심의 연구자에는 대다수 과학자와 수학자, 그 외 공학과 사회과학의 정량 분석 등 기술 분야에 몸담은 사람들, 심지어 인문학자도 일부 포함된다. 서사 중심의 연구자에는 거의 모든 인문학자가 포함되며, 사회과학자 중에서도 데이터 수집과 분석 이외의 기술과 절차를 동원해 연구를 수행하는 사람들도 포함된다. 그렇다면 과연 누가 그쪽이고, 누가 우리 쪽일까?

학자로서 글을 쓰는 사람들을 위해 분야와 관계없이 서사적으로 작업하는 연구자의 노력을 집약하는 새 용어가 필요하다. 그들이 관여하는 활동을 아울러 서사적 분석narrative analysis이라고 부르자. 서사를 분석한다는 것이 아니라 주어진 물음이나 주제를 서사적 형태로 분석한다는 뜻이다.

서사적 분석은 사람들의 모든 행동과 발언을 그 대상으로 삼는다. 그만큼 끝없이 복잡하다. 논리학, 윤리학, 상호 검증과 이중맹검법 등 인문학과 사회과학에 적용되는 원리들이 여기에 속한다. 이 원리들은 의문점을 발견하고 증거를 규명하는 방식을 정하는데 유용하다. 저자로서 우리 대다수는 서사적 분석가들이다.

학문을 데이터와 서사 측면에서 재기술하면 분야 간에 새로운 연결고리를 만들 기회가 생긴다. 또한, 이로써 상당수 사회과학과 대다수 인문학, 심지어 자연과학 일부까지 한 데 연결하는 공통성으로서의 분석적 서사를 만들어내는 데 집중할 수 있게 한다. 다른 사람들과 나누고 싶은 이야기가 있다면, 내가 가진 메시지 조각들을 질서 있게 정리해야 한다. 그것이 서사다.

특히 학술적 글쓰기에서 서사적 차원에 초점을 두어야 하는 이유는 무엇일까? 서사가 이야기를 전달하고, 이야기가 사람들의 관심을 끌기 때문이다. 학술적인 이야기라도 사람들의 관심을 끌 수 있다.

데이터 역시 사람들의 관심을 끌 수 있으나 대개는 그 데이터를 설명해줄 서사가 여전히 필요하다. 학술적이며 분석적인 서사는 복잡한 세계에 관한 복잡한 이야기를 들려준다. 이를 실현하는 방법은 개념을 규정하고, 증거를 찾아내고, 논의를 발전시키며, 목표한 독자들이 잘 받아들일 수 있도록 적절한 언어를 선택하는 것이다.

다른 각도에서 생각해보면, 우리가 학술서라고 부르는 학문적인 글들은 세심한 연구가 깃든 논픽션이다. 학술서는 학자가 학자들을 위해 학술적인 것에 관해 쓴 글이다. 하지만 학자들은 세계, 삶, 개념—말 그대로 모든 것—을 탐구하는 데 전념함으로써 새로운 지식을 추구하므로, '학술적인 것'이라는 표현은 '고도로 숙련된 사람들의 도구를 통해 살펴본 모든 것'이라고 바꿔 말해야 한다.

학술서의 대상은 바로 새로운 지식이다. 즉 학술서는 세계를 다시 상상해보는 끝없는 과업을 대상으로 삼는다. 새로운 지식을 사람들에게 알리는 주된 통로는 학문적 성과이다. 여러분이 지금 글을 쓰는 것도 이런 이유에서다.

5. 어려움을 추구하라

글쓰기가 다 어렵지만 학자들에게는 조금 더 어려울 뿐이다. 하지만 학자들은 이런 방식을 좋아한다. 학자들은 어려움과 함께(어려움 속에서, 어려움 가운데, 어려움을 추구하며) 살아간다. 어려움 속에서 사유가 일어나고, 사유를 바탕으로 글쓰기가 일어나기 때문이다.[27] 학자들이 유달리 까다로운 사람들이어서가 아니다. 학자가 아닌데도 여러분의 분야에서 학자만큼이나 성미가 고약하고 까다로운 사람이 있을 것이다. 그러나 학자는 자발적으로 문제를 찾아나선다. 그들은 어려움을 추구한다. 다른 사람들 눈에는 혼란스럽고, 아무것도 없어 보이고, 무질서하고, 문제가 없어 보이는 곳에서도 학자는 망가진 체계, 관련 없는 지점들, 심지어 잘못된 방향의 흔적을 포착하고 그 속에서 탐구의 가능성과 해석거리를 찾아낸다.

학술서는 새로운 정보, 새로운 도구, 새로운 개념을 동원해 현상을 해명하는 과정이다. 좋은 학술서는 늘 새로운 것을 다룬다. 쐐기문자 조판 조각을 연구하는 학자도 21세기 미국의 인종 차별과 유권자 탄압의 메커니즘을 연구하는 학자만큼이나 새로운 것을 찾아내려고 혼신의 노력을 다한다.

학자들이 이러한 새로움에 도달하는 길은 어려움을 통해서다. 더 정확히 말하자면 여러 어려움을 거칠 때 새로운 것을 만난다. 고쳐쓰기를 앞두고 있다면 자신의 연구를 어렵게 만드는 것이 무엇인지 생각해보라. 분명 막다른 길과 사라져버린 흔적이 있을 것이며, 느닷없이 문이 쾅 닫혀버린 지점이 있을 것이다. 우리가 온

---

27 조지 스타이너George Steiner는 시에 내재한 어려움에 관한 분석적 범주를 제안했다. 시 읽기 작업과 연구 프로젝트 수립이라는 도전과제 사이에는 흥미로운 유사점들이 있다. George Steiner, *On Difficulty and Other Essays*(Oxford: Oxford University Press, 1980)

좋은 글에서 더 나은 글로

전히 이해하지 못하는 것들이 상당히 많다. 아리송한 말들도 있을 테고, 더는 해독하기 어려운 증거들도 있을 것이다.

여러분은 연구를 수행하면서 얼마나 많은 종류의 어려움을 맞닥뜨리는가? 적어도 다음과 같은 어려움에 직면할 것이다.

- 무질서의 어려움 (이치에 맞지 않는 증거)
- 부재의 어려움 (소실된 기록)
- 모순의 어려움 (두 개의 막강한 전통, 두 개의 상반된 견해)
- 과업에 필요한 도구를 갖추지 못한 어려움 (감겨 있는 파피루스를 펼쳐낼 기술이 현재로선 부재한 경우, 필요한 기록물 열람을 하려면 20년을 더 기다려야 하는 경우 등)

어려움 뒤에는 깨달음이 따른다. 글쓰기 작업에서 생겨난 어려움이 어떤 종류인지 알고 나면 이를 진전시킬 더 나은 방법을 떠올릴 수 있다. 무질서의 어려움을 예로 들어보자. 내가 가진 자료가 혼란스러운 상태라면, 내가 할 수 있는 것과 할 수 없는 것을 판단할 기회가 생긴다. 뒤죽박죽 엉켜 있는 자료로는 온전히 집필을 마칠 수 없겠지만, 적어도 지금 상태에서 조직할 수 있는 것들을 가지고 하나의 서사를 만들어낼 수는 있다. 물론 그러려면 제대로 이해하고 해명해야 할 것들이 매우 많다는 것을 잘 알고 있지만 말이다.

부재의 어려움—증거가 무질서한 것이 아니라 아예 없는 경우—을 깨달으면 여기서 발생하는 간극을 추측하고 이론화하려는 의지가 생긴다. 사실이 아니라 추측과 이론이라는 점을 저자가 잘 알고 있다면, 이는 정당하고 필요한 사유 방식이다.

모순이라는 어려움을 깨달으려면 극단을 오가는 양극성을 벗어나 제삼자의 위치에 서야 한다. 그러려면 대립하는 세력들을 관찰하고 분석할 새로운 관점이 필요하다. 이것이 모순 자체를 해소할 수는 없겠지만, 주어진 사태를 파악하고 연구하는 것만으로도 다음 세대 연구자들이 문제에 접근하는 데 도움을 줄 것이다.

문제 해결은 고사하고 문제를 이해하는 데 필요한 도구가 없다는 사실을 깨닫고 나면, 그 문제를 연구하는 데 사용한 용어를 재설정할 수 있다. 재설정은 학술 연구에서 매우 중요하다. 지금껏 알지 못했거나 간과되어온 사실에 관한 학문적 정의 작업은 저자가 독자에게 선사할 수 있는 가장 귀중한 선물이다.

우리는 글을 고치면서 전달할 내용과 더불어 그 내용의 한계에 대해서도 분명히 밝히려 한다. 우리는 고쳐쓰기를 통해 행간의 간극을 메울 뿐만 아니라, 글의 윤곽과 단위 그리고 그 사이의 공간을 더 명확히 함으로써 충분히 이해할 만한 글을 쓰고, 우리가 공유하려는 내용이 실제로 독자에게 잘 전달되게 한다. 고쳐쓰기 작업을 기회로 삼아 문제를 명확히 하길 바란다. 결국 우리가 글로 쓰고, 탐구하고, 힘겹게 씨름하는 대상—우리의 문제—만이 학술서의 진정한 주제다.

6. 우리가 원하는 것은 좋은 종류의 문제다

글을 쓰는 데 아무리 어려움을 추구한다 해도 터무니없이 막막한 장애물을 만나고 싶은 저자는 없다. 나쁜 종류의 문제로는 아무 데도 이르지 못한다. 나쁜 문제는 이미 알려진 것을 되풀이해서 말하거나, 누구나 아는 지식을 마치 새것처럼 화려한 신조어로 치장해 내놓거나, 분명한 목적도 없이 자잘한 디테일만 물고 늘어지는 경우가 많다.[28]

이와 달리, 좋은 종류의 문제는 의미를 담은 물음으로서 또 다른 유의미한 질문으로 이어진다. 이런 일이 일어났다면 이른바 생성적 통찰generative insight에 도달한 것이다. 이 순간 여러분은 다음과 같이 말할 수 있다. "남들이 아직 알아채거나 이해하지 못한 것을 나는 알 수 있어. 만약 내 생각이 타당하다면 전혀 다른 질문, 방향성, 심지어 해법마저 내 앞에 열릴지 몰라." 그런 다음에는 그 문제와 함께 움직이면서 읽을 만한 뭔가를 창조하는 과정에 들어서게 된다.

생성적 통찰은 좋은 아이디어 그 이상이다. 이러한 통찰은 일종의 아이디어 엔진으로서 새로운 경로를 제시하고 일련의 질문을 만들어낸다. 생성적 통찰을 일컬어 돌파구, 패러다임의 전환, 게임체인저라는 말을 쓰기도 한다. 이 용어들은 전부 무언가 새롭고, 핵심적이며, 생산적인 것을 일컫는다.

---

[28] 나쁜 종류의 문제를 연구한다고 꼭 허위의 결론을 얻는 것은 아니다. 그런 연구들도 진실한 결론을 낼 수는 있으나, 대부분 자잘하고 쓸모없는 내용에 그치고 만다. 나의 목표치가 미흡했다는 사실만큼은 늘 분명히 알 수 있다.

학술적 글쓰기에는 언제나 작은 아이디어와 큰 아이디어가 존재한다. 두 가지가 모두 필요하다. 작은 아이디어가 작지만 가치 있는 시각을 제시한다면, 큰 아이디어는 당면한 문제보다는 포괄적인 문제를 다룬다.

분야와 관계없이 모든 학자는 문제를 알아차리고 생성적 통찰을 얻는 데 훈련된 사람이다. 아마 이것이 모든 학자의 공통점일 것이다. 즉 학자들은 증거, 역사, 그리고 일정한 틀을 갖춘 가정을 토대로 매우 사소한 대상에도 책임 있는 태도로 지속적인 관심을 기울이는 능력을 갖추고 있다. 학자는 자기만의 렌즈, 관점, 이론을 가지고 있다. 이와 더불어 가르치려는 욕구도 가지고 있다. 훌륭한 학술문은 사유하는 데 그치지 않고 무언가를 가르쳐준다. 따라서 좋은 종류의 문제라 함은 가르침을 줄 수 있는 문제라고 할 수 있다.

7. 모든 텍스트는 하나의 단계다

글을 고치는 것은 여러 단계에 걸쳐 이루어지는 작업이며, 여기서 말하는 '단계'란 적어도 두 종류를 가리킨다. 고쳐쓰기는 하나의 여정, 혹은 일정한 경로를 따라 A 지점에서 B 지점으로 이동하는 과정 중의 한 지점이라고 생각할 수 있다(버스 정류장, 또는 유아기에서 성인기로 옮겨가는 성장 과정의 한 단계). '숙제로 작문한 것을 책으로 내지 말라'는 말은 이미 잘 알 것이다. 여러분이 알게 된 것이나 다른 사람들이 이미 한 말을 가지고 독자를 당황케 하지 말라는 소리다. 이런 글은 본인이야 즐겁지 독자에게는 시간 낭비일 것이다. 글쓰기는 참여를 유도하는 활동임을 잊지 말자.

우리 중 많은 사람은 글쓰기와 고쳐쓰기를 움직임의 측면에서 생각해야 한다고 배웠다. 글, 특히 학자들이 작성하는 복잡한 종류의 글은 일종의 연극 무대로 생각되기도 한다. 배우(즉 저자인 여러분)가 생각의 경험을 연기하는 장소로 보는 것이다. 여러분의 생각을 무대에 올리는 것은 상대가 추가 분석을 할 수 있도록 연구 결과를 단순히 부호화하는 것과는 완전히 다르다. 방금 나는 내용을 제시하는 두 가지 상이하고 타당한 수단을 언급했다.

물론 같은 주제라도 다양한 방식으로 쓸 수 있으며, 이때 여러분은 자기가 아는 것과 말하고 싶은 것을 무대에 올리는 여러 방법 중 하나를 택하게 될 것이다.

예를 들어보자. 루이스 박사는 미시간주 플린트의 식수에 함유된 독성 조사를 마쳤다. 이 프로젝트의 총괄자로서 루이스 박사는 최종 보고서 제목 아래 적힌 11명 중 맨 앞에 이름을 올렸다. 보고서 분량은 단 10쪽이지만, 그 안에는 플린트 지역의 수질오염 위기에 관한 각종 데이터를 이용한 과학적 분석이 빼곡하게 적혀 있다.[29] 이 보고서는 기술적인 문서이므로 시급성을 띤 선언적 문장으로 작

---

29 리사 기텔만Lisa Gitelman과 버지니아 잭슨Virginia Jackson이 《'미가공 자료'라는 모순어법 *"Raw Data" Is an Oxymoron*》(Cambridge, MA: MIT Press, 2013)의 머리말에서 논했듯이, 우리는 늘 자료는 중립적이고, 투명하고, 본질적으로 사실이라는 무모한 상상을 펼친다. 자료란 주장을 뒷받침하기 위해 선별된 재료다. 우리가 탐구하는 의미에서 보면 자료는 늘 '연출된' 것이다.

성할 필요가 없다. 그래서는 안 될 것이다. 정량 분석에 크게 의존하는 이런 보고서는 동종업계 전문가들을 위한 글이니 말이다.

한편, 도시 사회학자인 리 박사는 〈뉴요커〉 기고문을 통해 플린트의 상황을 알리면서, 오염된 식수가 아이들의 성장과 발육에 어떤 영향을 주는지 논했다. 이 기고문은 정보를 전달할 뿐만 아니라, 그 주제에 관한 필자의 생각을 독자가 경험하도록 이끈다. 기고문의 일부 또는 전부를 읽을 때만 그럴 수도 있지만, 기고문의 필자는 자신의 글이 오래도록 독자에게 여운이 남기를 바란다. 심지어 리 박사는 루이스 박사의 기술적인 보고서를 활용할 수도 있다.

위에서 말한 두 사람의 글은 디테일을 다루는 정도와 문체 면에서도 상이하지만, 독자에게 전달할 내용을 연출하는 방식도 다르다.

자기 생각을 연출한다는 것은 이를 조직하여 제시하는 것을 말한다. 아무리 중립적이고 객관적인 연출을 꾀한다 해도 생각을 조직하는 과정에서 저자의 관점이 투영되기 마련이다. 그것이 일종의 상연performance이다. 어떤 글을 쓰든 간에 그 글에 여러분 자신이 스며 있다. 최대한 중립적이고 객관적인 자세를 취한다 해도 여러분이 쓴 텍스트 어딘가에는 늘 여러분 자신이 있을 것이다. 이는 좋은 것이기도 하다.

그러나 글쓰기를 논할 때 이런 식으로 말하는 경우는 흔치 않다. 어떤 주제에 관해 자기의 생각을 드러낸다는 것은 때로는 자의식 과잉으로 비치기도 하며, 조금은 자기애처럼 느껴지기 때문이다. "오염 문제는 됐고, 이제 나에 관해 이야기해보자"라고 발표하는 듯하다. 하지만 생각의 경험을 상연한다는 것은 그런 뜻이 아니다. 생각 경험의 상연은 그 주제가 왜 중요하며 어떤 경로로 그 문제의식에 도달했는지, 그 문제의 원인과 결과는 무엇이며 이를 통해 궁극적으로 무엇을 말하고자 하는지를 설득력 있게 보여주는 과정이다. 생각을 연출한다는 것은 이런 뜻이다.

연출의 은유는 이 정도만 이야기하는 편이 좋겠다. 지금 당장 여러분이 신경 쓸 무대는 현재 작성 중인 텍스트의 상황일 테니 말이다. 여러분의 글쓰기와 고쳐쓰기 과정이 매우 조직적이고 체계적이라 해도 여전히 최종본은 우연한 산물이라고 생각될 것이다. 이 과정은 과학적 사실처럼 딱 떨어지지 않는다. 다만 여러분의 텍스트를 여러 번 검토하다 보면 여러분 자신이 읽고 싶고 공유하고 싶은 텍스트에 점점 더 가까이 다가간다는 느낌을 받을 것이다.

학술적 글쓰기가 늘 생각의 경험장—주의력과 목표 의식을 가지고 창의적이고 진지하게 생각하는 과정—인 것은 아니다. 당연히 그래야 한다. 그러한 경험은 논증보다 모호하고, 비평보다 상연적performative이며, 증거보다 탄력적이니 말이다. 하지만 좋은 글을 쓰고 자기가 쓴 내용을 경청한다면 자연스레 그러한 경험이 글 속에 녹아들게 된다.

따라서 최고의 글은 어떤 문제에 관한 저자의 생각 경험을 독자 앞에 내놓는 것을 목표로 삼는다. 이런 글은 매우 생생하고 심지어 매혹적으로 느껴진다. 노련한 저자는 그런 글을 만들고자 온갖 요령을 동원한다. 어조와 어휘를 교체하고, 통사적 장치를 쓰거나 관심 대상을 전환해보기도 하며, 주제 사이를 재빠르게 움직이는가 하면 때로는 몇 페이지에 걸쳐 한 주제를 깊게 파고들기도 한다. 좋은 글을 읽을 때면 단어, 구, 문장, 문단, 페이지 하나하나에서 무언가를 만들어내고 있는 정신을 엿보게 된다. 모든 저자가 이런 기술을 보유한 것은 아니지만, 학술 저자를 포함해 모든 전문 작가는 이런 기술을 갈망하고 바라야 한다. 그리고 독자인 우리는 페이지를 한 장 한 장 넘길 때마다 저자가 우리에게 말하려는 것에 귀를 기울여야 한다.[30]

《한여름 밤의 꿈》의 끝부분에서 테세우스는 동화와 공상과 기교 섞인 언어 따위 관심 없다고 말하면서, 시인들이란 '허공에 솟아오른 존재하지 않는 것'을 바라보며 '장소와 이름'을 부여하는 작자들이라 비꼬듯 말한다. 테세우스는 자기야말로 터무니없는 말을 능숙하게 가려낸다고 자신하겠지만, 이는 틀린 생각이다. 문장과 페이지와 챕터를 공들여 엮어가며 중요한 움직임을 일으키는 것을 시라고 한다면, 모든 글은 여러 견해와 다양한 논거를 바탕으로 매우 견고한 결과물을 만들어낸다는 점에서 시적 요소를 담고 있다고 말할 수 있다. 이것이 가능한 것은 다름 아닌 글로 작업하기 때문이다.

---

30 읽는 방식에도 여러 가지가 있다. 대개 우리는 대충 훑어보고, 휙휙 넘겨보고, 아래위로 스크롤을 움직이면서 저자가 잘 펼쳐놓은 논지 혹은 가장 세심하게 연출해둔 개념을 엉망으로 이해하곤 한다. 하지만 눈을 끄는 대목에서는 앞 페이지로 돌아가거나 상단으로 스크롤해서 다시 읽기 시작한다. 독자가 글과 소통하는 이 두 가지 형태 사이에는 긴장이 존재한다. 이에 관해서는 글의 구조를 살펴볼 때 다시 논하기로 하자.

좋은 글에서 더 나은 글로

8. 직관을 경시하지 말라

춤도 그렇지만 좋은 글도 누구나 따라쓸 수 있도록 간단히 설명하는 게 불가능하다. 온갖 글쓰기 워크숍, 캠프, 계발훈련 끝에 우리는 알고 있다. 글쓰기는 직관이 작용한 결과라고 말이다. 탁월한 작가에게는 탁월한 직관 능력이 있고, 썩 괜찮은 작가에게도 직관이 일부 발휘된다. 스스로를 서투른 작가라고 여기는 사람은 그런 직관이 자신에게 전혀 없다고 생각할지 모르지만, 방법을 익힌다면 직관을 갖출 수 있다.

직관의 진실은 어디서나 발견된다. 여러분이 쓴 초안들을 잠시 생각해보자. 어떤 글은 아직 쓸모가 있는 것 같으니 좀 더 발전시켜보자 할 것이고, 어떤 글은 그냥 서랍에 넣어두는 편이 낫겠다고 판단할 것이다. 자기가 쓴 초안을 두고 이런 생각을 했다는 것만 봐도 여러분이 글쓰기 작업에 직관을 발휘하고 있다는 사실을 알 수 있다. 글을 쓰는 사람이라면 자기 글이 초안에서 더 좋아질 수 없다는 느낌을 받을 때가 있다. 아직 고쳐쓸 단계가 아니라고 생각할 수도 있고, 본인 스스로 자기 글에 확신이 없어서 일 수도 있고, 그 둘 다이기 때문일 수도 있다. 이를 파악하도록 돕는 것이 직관이다.

시험 삼아 5천 단어 정도로 자기 생각을 적어보는 데서 끝내는 것이 최선인 글도 있다. 그 이상 발전시킬 필요가 없다. 그런 원고는 초고 상태에밖에 머물지 못해도 더 나은 글쓰기를 위한 유용한 자원이 될 수 있다. 나는 많은 양을 초안으로 쓰고, 많은 양을 삭제한다. 대개 문장은 말끔한 편이나 내용을 진실하게 드러내지 못해 걷어낸다. 멋진 문장이라고 해서 그 문장이 진실하다는 뜻은 아니다. 또한, 진실한 내용을 멋지게 표현한 문장이라고 해서 내가 쓰고 있는 글에 유용한 것도 아니다.

하지만 생각할 것이 있다. 때로 저자는 당장의 효력은 발휘하지 못해도 새로운 시작, 새로운 방향성, 심지어 예상치 못한 전혀 다른 프로젝트의 실마리를 제시하는 초안을 쓰기도 한다.

훌륭한 글쓰기 직관을 갖춘 사람이라면, 성공적인 학술서의 역할은 정보 전달이 아니며, (무미건조한 기업 은어를 사용하자면) '성과 창출'은 더더욱 아니라는 점을 잘 알 것이다. 저자가 정보를 전달하는 사람이라는 상상도 하지 말라. 이는 자동화된 프로그램이 실행하는 일이며, 그렇다고 모든 프로그램이 정보 전달을 하는 것도 아니다. 저자는 독자에게 어떤 개념을 명확하게 입증하는 사람이다. 훌륭한 저자라면 이를 설득력 있게 제시한다.

그렇다면 최고의 질서를 갖춘 최고의 글이란 무엇일까? 이를 어떻게 알 수 있을까? 우리는 텍스트가 최대한 명확하고 설득력 있게 글의 의도를 드러내도록 만들겠다는 목표를 달성하고자 노력한다. 이것이 내가 떠올릴 수 있는 '최고'의 바람직한 정의다. 글을 고칠 때 여러분은 자료, 단계, 배치, 시간, 독자의 존재 등 머릿속에 맴도는 요소들을 고려한다. 처음에는 여러분의 작업물을 가지고 시작하지만, 이를 읽어나가면서 최대한 타인의 눈으로 글을 바라보려고 애쓴다. 문서 파일 여기저기에 확인 사항을 표시하기도 하고, 손에 펜을 들고 출력본 여기저기에 메모를 달아두기도 한다. 여러분의 직관을 신뢰하라. 직관은 경험 속에서 자라나기 때문이다.

9. 상처가 되더라도 타인의 말을 경청하라

자기 글과 자기 글에 대한 자신의 의견도 최대한 경청해야 하지만, 타인의 비평은 더더욱 새겨들어야 한다. 이런 점에서 친구는 훌륭한 존재다. 그들은 언제든지 필요하면 도움이 되겠다고 말해줄 것이다. 하지만 너그러운 자세를 갖추길 바란다. 자기가 잘 아는 사람이 쓴 글을 읽고 전문가 수준의 반응을 내놓을 수 있거나 그러길 원하는 사람은 많지 않다. "내용 정말 좋던데"라는 평은 격려의 말일 뿐, 글에 대한 적절한 반응은 아니다. 이와 달리 출판사에 원고를 제출한 뒤에 익명의 전문 독자 보고서를 받을 경우, 이는 미지의 독자들이 어떻게 반응할지 미리 살펴볼 더없는 기회가 된다.

학술지나 학술서 전문 출판사에서는 미출간된 원고를 처음 읽어보는 일을 커미셔닝 에디터commissioning editor[31]에게 맡긴다. 이 허들을 무사히 넘고 나면 에디터는 해당 원고를 리뷰어에게 넘겨 제대로 검토하도록 한다. 리뷰어에게 단순히 글이 좋다 나쁘다를 묻는 경우는 드물다. 리뷰어는 대개 몇 페이지 분량의 글을 읽은 뒤에 유용하고 전문적인 평가를 하도록 훈련받은 전문가다. 이러한 과정을 거쳐 작성된 검토서를 받았다면 안전띠를 단단히 매고 주의 깊게 검토서를 읽어보라.

---

31 (옮긴이) 어떤 책을 출간할지에 관해 출판사에 자문을 제공하는 사람.

전문 독자가 글에 열렬한 관심을 보였다 해도, 그의 검토서에는 이미 탄탄하게 작성된 원고임에도 불구하고 원고 보강을 위한 몇몇 제안이 담겨 있다. 이와 달리 어떤 검토서는 그저 출간 반대 의사만을 밝히기도 한다. 부정적인 의견에 반응하기란 결코 쉽지 않다. 발상이 잘못되었다거나 내용을 제대로 구축하지 못했다는 평을 듣고 싶어 하는 작가가 어디 있겠는가? 하지만 내 말을 믿어 달라. 그런 부정적인 비평 속에 악의가 실리지 않았다면(작가가 마음의 상처를 받는다 하더라도 비평에 악의를 담는 경우는 드물다), 가혹한 평가일수록 가장 엄격하고 냉정하게 글을 읽었다는 의미일 것이다. 달리 표현하자면, 거칠고 부정적인 평가라 하더라도 글쓴이의 기준을 이해하고 지켜주는 선에서 나온 평가라면 훌륭한 검토서라 할 수 있다.

여러분을 담당하는 편집자는 여러분과 리뷰어 검토서 사이에서 중개자 역할을 한다. 그는 긍정적인 평을 보고 힘을 실어주는 한편, 불편한 지적도 진지하게 받아들이고 이에 적절히 대응하도록 촉구한다. 그러므로 진지하게 작성된 '부정적인 검토서'는 가장 냉정하게 작성된 '긍정적인 검토서'라고 생각하길 바란다. 리뷰어는 여러분의 출간을 가로막으려는 사람이 아니라, 여러분이 실수를 하거나 흠결 있는 원고를 출간하지 않도록 도와주려는 사람이라고 생각하자. 훌륭한 편집자라면 여러분이 그러한 비평을 잘 참고해서 글쓰기에 적용하도록 요청할 것이다. 단, 적절히 반응하되 완전히 항복하지는 말라. 독자 보고서를 주의 깊게 읽고, 여러분이

좋은 글에서 더 나은 글로

참고할 조언과 참고하지 않을 조언을 스스로 결정하라. 결국 이 작업의 주체는 여러분이다.

*

자, 이제 위에서 논한 원칙들을 한데 모아놓고 하나의 목적을 세워보자. 글을 쓰고, 분석하고, 초안을 강화하기 위한 계획을 세울 때는 세 가지 A—논지Argument, 구조 Architecture, 독자Audience—에 초점을 맞추자. 어떤 글을 쓰든 간에 이 3대 목표를 친구로 여기길 바란다.

첫째는 논지다. 잡초 속에서 헤매지 말라. 글을 통해 무엇을 말하고 싶은지 글의 주제에 대해 정확히 알길 바란다. 하나의 논지에 모든 것을 담을 수는 없다. 논하되 최대한 구체적인 내용을 담아야 한다. 그 무언가로부터 모든 것을 추정하고 싶더라도, 결국 하나의 초점과 하나의 논지가 있어야 한다. 무엇보다도 논지는 하나의 목표를 향해야 한다.

두 번째는 구조다. 여러분 앞에 놓인 글의 구조를 파악하고, 글에 필요한 구조를 고려한 뒤, 필요한 부분을 변경하라. 장르와 분야마다 나름의 관습이 있다. 여러분이 다루는 글의 형태에 적용되는 관습을 포함해 글의 구조를 제대로 이해하라.

마지막은 독자다. 여러분의 글이 도달하게 될 독자를 솔직하게 판단해야 한다. 그들을 염두에 두고 글을 쓰고 그들에게 유용한 개념을 논하라.

꽤 길게 구성한 이번 장에서는 많은 내용을 빼곡히 다루었다. 여러분의 글을 좋은 상태에서 더 나은 상태로 발전시키려면 정말 많은 것을 고려해야 한다.

초안을 한 번 더 다듬으면 확실히 전보다 나아진다. 이 책이 다루는 주제 중 하나(주제themes라 함은 반복해서 논하는 내용을 말한다)는 글, 특히 학술문은 그 자체가 하나의 도구 모음이라는 것이다. 내가 지면에 담는 내용이 독자를 위한 하나의 도구라고 생각하면 글의 소재와 이를 쓰는 방식이 전부 달라진다.

이제 느긋하게 동네 한 바퀴를 돌거나 하룻밤 푹 자고 일어나자. 기분 전환도 하고, 커피도 내려놓고, 책상도 깨끗하게 정리했다면 이제 소매를 걷어붙일 때다. 사실 이것이야말로 글쓰기에서 가장 어려운 일이며, 고쳐쓰기에서도 이 지점까지 오기가 가장 어렵다.

3

내 글을
이해하려면

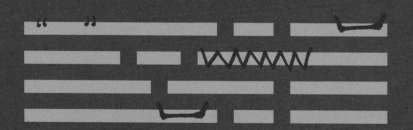

작가 매기 넬슨Maggie Nelson은 하나의 경구를 통해 글의 형식과 내용에 관해 조언한다. "당신이 해놓은 것을 가만히 보며 당신이 하려던 것을 발견하라."[1] 이 조언은 우선 글을 써놓은 뒤에 원고를 다시 검토하며 그 페이지에 무엇을 쓰려던 것인지 알아내야 한다는 뜻으로 보인다. 이것이 대개 저자로서 여러분에게 주어진 일이다. 내 원고를 제대로 파악하고, 다음에 할 일을 결정해야 한다. 고쳐쓰기 과정에서 가장 어려운 일 하나는 내가 써놓은 글을 잘 파악하는 것이다. 바로 이 부분, 즉 내가 쓴 초고가 그렇게 쓰인 이유를 제대로 파악하는 몇 가지 방법을 살펴보자.

여러분은 어떤 유형의 저자인가? 이 질문에 대한 답은 자기 글을 검토하며 고쳐쓸 방법을 고민할 때 도움이 된다. 느리게 쓰는 저자가 있는가 하면 빠르게 쓰는 저자가 있고, 핵심 전제로부터 내용을 쌓아 올리는 저자가 있는가 하면 여러 가닥을 엮어가며 의미

[1]   Regan Mies, "On Writing and Pleasure: Zooming with Award-Winning Author and Poet Maggie Nelson," Bwog.com, Columbia Student News, October 2, 2020, https://bwog.com/2020/10/on-writing-and-pleasure -zooming-with-award-winning-author-and-poet-maggie-nelson/.

관계와 연결고리를 만드는 저자가 있다. 특별한 목표 없이 어느 순간 영감을 받아 글을 써내려가는 저자도 있고, 첫 페이지를 쓰기도 전에 머릿속에 전체 내용을 그려놓는 저자도 있다. 하지만 추측건대 학술적 글을 쓰는 대다수 저자는 '이어 맞추는 사람patchers'이거나 '다듬는 사람polishers'이다.

　이어 맞추는 스타일의 저자는 한 번에 한 문단 혹은 한 단락씩 작업하면서 하나의 개념을 최대한 자세히 적어둔다. 한 문단을 길게 작성한다거나 두 페이지에 걸쳐 진지한 생각을 담아낸다. 이것이 생각의 조각이다. 그다음 새로운 조각으로 넘어간다. 르네상스 시대 프레스코 화가들도 조각별로 작품을 완성해나갔다. 석회를 바른 벽에, 그것이 채 마르기 전에 색을 입히는 것이다. 오늘은 메시지를 전하러 온 천사를 그렸다면, 내일은 책을 읽다가 깜짝 놀란 젊은 여성을 그린다. 이런 식으로 작업을 진행해 프레스코화를 완성한다. 여러분도 그림을 주의 깊게 살펴보면 하루의 작업이 끝나고 다음 작업이 시작된 연결 부분을 알아차릴 수 있다. 일부 저자는 프레스코 화가들처럼 글의 한 부분을 완전히 끝낸 후에야 다음 부분으로 넘어간다. 때로는 그 연결 부분을 우리도 알아차릴 수 있다. 여러분이 이어 맞추며 작업하는 저자라면 아마 언젠가, 어쩌면 오늘이라도 활용하려고 만들어놓은 파일이 수두룩할지도 모른다. 훌륭한 문제 제기라 생각하며 두 페이지 분량으로 줄줄이 써내려간 글, 탁월한 문단이지만 아직 제자리를 찾지 못한 글, 중요한 참고문헌에서 얻은 강력한 인용문과 이에 못지않게 강력한 견해 등이 빼곡하게 남아 있을 것이다.

　이와 반대로, 다듬는 스타일의 저자는 글—문장, 문단, 페이지—을 쓴 뒤 곧장 이를 검토한다. 그렇게 여러 번 글을 살핀다. 절을 옮기고, 단어를 교체하고, 문장 형태를 한층 정교하게 만든다. 다듬는 사람은 결코 만족하는 법이 없다. 그들 눈에는 늘 개선점이 보인다.

　다듬으며 작업하는 사람은 프레스코 화가로는 빵점이겠지만, 퍼즐 해결사로는 탁월한 능력을 발휘할 수도 있다. 반면, 이어 맞추며 작업하는 저자는 적어도 단계별로는 자신의 목표를 빨리 알아차린다. 다듬으며 작업하는 사람들의 원고 검토 방식을 화가에 비유하면, 유화를 그리는 화가가 일단은 전체를 다 완성한 뒤에 다시 보면서 주의를 분산시키는 불필요한 요소들을 없애고 산자락 한두 개를 옮기며 배경을 매만져가는 과정이라고 말할 수 있다. 거장의 명작을 가까이에서 살펴보면, 화가가 거듭 수정한 곳을 심심치 않게 확인할 수 있다. 자세히 보면 곳곳에 색소가 바랜 탓에 펜티멘토pentimento가 드러난다. 흐릿한 그림자가 보이는 지점에는 한때 다리 하나가 그려져 있었다거나 멀리 집 한 채가 위치해 있었지만, 지금은 나무 한 그루가 서 있다.

　이어 맞추며 작업하는 저자는 글의 형태에 관한 직관이 발달해 있고 지금 글에 무엇이 필요한지 확실히 알고 있다. 이와 달리 다듬으며 작업하는 저자는 끝없는 개선 가능성을 신뢰하며 이를 원동력 삼아 좋은 글을 더 나은 글로 개선한다.

　글 쓰는 방식에 따라 주의할 점이 있다. 이어 맞추는 저자는 저자와 함께 단락에서 단락으로 옮겨가는 독자의 능력을 당연시하기 쉽다. 전환점들이 소홀히 다뤄질 수 있다는 말이다. 다듬는 저자는 아름다운 나무로 빼곡한 숲을 전체적으로 조망하는 독자의 능력을 당연시할 수 있다. 잘 다듬어진 글은 때로 보석 세공술로 묘사되기도 한다. 보석을 깎고 연마하듯 글을 깎고 다듬기 때문이다.

이어 맞추는 저자와 다듬는 저자의 구분은 사실 글쓰기 이론상 큰 의미는 없다. 실제로 저자들(이를테면 여러분)은 두 작업을 병행한다. 하지만 텍스트를 고칠 때는 내가 어떤 유형의 저자이며, 어떤 목적을 가지고 어떤 과정을 밟을지 자신에게 분명히 해두는 것이 유용하다. 아래와 같이 말해볼 수도 있겠다.

나는 지저분한 퇴고자다. 내가 써놓은 단락들과 초안들을 검토하긴 하지만 그것들을 단단히 잇지는 못한다. 조각 하나하나는 기가 막히게 잘 다루는데, 과연 누가 내 조각들을 읽어줄까?

나는 지저분한 퇴고자다. 단번에 초안을 써내려가며 내 생각을 담아낸 뒤에 이를 출력해서 펼쳐놓고 여러 색깔 펜으로 전부 고쳐쓰기 시작한다.

나는 깔끔하게 고쳐쓰는 스타일이다. 단락들과 초안들을 면밀히 검토해가며 이들을 단단히 엮어낸다. 그런 다음 지저분한 퇴고자가 되어 앞서 엮어놓은 것을 갈가리 떼어놓는다.

자고로 혼잣말은 광기의 표시라는 상투적인 말이 있는데 그런 말은 믿지 말라. 결국, 글쓰기란 상상의 타인 앞에서 혼잣말하는 과정이 아니고 무엇이겠는가?

내 글을 다시 읽는 방법

글을 고칠 때면 글 속에서 새로운 것, 변화를 요하는 것을 포착하게 된다. 나는 다른 책에서 고쳐쓰기란 낙관주의자의 일이라고 말한 바 있다.[2]

이러한 낙관주의의 장점은 다양한 방식으로 나타난다. 어디서 글쓰기를 멈추고 고쳐쓰기를 시작할지 판단하기 어려울 때가 있다. 문장 1을 썼다고 해보자. 2분 후에 그 문장 속의 단어 하나를 교체했다. 이것은 고쳐쓰기일까 아니면 글쓰기일까? 또는, 한 장 전체를 쓰고 나서 점심 휴식을 가진 뒤, 아까 작성한 초안을 들여다보면서 빈약한 부분이 없는지 귀 기울였다고 해보자. 이것은 고쳐쓰기일까 아니면 그저 훌륭한 글쓰기 기법일까?

여러분의 작업 과정을 다시 한번 살펴보자. 챕터 하나를 완성하고 이를 한 달간 묵혀두었다. 그런 다음 새로운 눈으로 다시 읽어보니 내용도 좋고 꽤 잘 쓴 것 같다. 다만, 4페이지에 가서야 기막

---

2 William Germano, *From Dissertation to Book*, 2nd ed.(Chicago: University of Chicago Press, 2013), p. 27.

힌 부분이 등장한다. 앞의 3페이지까지는 이미 학계에 널리 알려진 자명한 이치를 논하고 있다. 뻔한 부분을 걷어내고 나니 갑자기 챕터 전체에 짜릿한 에너지가 감돈다. 이제 그 에너지를 활용해 결론까지 논지를 끌고 갈 수 있게 되었다. 이것은 고쳐쓰기일까 아니면 그저 훌륭한 글쓰기 기법일까?

여러분이 방금 읽은 두 문단은 연속적, 지속적 고쳐쓰기와 단계적 고쳐쓰기의 구분을 논한 것이기도 하다. 이 둘의 차이점은 시간 구성과 저자의 의도에 있다. 회반죽이 마르기 전에 그림을 완성해야 하는 프레스코 화가처럼 같은 날 고쳐쓰기를 진행하는 경우도 있고, 글을 써놓고 얼마간 시간이 흐른 뒤에 새로운 관점으로 자기가 써놓은 글을 다시 살펴보는 경우도 있다. 즉시 검토하든 얼마 후에 검토하든, 무의식적으로 검토하든 의도적으로 검토하든 고쳐쓰기는 지속적이고, 연속적이며, 또한 새롭게 시작하는 작업이다. 글쓰기처럼 말이다.

이번 장의 제목 '내 글을 이해하려면'은 이미 완료한 작업과 앞으로 진행해야 할 작업 사이의 연속성을 강조한다. 고쳐쓰기는 엉망인 글을 그럭저럭 읽을 만한 글로 탈바꿈하는 과정이 아니다. 어차피 좋은 글이 아니라고 생각하는데 굳이 시간을 들여 고칠 이유가 있겠는가? 절대 그렇지 않다. 지금 여러분 앞에 놓인 글은 분명 좋은 글, 혹은 좋은 내용을 담은 글이다. 부동산 중개인들이 쓰는 용어를 빌리면 일종의 '개발 가능성'을 지녔다는 말이다.[3] 마음에 들지 않는 초안은 절대 손대지 말라. 내가 존중하지 못할 초안은 들여다보지도 말라. 그렇게 애쓴들 수고한 만큼의 가치를 전혀 거두지 못한다. 고쳐쓰기는 의욕이 넘치는 자세로 임해야 하며, 이를 위해서는 내가 작성한 초안 안에 장점—묻혀 있고, 하자가 있고, 혼란스러운 상태에 놓여 있는 장점—이 있다는 믿음이 필요하다.

행동경제학의 창시자이자 심리학자인 대니얼 카너먼Daniel Kahneman은 그의 베스트셀러《빠른 생각, 느린 생각Thinking, Fast and Slow》에서 모든 사람이 일상생활에서 부딪히는 일련의 문제를 살펴본다.[4] 이 책은 생각의 두 가지 방식에 관한 통찰을 주 내용으로 다룬다. 하나는 감정과 직관으로부터 샘솟는 신속한 생각이며, 다른 하나는 증거와 판단을 토대로 이루어지는 신중한 생각이다. 이 책은 널리 읽혔으며, 저자가 일상의 예를 들어 설명한 직관과 의사결정에 관한 내용을 두고 많은 독자가 토론을 벌였다. 이 책에서 카너먼이 고쳐쓰기를 집중적으로 다룬 것은 아니지만, 하나의 글을 고치는 과정에 관여하는 정신 활동에서도 그가 말한 사고 과정과 절차가 나타난다.

빠른 고쳐쓰기, 느린 고쳐쓰기를 실천한다는 것은 무슨 뜻일까? 카너먼의 생각법을 글쓰기에도 적용한다면 우리 생각을 담아내는

---

3   매기 스미스Maggie Smith는 〈뼈대가 튼튼한 집Good Bones〉이라는 시에서 부동산 중개인들의 말투—"이 집 참 좋아 보이는데요"—를 활용해, 우리가 언젠가 떠나게 될 세상에 관해 아이들에게 들려주는 말들을 비유적으로 표현했다. 고쳐쓰기를 다룬 이 책을 마무리 짓는 과정에서 스미스의 이 시가 머릿속에 맴돌곤 했다.

4   Daniel Kahneman, *Thinking, Fast and Slow*(New York: Farrar, Straus and Giroux, 2013) [한국어판: 대니얼 카너먼, 이창신 옮김,《생각에 관한 생각》(김영사, 2018)]

방식에도 도움이 되지 않을까? 처음에는 일단 쓰고 그다음부터는 다듬어가는 방식으로 말이다. 그러다 보면 우리의 가정과 전제, 중요한 것을 종이에 적는다는 믿음, 분석과 수정과 발견에 관한 책임과 헌신, 그리고 글로 써놓은 것을 제대로 보지 못하고 있는 우리의 폐색성까지 쉽게 드러날 것이다.

느린 고쳐쓰기란 이 책이 여러분에게 권하는 그 모든 고통스럽고 사색적인 작업을 의미한다. 자료를 요리조리 사용해 아이디어들이 무르익도록 충분한 시간을 들여야 한다. 하나의 수정본을 만들 수는 있지만 그것이 여러분이 바라는 바로 그 수정본은 아닐 수 있다. 집요하게 매달리되 때로는 숨을 돌리며 잠시 쉬기도 하고, 제대로 쓰기 위해 필요하다면 추가 연구도 수행하라. 글쓰기도 여러분도 기계가 아니다.

빠른 고쳐쓰기란 신속하게 글을 고치는 것을 의미하는데 이런 방식은 기껏해야 차선책일 수밖에 없다. 하지만 빠른 속도로 글을 훑어가면서—아무것도 고치지 않고, 글 위에 표시하지도 않고, 중간에 쉬지도 않는다—글의 구성과 어조를 느껴가며 논지를 확인하는 것도 빠른 고쳐쓰기의 한 방법일 수 있다.

너그러운 친구나 동료라면 이런 '빠른 고쳐쓰기'를 통해 여러분의 초안을 검토해줄 것이다.

초안을 보통의 속도로 읽으면 얼마나 걸릴지 어림잡아본 뒤, 그 시간의 절반을 계산한다. 그런 다음 여러분의 너그러운 친구에게 다가가 이렇게 부탁한다. "데이비드, 이거 내가 쓴 원고인데 00분

정도 읽어봐 줄 수 있어? 읽고 어떤지 얘기해줘."

데이비드에게 요청하는 것은 여러분의 텍스트를 속도감 있게 봐달라는 것이다. 독자에게 바라듯 글을 찬찬히 읽는 것과는 상반되지만, 사실 많은 텍스트가 이런 방식으로 독자에게 읽힌다.

데이비드가 말해주는 내용을 경청하고, 중요한 것은 메모로 남기자. 그리고 감사하는 태도를 보이자. 그런 다음 여러분의 텍스트를 다시 들여다보면서 너그러운 독자의 의견과 여러분이 텍스트를 통해 말하려는 것을 비교해보자.

물론 외부 독자를 활용하는 방법도 있다. 안전하게 일을 진행하려면 전문 지식을 갖춘 사람에게 검토를 요청하는 것이 가장 익숙한 전략이다. 마리아는 내가 속한 분야의 주도적인 학자이며, 한 챕터 또는 그 이상을 기꺼이 검토해줄 동료다. 마리아는 빨리 읽지 않고 충분히 시간을 들여 글을 천천히 살펴보면서 잘못된 곳도 바로잡고 질문도 던질 것이다. 이를 잘 메모하고 상대에게 감사하자. 마리아는 출판사가 의뢰할 리뷰어들과 비슷한 평을 내놓을 것이다. 리뷰어들 역시 나의 원고를 천천히 읽으며 흠결과 강점, 대개는 흠결을 더 많이 찾아낼 것이다.

운 좋게도 우리에게는 마리아와 데이비드처럼 도움을 건넬 수 있는 사람이 곁에 있다. 우리는 혼자 힘으로 글을 고치기도 하고 타인의 도움을 받기도 한다. 다양한 방법이 계기가 되어 해결의 실마리를 찾는다. 전문적인 검토를 맡겨놓고 최선의 결과를 기다린다 하더라도 저자는 스스로 글을 고칠 계획을 세워야 한다. 독자 검토서가 저자를 다시 고쳐쓰기 단계로 던져넣을 때도 많다. 그럴 때면 다시 원점으로 돌아온 것처럼 느껴지지만 절대 그렇지 않다. 실패한 것이 아니다. 조금도 그렇게 생각하지 말라. 왜일까? 애초에 여러분이 공들여 훌륭한 초안을 작성하지 않았다면 독자 검토서를 받지도 못했을 것이며, 이를 통해 더 나은 버전을 만들 기회도 생기지 않았을 것이다.

타인의 의견을 수렴해 고쳐쓰는 것과 자신이 직접 감지한 것을 고려해 고쳐쓰는 것 사이의 인위적인 구분은 글이 어떻게 작성되고 개선되어 인쇄까지 이르는지에 관한 도식적 표현에 불과하다. 실제로 모든 저자는 빈틈없이 꾸준히 글을 고친다. 기존의 표현을 다시 생각해보고 더 나은 표현을 찾아 바꾼다. 그것이 글쓰기이다. 글을 쓰면서 생기는 변화가 눈에 띄지 않는 것 같지만, 그것이야말로 글쓰는 사람들의 핵심 작업이다.

적어도 1시간 정도 방해받지 않고 작업할 만한 조용한 공간을 찾은 뒤에 편안한 의자, 적당한 조명, 필기구를 준비하자. 모든 준비가 된 것 같으면 작성해둔 파일을 연다. 텍스트를 출력할 수 있는 상황이라면 출력본을 옆에 준비해놓는다. 교정 작업을 하기에 가장 좋은 때는 언제일까? 글이 거의 완성된 듯 싶지만 확정되지는 않은 시점이 좋다. 문장 하나하나가 광이 날 만큼 다듬어졌다고 느껴지는 글은 고치기가 어렵다. 얼마든지 텍스트를 다시 살펴봐도 되겠다는 느낌이 드는 시점, 이런저런 변화를 주는 것이 유익하다고 느껴지는 때가 가장 좋다. 초안을 읽는 방법에는 여러 가지가 있다. 첫 페이지부터, 독자가 읽기를 시작할 것으로 예상되는 바로 그 지점에서 출발하는 것이다. 천천히 크게 소리 내어 읽으면서 내가 적은 단어들이 무엇을 말하고 있는지, 또 그 말들이 어떻게 들리는지 귀 기울여 보라.

다른 방법으로도 글을 다시 읽을 수 있다. 앞에서부터 차례대로 읽는 것만이 초안을 파악하는 가장 유용한 방법이지는 않다. 한 챕터 정도의 짧은 분량이라면 '샌드위치 읽기'를 해볼 수도 있다. 우선 시작 부분을 읽고, 그다음 끝부분을 읽은 뒤에 가장 양이 많은 중간 부분을 맨 나중에 읽는 것이다. 샌드위치 기법을 활용하면 원고가 나타내는 처음과 마지막 제스처, 첫 투구와 마지막 투구에 집중하게 된다. 이 부분은 독자가 처음과 끝, 다시 말해 흥미로운 도입과 설득력 있는 결론을 기대하는 지점인 만큼 특별한 주의를 기울여야 한다. 하지만 조심할 점이 있다. '샌드위치' 기법은 간략한 텍스트를 검토하면서 새로운 사실을 발견하는 데는 유익하지만, 긴 분량의 초안을 다룰 때는 거추장스러울 수도 있다.

복잡한 구조의 텍스트일수록 읽는 방법도 다양해진다. 그러한 텍스트는 충분히 소화할 만한 단위로 나누는 것이 더 유익하다. 초안을 처음부터 끝까지 읽는 것은 기나긴 여정이다. 독자가 글을 읽다가 포기하길(혹은 길을 잃기를) 바라지는 않을 것이다. 단위마다 소제목을 달아두면 독자가 여러분의 생각을 따라가기가 더 수월하고, 중간중간 숨 고를 틈도 생기므로 이를 잘 활용하라.

소제목은 주의를 환기하기도 하고, 내용을 묘사하거나 강화하거나 상기시키기도 하며, 때로는 의도적으로 독자의 허를 찌르기도 한다. 어떤 목적에서든 소제목을 사용하면 독자에게 하나의 신호를 보내게 된다. 여기 전환점이 있으니 다른 내용을 만날 준비를 하라는 것이다. 소제목을 신중하게 활용하면 독자 앞에 '잠시 멈춤'이나 '교차로'를 표시하는 것 이상의 효과를 낼 수 있다. 텍스트를 어느 정도 자율적인 단위들로 나눠주는 소제목은 독자에게도 유익하다. 모든 기호가 그렇듯 소제목들도 무언가를 말하고 있다. 여러분이 달아둔 소제목을 무엇을 말하고 있는가?

경계를 얼마나 날카롭게 정의하느냐에 따라서 새로운 소제목으로 시작하는 텍스트는 소논문 또는 챕터 역할을 할 수 있다. 그 페이지에서 하나의 구조를 발견했다면, 초안 전체를 검토할 때와 같은 강도로 각 챕터의 하위 단위들을 집중해서 살펴볼 수 있다.

이 책에도 수많은 소제목이 달려 있다. 이들은 장황히 펼쳐진 글을 작은 조각으로 잘라줌으로써 각 챕터의 요점이 독자에게 더 쉽게 닿을 수 있도록 도와준다. 소제목을 원활히 사용한다면 전체 구조 안에 작은 하위 단위들 또는 소논문을 만들 수 있다.

소제목은 구조를 검토할 때도 유용하다. 소제목 덕분에 '훌쩍 뛰어넘기'를 하듯 수월하게 글을 다시 읽을 수 있다. 첫 소제목에서 바로 그다음 소제목으로 뛰어넘고, 또 내용을 건너뛰어 다음 소제목으로 넘어간다. 이런 식으로 원고 끝부분까지 살펴보는 것이다. 이와 같은 읽기는 첫 페이지부터 차례로 천천히 주의 깊게 읽는 것을 대체하지는 못해도 보완은 해준다. 훌쩍 뛰어넘듯 읽으면 대략의 윤곽을 훑어보며 재빨리 큰 그림을 파악할 수 있다. 새의 시야는 세세한 탐색을 하기에는 대상과 멀리 떨어져 있지만 굵직굵직한 지상의 기념물들을 알아볼 만큼은 충분하다.

이와 달리 글을 끝에서부터 다시 읽을 수도 있다. 고쳐쓰기의 달인들은 텍스트의 서두만큼은 아니지만 끝부분도 충분히 중요하다는 것을 직관적으로 알고 있다. 초안 전체에 이 사실이 적용된다면 모든 문단, 나아가 모든 문장에도 적용될 것이다. 거꾸로 읽을 때는 하나의 단위와 이에 선행하는 단위 사이의 연결고리를 찾아가며 부드러운 흐름을 만들 수 있다.

글에 급작스러운 변화를 주어도 괜찮을까? 물론이다. 하지만 정말로 깜짝 놀랄 만한 전환을 일으키고픈 드문 순간을 위해, 갑작스러운 전환은 최대한 아껴두는 것이 좋다. '논리적 비약이야!'라고 목소리를 낼 독자가 요즘은 별로 없다 하더라도 연결이 뚝 끊기는 곳은 여전히 잘 알아챌 것이다. 이런 경우는 저자가 생각의 고리를 놓쳤거나, 차마 삭제하기 아까웠던 단락들이 남아 있는 경우일 것이다. 연결고리가 글의 자연스러운 흐름을 만들어주는 연속성을 보장해주지는 않지만, 독자들이 기대하는 연결고리를 무시할 때에는 혼란을 겪을 수도 있다.

다시 읽기 기법 중 가장 엄밀한 방법은 마지막 문장에서 첫 문장까지 역순으로 읽어나가면서 각 단락이 앞 단락과 연결되는 논리와 흐름에 집중하는 것이다. 하지만 주의해야 한다. 이 방법은 매우 까다로운 작업으로서 짧은 텍스트를 검토할 때 가장 좋다.

다시 읽기의 다른 기법들도 있다. 작업 중인 원고에 직접 메모를 남기기도 하는가? "이 부분은 정말 좋은데!", "이 내용은 여기로 가야 할까?", "참고문헌을 확인할 것" 등의 간단한 메모는 작업에 유용할 뿐더러 글을 주의 깊게 읽었다는 확실한 증거가 된다. 초안의 모든 페이지를 훑어보며 내용과 목적에 관해 기록하라. 이 기록들이 하나하나 쌓이면 작업 중인 글의 요약문이 된다. 이는 학생들과 작업할 때도 유용한 교수 기법이며, 전문가 수준의 글쓰기 작업에도 유용하다. 페이지별로 이렇게 의견을 구성해두면 초안에 대한 역 개요reverse outline를 생성할 수 있다.

역 개요를 이미 알고 활용하는 사람도 있을 것이다. 역 개요란 글을 쓰기 위해 만든 틀이 아니라, 이미 써둔 글에서 파생된 틀, 혹은 초안 작업이 현재 어디까지 와 있는지를 나타내는 일련의 요약을 말한다. 1문단은 이런 내용이고, 2문단은 이런 내용이라는 식으로 끝까지 정리해보는 것이다. 이런 방법들 하나하나가 여러분이 쓴 내용을—더 명확하고, 아마 처음으로—잘 보여준다.

다시 읽기의 몇몇 방법을 간단히 살펴보았다. 이 방법들 다 여러분이 무엇을 왜 쓰는지 자각하고 있으며, 다양한 작업 방식을 고민해왔고, 관련된 반론에 답을 주었으며, 초안이 올바른 경로로 가고 있음을 확신하는 데에서 시작한다. 길거나 복잡한 글 또는 그 둘 다인 글은 다양한 방식으로 살펴볼 수 있다. 즉 글의 주제, 요점, 영역, 연대기적 범위, 이론적 또는 방법론적 모델, 구성, 형식, 예상 독자 등에 초점을 맞출 수도 있다. 이러한 것들은 여러분이 쓰고 있는 글

고쳐쓰기

의 요소일 뿐 아니라 초안을 살펴보는 방법이기도 하다. 연대기적 접근, 주제별 접근, 이론적 접근, 경쟁 이론을 강조하는 접근 등 다양한 접근 방식이 있다. 독자는 글의 주제와 주제에 적용한 접근 방식 모두 저자인 여러분의 판단에 따른 선택이라고 여길 것이다. 이러한 선택은 글의 내용에 관해 독자와 원활히 소통하는 데 어떤 역할을 할까? 무엇이 최고의 방법이며 그 이유는 무엇일까?

고쳐쓰기 과정은 저자인 여러분에게 무엇이 중요한지 확인하는 일이다. "다 중요해!"라고 대답할 수 없다. '모든 것'을 목표로 삼지 말라(때로 이 말은 "실은 잘 모르겠어"라는 뜻이다). 명확히 표현할 수 있는 구체적인 것을 목표로 삼자. 여러분이 직조하는 서사는 하나의 의견을 제시하기 위함이며, 그 의견은 정보와 주장일 뿐만 아니라 하나의 도구이기도 하다.

이를 고려할 때 다음과 같은 큰 질문을 던지면 텍스트를 훑어보기가 한결 수월해진다. 이 내용의 요점이 뭐지? 이 내용이 왜 여기에 있지? 여기는 화제를 전환하려는 부분 같은데 정말 그럴까? 굳이 다른 예를 제시한 이유는 뭘까? 저자의 물음은 독자의 물음이기도 하다.

자, 이제 어려운 부분을 논할 차례다. 고쳐쓰기를 시작하는 것은 여러분이 자신의 진행 방식, 자신의 추측, 자신의 목적, 심지어 자신의 맹점을 잘 알고 있는 만큼만 유용하다.

무엇이 여러분의 흥미를 끌었는지, 탐구하고 밝히고 싶은 것은 무엇인지, 내 생각은 어디에 뿌리를 두고 있는지 다시 한번 생각해보자. 대체 이 내용을 쓰고 있는 이유는 무엇인지 돌아보자. 어떤 길을 피했다면 그 이유가 무엇인지도 돌아보자. 길은 지도로 나타낼 수 있어야 한다. 글쓰기 지도는 내가 이미 가진 것이 무엇인지 보여주며, 아직 더 필요한 것이 무엇인지에 관한 아이디어도 제공한다. 저자의 지도에 관해서는 잠시 후에 알아보기로 하고, 우선 저자의 아카이브를 살펴본 뒤, 자기 자신이 가진 것을 분석하는 방법들을 알아보자.

정보의 아카이브 vs. 생각의 아카이브

아카이브archive가 무엇인지는 알고 있을 것이다. 아카이브란 여기 저기 흩어진 기록, 파편적인 정보, 그리고 해답을 찾지 못한 연구 자료로 이루어진 복잡하면서도 조직화된 기록물 저장소를 가리킨다. 아카이브는 연구하고 기록하는 과정에서 만들어진다. 이로써 자기만의 정보의 아카이브가 구축된다. 정량적 방식을 적용하는 사회과학의 경우, 정보의 아카이브는 다양한 출처에서 얻은 다양한 형식의 데이터를 우선시한다. 반면에 인문학과 서사 분석 중심의 사회과학 분야에서는 정보의 아카이브 안에 다양한 종류의 정보가 포함되지만, 대개 텍스트 정보가 중요하게 다뤄진다. 때로 이것은 지역적 특성의 일부로서 해당 언어가 갖는 모든 복잡성을 내포한 구술 자료를 가리키기도 한다.

한편 집필 작업에는 무형의 이차적인 아카이브, 즉 저자 자신의

고쳐쓰기

상상력도 관여한다. 이는 나의 생각, 이론, 직감, 의심의 총체를 가리킨다. 이것이 바로 생각의 아카이브다. 생각의 아카이브에는 내가 연구자로서 수집한 정보의 아카이브에 관해 저자로서 내가 갖는 생각들이 가득 담겨 있다.

물론 두 아카이브는 서로 연관되어 있다. 글쓰는 과정에서 두 아카이브가 모두 활용된다.

어떤 아카이브를 활용하든 원칙이 필요하다. 내가 획득한 사실과 통찰이 아무리 흥미롭다고 해도, 모든 연구 대상에 깊이 몰입할 수는 없다. 마찬가지로 사실상 내가 생각하는 모든 것이 시간을 들일 만큼 가치 있는 것도 아니다. 글쓰기가 시원시원한 직선도로가 깔린 세계일 거라고 약속한 사람은 아무도 없다. 오히려 글쓰기는 직선도로보다 험하고 굽은 길이 더 많은 작업이라고 미리 주의받았을 것이다. 하지만 굴곡지고, 각지고, 그리 곧지도 않은 초안이라 할지라도 독자가 잘 이해하고 따라올 만한 틀을 만들고 싶을 것이다. 그렇다고 모든 글을 평평하게 다림질해야 한다는 말은 아니다. 다만 나의 생각을 제시하는 방향과 틀을 주도적으로 잡아나가야 한다는 것이다.

아카이브 자료는 그냥 가져다 쓰는 게 아니라 잘 다듬고 연구해 써야 한다. 자신의 글을 두 아카이브—정보의 아카이브와 생각의 아카이브—의 결과물로 보게 되면, 서로 다른 자료와 인식의 상대적 가치를 이해하는 데 유익하다.

나의 아카이브에서 유용한 것은 무엇일까? 하나의 아이디어란 어느 정도의 크기를 가져야 할까? 뭔가 대단한 아이디어 하나쯤은 있어야 한다고 생각하기 쉽다. 맞는 말이다. 거창한 아이디어는 매우 유용하다. 하지만 책이라고 해서 반드시 큰 아이디어라는 마차에 높이 올라탈 필요는 없다. 수많은 자잘한 아이디어를 모아놓고 그 속에서 만들어지는 에너지를 확인한 뒤, 처음에는 떠올리지 못했던 커다란 주제를 발견할 수도 있다. 우리 머릿속에 떠오르는 많은 종류의 글쓰기가 그런 방식으로 이루어진다.

하나의 작은 아이디어가 한 문단을 만들어내고, 또 다른 작은 아이디어가 또 다른 문단을 만들어낸다. 아이디어들이 구축될수록 문단 수도 늘어나고, 이것들이 모여 하나의 네트워크 또는 생각의 뼈대를 이루면 하나의 챕터가 형성되고, 이러한 챕터의 연속이 결국 책이 된다. 집필 중인 내용에 관한 생각을 요약하는 이상적인 방법은 전체 초안을 완성하는 시점—때로는 초안 작업이 아직 끝나지 않은 시점—에서 발견할 수 있다. 전체 내용을 초안에 담아내기 전까지는 글의 주제에 관한 최고의 설명을 내놓을 수 없다.

아카이브 규모가 클수록 이를 탐색하고 선택하며 우선순위를 매기는 데 많은 원칙이 필요하다. 잡음이 많으면 중요한 것을 듣기 어려운 법이다. 아카이브는 혼잡한 공간이다. 정말 중요한 내용을 담은 최소 단위를 가려내고—중요 문서, 특정 이론에 관한 가장 간명한 논지, 가장 정제된 문제제기—이를 쉽게 떠올릴 수 있도록 적합한 장소에 두라. 컴퓨터나 패드의 작업 화면에서 가장 눈에 잘 띄는 곳, 냉장고 문, 심지어 파일 문서명에 표제를 달 수도 있다. 이

런 방식으로 중요하게 여기는 것을 표시해 아이디어를 발전시키
길 바란다.

정보의 아카이브는 원고의 내용과 전혀 다르다. 같아서는 안 된
다. 아카이브 내용을 그대로 적는다면 그저 베껴쓰는 것과 같다.
여러분이 할 일은 아카이브에서 특정 재료를 선별하고, 드러내고,
질문을 던지고, 발전시키고, 적절히 배치하고, 심지어 아카이브에
있는 내용을 두고 논쟁을 벌이는 것이다.

아카이브 연구 규칙을 꼭 기억해두자. 이 연구 규칙이 글의 내용
을 설계하는 데 토대가 되어줄 것이다. 모든 것을 읽되 꼭 필요한
것만 인용하자. 자신의 아이디어를 다룰 때도 마찬가지다. 선별하
라. 현재 진행 중인 프로젝트와 고쳐쓰기에 필요한 만큼만 사용하
자. 물론 최고의 책은 저자가 독자와 공유하는 것보다 더 많은 정
보를 바탕으로 만들어진다. 그렇다고 저자가 독자와 공유하는 것
보다 더 많은 생각을 바탕으로 썼다는 사실을 확연히 드러내지도
않는다.

이것이 효과적인 학술 연구와 저술의 요령이다. 모든 것을 연구
하되 필요한 것만 쓰고, 포괄적으로 연구하되 내용을 선별해야 한
다. 글쓰기에 적용되는 이 진실은 고쳐쓰기에서 더욱 빛을 발한다.

이제 한번 시도해보자. 초고의 첫 다섯 페이지를 다시 읽는다.
여기서 나 자신, 내가 탐구하는 문제, 그리고 나의 예상 독자를 확
인할 수 있다. 그렇다. 단순히 개요를 잡고 글의 범위만 잡는 것이
아니다. 문장에서 문장으로 넘어가면서 나의 독자를 만들어내고,

새로운 버전의 나 자신도 만들어내는 것이다.

글쓰기의 공공연한 비밀 하나가 있다. 여러분이 쓴 글의 첫 다섯 페이지는 연구기관에서 보유하는 거대 기록물 저장소 혹은 그들의 디지털 아카이브보다 중요하다. 그런 아카이브를 열어보거나 수개월을 들여 온라인으로 수백 건의 PDF 문서를 읽어볼 사람은 언제나 있다. 정보의 아카이브는 늘 그 자리에 있다. 하지만 여러분은 거기에 잠시 머무는 존재이며, 여러분의 아이디어는 오로지 여러분만의 것이다. 그 다섯 페이지를 토대로 모든 것—누가 이 글을 읽을 것인지에 관한 여러분의 생각도 포함하여—을 구축한다.

분석적인 자세

1895년 프로이트의 동료 요제프 브로이어Joseph Breuer는 빈 출신의 베르타 파펜하임—'안나 O'로 더 잘 알려진 환자—의 사례 연구를 논문으로 발표, 가장 유명한 정신분석학적 연구 결과를 내놓았다. 하지만 정작 후대에 가장 인상적인 말을 남긴 사람은 환자 파펜하임 자신이었다. 그녀는 브로이어의 치료법을 가리켜 '대화 치료 talking cure'라고 말했다. 그 후 이 용어는 문화의 일부가 되었다.

가장 유명한 '대화 치료' 말고도 정신분석적 치료 과정을 빗대어 '굴뚝 청소'라 표현한 이도 파펜하임이다.[5] 초안은 환자, 고쳐쓰기는 환자를 치료하는 일이라고 상상한다면 당연히 재와 그을음을 말끔히 쓸어내야 한다.

　물론 말끔히 치운다는 게 말처럼 쉬운 일은 아니다. 빨간펜을 손에 쥐고 1페이지부터 해부하듯 샅샅이 검토하고 싶은 욕구는 충분히 이해한다. 하지만 마지막 다섯 페이지를 다 읽을 때까지, 또는 적어도 전체 텍스트가 무슨 내용인지 확실히 파악하기 전까지는 첫 다섯 페이지를 다시 쓰겠다는 생각조차 하지 말라. 초안을 써두고 한 달 이상 그대로 두었다면, 정독을 하든 통독을 하든 전체를 다 다시 한번 읽은 뒤에야 첫 다섯 페이지로 돌아가야 한다.

　논문이나 에세이를 고칠 때 확실히 적용되는 이 원칙은 책 한 권 분량의 원고를 다룰 때도 그대로 적용된다. 즉 3장을 고칠 준비가 되기까지는 원고를 꽤 많이 읽어봐야 한다는 뜻이다. 훌륭한 고쳐쓰기를 위한 준비 과정으로서 다시 읽기는 매우 중요하다. 3장을 이웃하는 장들과 연결하기 위해서는 책 전체 내용을 최대한 머릿속에 담고 있어야 한다.[6]

　자기 글을 다시 읽을 때는 메모를, 그것도 아주 많이 해두자. 이제 해부용 메스는 내려놓고 빗자루를 들 차례다. 내용과 아이디어만 생각하지 말고 글의 목적도 생각하자. 학자들은 분석의 대가들이다. 그러니 자기 글을 분석할 때도 같은 노력을 기울여야 한다.

5　브로이어의 기록에 따르면 파펜하임은 이 부분을 '장난스럽게' 말했다고 한다. 영화 〈메리 포핀스〉에서 굴뚝 청소부 역을 맡은 영화배우 딕 반 다이크를 떠올리는 말라.

6　터무니없는 기준 같은가? 전혀 그렇지 않다. 교정자들은 정확히 이렇게 작업해야 한다. 텍스트의 내용을 최대한 많이 기억하고 있어야 특정 논지나 문구가 반복되는지를 가려낼 수 있다.

최고의 고쳐쓰기를 위해서는 어떤 원칙을 따라야 할까? 법철학자 존 롤스John Rawls는 정의에 관한 의사결정은 '무지의 베일veil of ignorance' 뒤에서 이루어져야 한다는 유명한 사고실험을 제시했다. 여기서 무지의 베일이란 모든 이해관계를 벗어난 원초적 상태로, 무엇이 정의롭고 불의한지 판단하기 위해서는 나의 신분이나 지위, 능력과 경험, 가치관 등을 내면화하지 않은 상태여야 한다는 의미다. '자신' 즉 무지의 베일 반대편에 있는 사람이 여성인지 남성인지, 젊은이인지 노인인지, 부모인지 남인지, 혈혈단신인지 다복한 가정을 이룬 사람인지, 아프리카 혹은 아시아 혹은 유럽 출신인지, 유색인종인지 백인인지, 그 외 정체성을 부여하는 모든 특성을 모르는 상태로 대상의 정의로움을 판단해야 한다. 롤스의 사고실험은 무지의 긍정적인 가치를 인정하고 이를 활용하도록 촉구한다.

초안, 이를테면 책 한 권 분량의 원고를 롤스의 정의론과 무지의 베일 개념을 대입해 수정해보라 하면, 분명 무리한 요구일 것이다. 하지만 우리만의 작은 사고실험에 동참한다면 초안을 '내가' 쓴 게 아니라 생판 모르는 타인이 쓴 글이라고 여기고 살펴볼 수 있을 것이다. 훌륭한 고쳐쓰기란 '무엇'에 관한 질문을 넘어 '왜'에 관한 질문을 던지는 작업이다. 이를 위해서는 초안을 낯선 대상으로 바라보아야 한다. 한편으로는 초안에서의 논의 내용을 잘 숙지하고 있어야 하지만, 다른 한편으로 그 초안은 강력한 작가적 베일 뒤편에 있는 미지의 사람, 저자 X의 작업물이라고 생각해야 한다.

이런 점에서 객관성은 꼭 챙겨야 할 요소지만, 그렇다고 저자인

나 자신이 완전히 사라져야 한다는 말은 아니다. 다만 글을 쓰고 고칠 때 나의 존재가—얼마나 두드러지게 글 속에 나타나든지 간에—내 주장에 해를 끼치지 않도록 주의해야 한다는 것이다. 텍스트가 나의 경험이나 입장에 단단히 뿌리를 내리고 있다 하더라도, 독자에게 잘 와닿도록 가장 설득력 있는 최선의 주장을 펼치기 위해 노력하라. 하지만 무지의 베일에 특별한 주의를 기울여 훌륭한 주장을 펼치고, 탁월하게 이야기를 펼쳐나가길 바란다. 좋은 베일은 글쓰기를 도와주는 훌륭한 소품이다.

지금까지 우리는 이미 작성한 글을 고치는 과정을 복잡하게 논하면서 서로 협력하는 두 거대한 아카이브를 수면 위로 드러냈다. 하나는 연구 수집 자료이며 다른 하나는 이에 관한 나의 생각들이다. 이제 작성된 초안을 체계화하는 방법을 생각해보자.

글쓰기 과정에서 유용한 몇몇 생각 도구가 있다. 여기서는 인벤토리, 키워드, 지도 등을 살펴보려 한다. 이 세 가지가 자신의 원고를 명확히 파악하는 데 유용한 도구라고 생각하면 좋겠다.

인벤토리

여러분이 자신만의 아이디어와 연구 자료들을 모아 목록화하는 일 자체가 이미 인벤토리inventory 작업에 속한다. 인벤토리란 단순히 말해 '목록'을 말한다. 거의 모든 책에는 목차 등 적어도 하나 이상의 인벤토리가 있다. 대개 알파벳 순서로 정렬한 색인도 인벤토리에 속한다. 색인은 용어의 중요도나 영향력은 고려하지 않는다. 애플소스applesauce와 아리스토텔레스Aristoteles의 중요도가 같으며, 심지어 애플소스가 먼저 실린다. 책의 색인은 찾기 도구로만 활용된다.[7]

대개 책 앞에 오는 차례는 글의 순서를 보여주는데, 암묵적으로 독자가 따라야 할 경로를 제시한다는 점에서 좀 더 섬세한 인벤토리다. 현대 초기 저작물에서는 목차table of contents—주로 간략히 The Table로 쓰기도 했다—가 책의 앞이 아니라 뒤에 실려 오늘날 우리가 아는 차례와 색인이 본래 연결되어 있음을 강조해 보여주기도 했다.

자, 이제 여러분의 초안을 구체적으로 살펴보면서 인벤토리를 어떻게 활용할지 알아보자. 이미 출간된 책의 것과는 달리, 초안 단계에서 작성하는 인벤토리는 하나의 알림 정보로서 꼭 다뤄야 할 것, 최소한 잊지 말아야 할 것을 목록으로 삼는다. 초안의 인벤토리는 글의 구성 요소나 주제 모음, 또는 꼭 다루고 싶은 내용을 간략히 적은 메모라고 할 수 있다.

- 미국의 백인성에 관한 상반된 역사
- 백인들의 자기 환상에 관한 볼드윈[8]의 이해
- 반행동주의로서 실패한 행동주의의 역사

위의 세 항목은 각기 다른 분량으로 다룰 주제들의 표제에 불과하지만, 이 메모의 당사자에게는 해당 프로젝트의 요점을 상기시키는 역할을 한다. 모든 저자는 "그래서 대체 이 글은 무엇에 관한 내용인가?"라는 질문에 부딪힐 때가 있다. 이렇게 작성해둔 소소한 인벤토리를 통해 애초에 생각한 아이디어를 계속 염두에 두며 글을 쓸 수 있다. 쓰려는 내용이 복잡할수록 초안을 읽다가 길을 잃기 쉬우니 말이다.

글쓰기에 활용되는 인벤토리 형태는 이 밖에도 다양하다. 필요에 따라 질서 있게 항목을 정리할 수도 있고, 예전 방식의 개요를 짤 수도 있다. 혹은 인명이나 사건 목록을 적기도 한다. 때로는 잊지 말아야 할 항목들을 한데 정리하기도 한다. 어떤 식으로 접근하든지 간에, 인벤토리는 여러 구성 요소와 중요한 기본 얼개를 보여줌으로써 텍스트를 설계하거나 재설계하는 데 도움이 된다.

다음 예시에서 의도적으로 복잡하게 작성한 인벤토리를 살펴보자. 향신료의 역사에 관한 챕터를 작성할 경우, 자료 수집과 심화 연구가 필요한 것들을 작성한 메모 위주로 인벤토리를 짤 수 있다. 주제는 감초의 맛이다.

---

7 어쩌면 그리 간단치 않을 수도 있다. 색인 목록을 정한다는 것은 각 용어에 어느 정도 가치를 부여한다는 뜻이니 말이다. 복잡한 색인의 경우, 하나의 용어를 더 잘게 나누어 하위 항목마다 페이지 수도 표시한다. 색인의 복잡한 역할에 관해서는 Dennis Duncan · Adam Smyth, *Book Parts*(Oxford: Oxford University Press, 2019)를 참고하라.

8 (옮긴이) 제임스 볼드윈James Baldwin. 미국의 흑인 작가이자 민권 운동가다.

- 감초의 특징—뿌리는 중요한 부분이다.
- 폰트프랙트—'브로큰 브릿지'라는 식당으로 유명한 도시가 감초의 주산지일까? 이를 알아낸 사람은 누구일까?
- 폼프렛(폰트프랙트) 성의 초기 역사
- 리처드 2세의 죽음(1400년)과 연관성이 있을까?
- 수도승이나 십자군은? 정말 그들이 폰트프랙트에 감초를 들여 왔을까?
- 18세기 중반으로 추정되는 감초와 설탕의 혼합—폰트프랙트 케이크
- 던힐
- 감초 맛의 어떤 점이 사람들의 마음을 끄는 것일까?
- 내분비계에 미치는 영향—이 글에 의학적인 내용을 얼마나 담아야 할까?
- 프루스트적 기억
- 과용했을 때 우려할 점
- 아니스와 같이 감초와 유사한 향신료와 감초의 차이점
- 최종 제조 단계에서 염화암모늄의 역할
- 스칸디나비아의 감초—이국적인 느낌의 달콤하고 짭조름한 맛

  분명 위 내용에는 구조라 할 것이 없다. 개요는 더더욱 아니다. 그저 메모를 죽 나열한 것에 지나지 않는다. 어찌 보면 쇼핑 목록 같기도 하고, 저자가 고려해야 할 점들을 모아둔 것도 같다. 글을

구상하는 과정에서 일부 요점은 더 큰 개념으로 발전하기도, 아예 제외되기도 한다. 이런저런 관심사와 호기심을 가진 저자는 이 항목들을 놓고 각각의 가치를 재봄으로써 글의 구성물로 적합한지 확인해야 한다. 아직 이 단계에서는 핵심 질문이 없다. 감초에 관한 단일 주제를 갖췄을 리도 없다. 아직 해야 할 작업이 있다.

전문가 수준의 논문 또는 책 한 권 분량의 원고를 쓰는 중이라면, 감초가 요크셔에서 어떻게 재배되었는가에 관한 질문보다 훨씬 많은 내용을 다룰 것이다. 인벤토리 원리를 적용하면 여러분만의 메모란다memoranda[9] 작성하는 데 유용하다. 물론 제외해도 무방한 것들도 잘 가려내야 한다. 꼭 다뤄야 할 내용이 책상 가장자리로 밀려나거나 머릿속에서 지워지지 않도록 잘 적어두길 바란다.

이렇게 주제나 고려할 사항을 적어둔 목록처럼 보이는 약식의 인벤토리는 나중에 만들 색인과는 전혀 다른 모습이다. 앞서 논했던 가상의 저자 리 박사가 미시간주 플린트의 식수 위기에 관해 글을 쓰는 과정에서 작성한 주제 인벤토리를 살펴보자.

- 2000년 이전의 아동 질병 발생률
- 2014~2015년의 아동 질병 발생률
- 납 중독

9 　라틴어 memoranda는 '기억해야 할 것들', 즉 잊지 않으려고 중요한 골자를 적어두는 비망록을 가리킨다.

- 인종 그리고 주 자원 할당 문제
- 환경보호청의 개입 실패
- 산업체들의 쓰레기처리장이 되어버린 플린트강
- 플린트의 아동 건강 프로젝트
- 사회적 행동에 뜻을 모은 목회자 연합

　다수의 주제가 무질서하게 벌여 있던 이전 사례처럼, 위 인벤토리에도 딱히 구조는 보이지 않는다. 하지만 이 글이 어떤 내용을 추구하고 있는지는 더 쉽게 알아차릴 수 있다. 위에 나열된 메모는 저자가 중요하다고 여기는 것을 정리한 목록이다. 저자는 글쓰기와 고쳐쓰기 과정을 진행하면서 이 항목들을 더하고 빼고 재작성해나갈 수 있다. 정확한 구조는 아니지만 이로써 구조를 확인할 수 있다. 하나의 관점, 일련의 관심사.

　인벤토리에 적은 인물 정보는 초안에 담으려 했던 항목을 확인하는 데 더 직접적으로 활용되기도 한다. 과학의 역사를 다룬 원고는 새로운 이야기를 내놓는 데 목적이 있다. 이때 저자는 크게 주목받지 못했던 20세기의 과학 연구원 발디비아 블랙웰(미안하지만 가상 인물이다)의 삶과 연구에 관한 논문의 연구 목적을 다음과 같이 인벤토리로 작성할 수 있다.

- 식물 유전학에서 발디비아 블랙웰이 중요한 인물임을 밝힌다.
- 남성인 팀 리더의 성과에 가려져 과학 발전의 공헌에도 불구

하고 저평가받아온 여성 과학자 중 한 명으로서 블랙웰의 연구 성과를 제시한다.

- 부패하지 않는 크랜베리의 개발과 블렉웰을 연결 짓는 증거를 정리한다.
- 블렉웰의 이야기를 들려준다!

이렇게 해서 여러분은 자료뿐만 아니라 과업, 논제, 목적도 명시했다. 글의 주제에 대해 작가로서 자신에게 중요한 것이 무엇인지 스스로 상기하는 데 인벤토리를 활용해라. 하나의 이야기를 구성해보라. 그리고 글을 고칠 때는 무엇이 여러분을 움직이는지, 새로운 지식과 집필의 동력이 되는 아이디어를 어떻게 공유하고 싶은지 염두에 두어라. 요컨대, 어떤 글을 쓰든지 간에 그 글을 쓰는 이유를 절대로 잊지 말라.

키워드

인벤토리를 작성하는 연습은 집필 프로젝트에서 중요한 논지나 주제를 확인하고 이를 명확히 글로 드러내게 해준다는 데 의미가 있다. 크든 작든 내가 염두에 두고 있는 대상이라면 어떤 방식으로든 붙잡고 씨름해야 한다. 제대로 살을 붙이기 어렵다거나, 살을 붙여놓긴 했으나 문맥과 어울리지 않는 항목은 버려야 한다.

그렇지 않고 남아 있는 항목은 분명 중요도가 커질 것이다.

이보다 낯설긴 하지만 초고를 검토하는 또 다른 방법은 글의 키워드keywords를 결정하는 것이다. 키워드는 학계에서 이미 친숙한 용어지만 늘 그랬던 것은 아니다. 1976년, 영국 웨일스 출신의 사회 비평가 레이먼드 윌리엄스Raymond Williams가 펴낸《키워드 Keywords》는 100여 개의 용어가 지니는 문화적 의미와 가치를 조사한 개념 사전이다.[10] 윌리엄스의 책은 각 학문 분과에서 통용되는 학술 용어를 규정하려는 학자들에게 하나의 모델이 되었다.[11]

고쳐쓰기에도 키워드 개념을 활용할 수 있다. 회피 행동에 관한 글을 쓰고 있다고 가정해보자. 이때 메모를 작성하면서 우울증 depression을 하나의 키워드로 설정하고, 1장에서 이 개념의 중요성을 논한다. 2장에서는 오도misdirection를 집중적으로 다뤄본다. 3장에서는 부인denial과 자존감self-esteem 등의 용어를 사용한다. 이러한 것들을 키워드라고 할 수 있다. 글이 더 쉽게 읽히려면 여러 장에 걸쳐 같은 키워드를 사용하는 것이 좋을까? 아니면 장별로 개념을 정해놓고 그 안에서만 활용하는 것이 효과적일까? 기술의 힘을 빌리면 된다. 문서 파일을 열어놓고 간단한 찾기 기능을 활용하면 각 용

---

10   Raymond Williams, *Keywords: A Vocabulary of Culture and Society*, new ed.(New York: Oxford University Press, 2015) [한국어판: 레이먼드 윌리엄스, 김성기·유리 옮김,《키워드》(민음사, 2010)]

11   뉴욕대학교 출판부에서 출간한 '키워드Keywords' 시리즈, 시카고대학 출판부에서 출간한 '주요 용어Critical Terms' 시리즈는 학문 분야별로 구성한 에세이 모음집 형태를 띠고 있다.

어가 어디서 언급되는지 쉽게 확인할 수 있다. 이로써 특정 용어가 정확히 어디에 쓰였는지 확인하고 사용 빈도와 배치를 조정한다.

하지만 우선은 전체 글 안에서 어떤 용어가 핵심적인지부터 확실히 해두어야 한다. 후보 용어들을 목록으로 정리한 뒤에 찾기 기능으로 용례를 살펴보라. 임팩트 있는 용어들이 내 생각대로 적절한 곳에서 쓰였는가? 내가 말하려는 방식대로 용어가 쓰이고 있는가? 독자들도 내 의도대로 이 용어를 중요하게 받아들일까?

키워드 검색은 내가 수집한 용어 목록만큼만 유용하지만, 이를 통해 내가 가진 재료들을 글 속에 어떻게 배분했는지 확인하는 기회가 된다. 물론 시계처럼 글 한 편에서 키워드가 주기적으로 등장해야 한다는 규칙은 없다. 그렇게 하면 기계적이고 지루한 글이 될 것이다. 하지만 중요한 용어를 텍스트 일부에서만 논할 생각이라면 이유를 분명히 해두자.

고쳐쓰기는 한 걸음 물러나 텍스트 전체를 관통하는 나의 생각과 주장이 제대로 구현되었는지 확인하는 기회로 삼아야 한다. 독자는 다양한 신호와 연결고리를 통해 탄탄하게 구축된 맥락을 반갑게 여긴다.

다음은 프로젝트의 개요를 구상하는 또 다른 저자의 예다.

> 내가 논하려는 주제는 극지방 환경 위기의 역사다. 여기서 지구 온난화는 우리가 시간을 이해하고 측정하는 방식을 조정하는 수단으로 간주한다.

저자는 핵심 용어로 보이는 단어들로 간결한 요약문을 만들었다. 극지방은 성격이 매우 다른 두 개의 거대한 지리적 영역을 가리키며, 환경과 위기는 유감스럽게도 이제 떼려야 뗄 수 없는 용어로서 우리 시대 중요한 담론을 형성한다. 시간이라는 용어도 들어 있다. 저자가 다루려는 내용을 정확하게 반영했다면, 이 간략한 문장은 앞으로 이어질 논의의 핵심 조건을 표시했다고 볼 수 있다. 출발이 좋다. 이제 저자는 다음 사항들을 결정해야 한다. 이 용어들을 초안에 어떻게 배치할 것인가? 글 전체에 걸쳐 사용할 것인가, 아니면 총 7개 챕터 중 2개 챕터에서만 제시할 것인가? 이 키워드들은 글 전체를 엮어주는 고리들인가? 이런 내용들을 기대해볼 수 있다. 만약 초안을 다 쓴 후에 요약문을 작성한다면 어떨까? 이 경우 저자는 거꾸로 읽기를 시도하면서 실제로 그 키워드들이 제 역할을 하도록 배치되었는지 확인하며 초안을 살펴볼 수 있다.

여러분이 쓴 초안에서는 어떤 단어들이 키워드 역할을 하는가? 12개 정도로 목록을 만들어보면 고쳐쓰기를 진행할 때 활용할 어휘군을 만들 수 있다. 어휘군을 즐겨 활용한다면, 텍스트 마이닝text mining[12]과 이와 연관된 분석 기법을 활용해 주요 용어의 사용 빈도와 관계를 정량화하고 시각화할 수 있다.

키워드는 글이 일정 수준의 에너지를 유지하도록 도와준다. 전기와 비슷하다고 보면 된다. 키워드가 어디에서 제시되는지만 알아도 적절한 소켓의 위치를 찾게 될 것이다.

지도

완성된 글에 포함될 수도 있고 아닐 수도 있는 여러 요소(자료, 아이디어, 주안점)의 목록이 인벤토리라면, 지도map는 지금까지 쓴 내용을 그림으로 시각화한 것이다.

지도는 공간 차원에서 작동한다. 이러한 의미에서 글의 지도는 텍스트가 일정한 공간을 점유한다고 여기고 작성하는 것이다. 실제로도 여러분이 쓴 글은 컴퓨터 스크린 또는 종이에 적혀 있다.[13] 그 공간 안에 다양한 에피소드, 인물, 역사, 이론, 아이디어 등의 구성 요소가 들어 있다. 글을 쓸 때 여러분은 이 요소들을 조직하면서 텍스트의 지리적 공간 안에서 이들을 이리저리 옮긴다.

현재 여러분이 쓰고 있는 글은 공간을 이동하고 있다('단계'에 비유했던 것을 기억하라). 초안으로 작성된 글은 대체로 평평해서 문장에서 문장으로 쉽게 넘어갈 수 있다. 여러분이 잘 이해한 요소들로 초안을 구성했기 때문에 이웃한 내용과도 효과적으로 연결된다. 하지만 어느 부분은 산악 지대처럼 거칠게 느껴지기도 하고, 도무지 건널 수 없는 협곡처럼 군데군데 끊어진 것처럼 느껴지기도 한다. 여기서 저기로 무사히 넘어가려면 어떻게 해야 할까?

무엇을 쓰든 가장 먼저 할 일은 초안의 페이지 번호를 매기는 것

---

12 (옮긴이) 주어진 텍스트 자료에서 의미 있고 유용한 정보를 찾아내는 과정.

13 시간적 공간(지속 기간)과 정신적 공간뿐만 아니라 글을 쓰면서 순간순간 떠올리는 공간, 즉 단어들이 펼쳐지는 바로 그 공간도 가리킨다.

이다. 단어 수도 기록한다. 그리고 매일 글쓰기를 마칠 때마다 이 정보를 갱신한다. 강박적인 것은 아닐까 염려하지 말라. 여러분의 노트북이 달콤한 꿈나라에 들 수 있도록 노트북을 닫기 전에 습관처럼 상단에 단어 수와 날짜를 꾸준히 기록하라. 10월 6일 8,604단어. 작성 일자와 그날 작성한 단어 수를 적는 것이다. 이렇게 해놓고 10월 7일에 한두 문단을 다듬었다면 단어 수가 또 달라질 것이다. 그러면 파일을 다른 이름으로 저장하고 새로운 날짜를 기입하라.

글을 쓸 때 지켜야 할 나름의 기준이 있을 것이다. 계약에 따라 6만 단어를 써야 할 때도 있고, 학술지라면 6,000단어에서 1만 단어로 정해준 기준을 따라야 할 때도 있다. 당장 중요한 것은 여러분이 쓰는 단어의 수다.[14] 딱히 정해진 목표 없이 글을 쓰더라도 단어 수는 꾸준히 기록하라. 책 한 권 분량의 글을 쓰는 경우라면 각 챕터의 분량도 기록하라.

이는 지도를 설계하는 한 가지 방식이다. 자, 이제 초안을 읽을 준비가 되었다. 여러분이 의도하는 프로젝트의 범위는 어디까지인가? 어디에 위험 요소가 존재하는가? 지금도 통용되는 대중문화의 문법이 하나 있다. 이는 고대, 중세 시대에 뱃사람들에게 경고하기 위해 지도에 표시했던 다음의 문구를 가리킨다. "여기에

---

14 정해진 규정에 맞춰 글을 쓸 경우, 출판사로부터 세세한 요구사항을 받게 될 것이다. 가령, 내용은 어떤 수준에서 다루고, 특정 전집이나 시리즈 목록에 포함될 도서임을 염두에 두어야 한다는 요구 말이다. 고쳐쓰기를 신중히 진행하면 출판사가 요구한 기준을 충족하는 데 도움이 된다.

용(또는 사자나 괴물)이 있다." 즉 '알려진' 영역을 벗어나지 말라는 의미다.[15] 여러분은 글의 어느 부분이 미지의 영역인지 알게 될 것이다. 글에는 여러분이 반드시 탐험해야 할 세계의 일부가 있는 반면, 흥미로워 보여도 현재 진행 중인 집필 프로젝트의 초점이 되어서는 안 되는 부분도 있다.

라벨, 표지, 제목에 유의하자. 초안 지도화 작업은 초안에 제목을 붙이는 일로부터 시작한다. 고쳐쓰기에 적용되는 진실은 글을 처음 쓸 때도 적용된다. 집필 초기 단계일지라도 '여자 축구에 관해 내가 쓰고 싶은 글'이라고 두루뭉술하게 쓰는 것으로 만족하지 말라. 가제는 여러분이 정한 주제와 이를 글로 써내는 방식에 관해 계속 무언가를 말해줄 것이다. '여자 축구계에 나타나는 불평등한 대우'라는 말은 '여성들의 일을 방해하지 말라'와 전혀 다르다. 둘 다 때에 따라 적절하다고 여겨지겠지만, 둘 사이의 차이점은 앞으로 여러분이 작성할 모든 문단의 방향을 결정할 것이다.

이제 초안 지도화를 진행해보자. 이 작업은 텍스트에 자연스러운 분절 지점을 표시하는 것만큼이나 간단한 일이다. '여기서 무슨 일이 벌어지는군.' '이 문단들에서 나는 또 다른 관점으로 이동하

---

15 뉴욕공립도서관 보물 중에 '헌트-레녹스 지구본Hunt-Lenox globe'이라는 것이 있다. 1504년에 제작된 이 지구본은 신세계New World(남북 아메리카와 이에 속한 크고 작은 섬들-옮긴이)가 표시된 현존하는 가장 오래된 지구본이다. 또한, 이 지구본에는 HC SVNT DRACONES라는 라틴어 글귀가 적혀 있는 것으로도 유명하다. 이 문구가 적힌 곳은 지도 제작자도 알지 못하는 지역을 의미했다. "여기에 용이 있다"라는 뜻으로 뱃사람들을 위한 경고문이다. 이 문구는 이후 그 자체로 생명력을 갖게 되었다.

내 글을 이해하려면

고 있군.' '이 단락은 마음에 들어.' (지금 중요한 것은 그 단락이 마음에 들고 아니고가 아니다. 그 부분이 초안 내에서 어느 정도 자율성을 갖는 단위임을 확인했다는 사실이 중요하다.)

이 작업을 두어 번 실행해보자. 초안의 내용을 인위적으로 나눠보는 것이다. 두세 번째에 접어들면 조금 더 적극적으로, 때로는 이전보다 약하게, 여러분이 나눠놓은 지점에 확신이 생긴다는 것을 발견하게 될 것이다. 올바른 형태와 그릇된 형태가 드러나기 시작한다. 반복되는 구절들, D단락에 있어야 할 문장이 G단락에 들어 있는 경우 등이 눈에 들어올 것이다. 적어도 여러분이 보기에 주어진 텍스트를 합리적인 조각들로 나눴다고 생각된다면, 이제 거기에 이름 또는 라벨을 붙여보자. 재미로 시험 삼아 할 수도 있고('내가 푸코와 논쟁하는 단락'), 진지하게 할 수도 있다('오해를 받는 파놉티콘'). 분량에 맞춰 부제를 붙이듯이 말이다. 사실 여러분은 바로 그 작업을 하고 있는 것이다.

어떤 글을 쓰든 간에 여러분이 정한 주제에는 일정한 경계가 있을 것이다. 나는 이 기간, 이 지역, 이 산업, 이 사회경제적 공동체의 실업률에 대한 연구서를 쓰고 있다. 방금 저자는 이 분석의 지형을 기술 혹은 지도화했다. 이 집필 프로젝트는 방금 언급한 기간, 지역, 산업, 지역사회를 벗어나는 자료는 논하지 않을 생각이다. 그 밖의 내용은 뒷받침 자료나 비교 자료로만 활용한다. 이렇게 한계를 설정하면 초점을 좁히고 내용을 풍부하게 구성할 수 있다. 이것이 꼭 '용'을 피하는 일은 아니지만, 다루지 않을 점을 분명히 밝혀두면 앞으로 할 일에 대한 명확한 감각을 더욱 기를 수 있다.

초안을 지도화할 때는, 글을 크게 소리 내어 읽으면서 전환점, 변화되는 강조점, 새로운 관심사와 초점에 귀를 기울이라. 전환점과 차이점을 제시하는 부분에는 나중을 위해 기록을 남겨두자. 전환점은 나쁜 것이 아니며, 영화감독이 1번 카메라와 다른 각도로 화면을 잡기 위해 2번 카메라에 큐 사인을 주는 것처럼 중요한 지점일 수도 있다.

전환점을 발견했다면 잠시 멈추자. 방금 만들어낸 각도와 그 각도가 만들어낸 단락을 잘 파악해야 한다. 그리고 이 단락에 라벨을 붙인다. 나중에 이 부분을 들어내거나 바꿀 수도 있지만, 이렇게 일정 내용에 이름을 붙여두면 그 내용과 관련된 문단의 연쇄를 고유한 의무와 역할을 지닌 하나의 요소로 생각하게 된다.

이러한 '중간 라벨링intermediate labeling'(공예 전시회에서나 들어봄직한 용어다)은 가장 간단하면서도 기본적인 고쳐쓰기 도구다. 사실 너무 간단한 까닭에 자칫 이를 가볍게 여기는 불상사가 벌어지기도 한다. 각 요소의 위치를 정하면서 글의 내용을 이리저리 옮기는 동안 몇몇 라벨은 잠깐 붙어 있다 사라지기도 한다. 하지만 최종 편집 단계까지 살아남은 라벨들은 독자에게 소제목 내지 부제로 읽히게 된다.

라벨링을 진지하게 여기길 바란다. 이는 무언가를 선언하는 방법일뿐더러 내가 쓴 텍스트에 대한 지식을 쌓아나가는 방법이기도 하다. 예를 들어, 초안 17쪽에 다음과 같은 라벨을 달았다고 해보자.

지역사회의 반응

이렇게 시작하면 작업에 도움이 된다. 주어진 글 속에 작은 섬 하나를 찾아냈으니 말이다. 이제 초안의 나머지 부분을 읽어내려 가면서 다시 한번 이름을 달아야 할 곳을 찾아낼 수 있다. 이 시점 에서는 이름 붙이는 글덩어리의 섬이 어느 정도 규모여야 한다는 걱정은 하지 않아도 된다. 표시해둔 단락 중 몇몇은 두세 문단 정 도의 아주 적은 영역을 점유할 수도 있고, 몇 페이지를 훌쩍 넘어 가는 단락도 있을 것이다. 어떤 단락은 10페이지가 넘고 어떤 단 락은 달랑 두 문단밖에 되지 않을지라도 걱정하지 말라. 이는 변할 것이다. 하지만 반드시 표시를 해두라. 각 부분을 식별하는 데 최 선을 다하길 바란다.

텍스트를 훑어보면서 글의 각 부분에 이름을 붙였다면 초안을 지도화한 것이다. 지금 여러분은 중요한 발견의 단계에 와 있다. 이렇게 놓고 보니 텍스트가 달라 보이는가? 어쩌면 아직 완전히 개발되지 않은 글덩어리 섬들을 다시 쓰고 싶어서 좀이 쑤실지도 모른다. 그 욕구를 참아야 한다. 고쳐쓰기의 발견 단계는 3,500피 트 상공에서 지상을 내려다보는 것일 뿐, 섬에 착륙해서 헛간을 다 시 칠할 때가 아니다.

이렇게 초안 전체를 한번 살펴봤다면 다시 처음으로 돌아가 읽어본다. 이번에는 중간 라벨을 구성하는 단어들에만 초점을 맞춘다. 각각의 부제가 해당 단락의 주요 내용을 잘 설명하는지 확인하고, 필요하다면 라벨에 단어를 덧붙여본다. 너무 어렵게 쓰지 말고 명확한 부제를 만드는 데 집중하자.

> 지역사회의 반응—생수 비용, 음식

내 허락 없이는 아무도 내가 쓴 초안과 수정본을 볼 수 없다는 사실을 기억하고 자유롭게 생각을 펼쳐보자.

> 지역사회의 반응—이 단락은 이전 단락에 이어 어떻게 전개되는가? 이 부분은 실제 '지역사회'를 가리키는가, 아니면 정부 당국의 입장을 대변하는가?

써놓은 것이 그리 적절하다고 느껴지지 않는다면 다시 써본다. 문단을 조정하고 재배치하면서 텍스트를 이리저리 옮기다 보면, 일주일 전만 해도 적절해 보였던 라벨이 지금은 그 자리에 어울리지 않거나(그러면 다른 곳으로 옮긴다), 어색하거나(다른 표현으로 고친다), 불필요하다(잘라낸다)고 생각될 수도 있다. 고쳐쓰기의 관건은 글이 매끄럽게 흘러가도록 만드는 것이다. 과정에 초점을 두라.

내게 맞는 기법 활용하기

결국 여러분은 지금 당장 유용하다 싶은 도구를 찾을 때 직관(이 단어가 또 등장했다)에 의지하게 될 것이다. 이번 고쳐쓰기에 효과적이었던 도구가 다음번 고쳐쓰기에서는 과하거나 부족하다고 느껴질 수도 있다. 긴 글을 작성해야 하는 프로젝트일수록 다양한 도구와 접근법이 필요하다.

가상의 사례를 하나만 더 살펴보자. 미국 초기 역사를 다루는 저자가 식민지 시대의 교육에 관한 연구를 책으로 펴내기 위해 챕터별로 고쳐쓰기를 하고 있다고 해보자.

> 이번 장에서는 미국 초기 사회에 나타난 '문해력' 개념의 이해 차이를 논하고, 현재의 지배적인 패러다임이 나오게 된 두 가지 배경을 설명한 다음(내가 비평하는 부분), 더 섬세한 이해를 바탕으로 문해력 개념을 이해하는 데 유용한 인구통계학적, 경제적 조건을 재구성하는 조사 방법을 세 가지 방향에서 규명한다.

매우 체계적이게도 이 학자는 벌써 챕터에 인벤토리를 적용했다. 심지어 이를 위한 목적을 목록으로 정리하기까지 했다. 이 저자는 자신이 총 여섯 가지 목표를 달성하겠다는 사실을 인지하고 위 문단에 그 내용을 요약했다. 특히 저자는 미국 역사의 한 시기에 관해 우리가 모르고 있는 점에 관심을 기울이고 이를 알리려 한다. 이것이 바로 저자가 지금껏 작성한 내용의 요지다.

1. 사람들이 오해하고 있는 점
2. 그 오해의 형성 과정에 대한 첫 번째 설명
3. 그 오해의 형성 과정에 대한 두 번째 설명
4. 첫 번째 조사 방법
5. 두 번째 조사 방법
6. 세 번째 조사 방법

'그런데 내가 제대로 이해하고 정리한 걸까?' 저자는 의문을 품는다. 이는 올바른 질문이다. 아마 머릿속에 떠오르는 생각들이 있을 것이다. 심지어 그 내용을 다음과 같이 노트에 적어 참고할 수도 있다.

과연 나는 과거에 널리 받아들여진 관점에 대해 공정하게 설명하고 있는 것일까? 연구 완성도와 선학들에 대한 존중을 드러낼 수있을 만큼 학자로서의 본분을 다하고 이를 뒷받침하는 문헌들을 제시하고 있을까? 나의 판단으로는 부적절한 패러다임이 지배적인 데 대해 내가 제시한 두 가지 설명이 각각의 유의미한 차이를 잘 드러낼까? 나는 미국 초기에 관한 경제적, 사회학적 관점을 바탕으로 논지를 펼치고 있는데, 그 과정에서 나 스스로에게 엄격한 학문적 잣대를 적용했을까? 단지 내 주장을 펼칠 욕심에 파편적인 증거 사이의 간극을 충분히 메우지 못한 것은 아닐까? 나는 세 가지 향후 가능성에는 크게 관심을 두지 않는다. 그것들은 다른 사람들이 살펴볼 내용이다. 이 챕터가 요구하는 것보다 더 복잡한 내용을 덧붙이지는 않았는지 재확인해야 한다.

이 저자는 결연한 자세로 자기가 아는 것과 모르는 것을 알아내려고 애쓴다. 검토 결과, 두 번째 조사 방법이 연구를 엉뚱한 곳으로 이끌고 있다고 판단할 수도 있다. 자신이 기획한 프로젝트의 지도를 벗어난다고 판단할지도 모른다. 이는 소중한 지식이다. 두 번째 조사 방법은 전혀 다른 프로젝트 혹은 현재 초안과는 분리된 새로운 논문의 출발점이 될 수도 있다. 이러한 판단과 통찰 하나하나는 해당 챕터를 검토하는 과정에서 매우 소중하다. 저자는 자기가 정한 주제의 일부 측면을 제외함으로써 적어도 지금 시점에서 글의 목표를 명확히 하고 다른 챕터, 다른 글의 집필 가능성을 열어둘 수 있다. 이 (가상의) 저자가 이렇게 할 수 있다면 여러분도 충분히 할 수 있다.

다음 단계들

이제 여러분만의 과정을 수립해보자. 초안을 분석하고 다음 단계를 기획해보라. 여러분만의 아카이브를 검토하고 인벤토리, 키워드, 지도를 고려하라. 이 도구들을 따로따로 사용하든 함께 사용하든 여러분 작업에 유용하게 활용하면 된다. 이를 통해 여러분이 가장 중요시하는 개념과 논지가 어떻게 강화되는지 확인하라. 앞뒤로 글을 살펴보면서 여기서는 무엇을 말하고 있는지, 중언부언하는 것은 아닌지 확인하라. 하나의 단위(글 한 편 혹은 한 챕터)를 고치든 여러 단위(책으로 내고자 여러 단위로 구성한 원고)를 고치든 사용할 수 있는 모든 도구를 활용하라. 고쳐쓰기의 관건은 내가 가진 것—정말 가지고 있는 것—을 파악함으로써 지금 놓치고 있는 것 혹은 있어서는 안 될 것을 파악하는 데 있다.

다양한 기법과 작업 습관을 가리켜 '작가의 프로세스'라고 표현하기도 한다. 프로세스란 정확히 무엇을 의미할까? 나만의 프로세스란 나에게 효과적으로 작용하는 모든 것을 말한다. 전설적인 스포츠기자 레드 스미스Red Smith는 기사 작성에 극적인 기법을 활용하지는 않았지만, 다음과 같은 말을 남긴 것으로 가장 유명하다. "글쓰기는 어렵지 않다. 나는 그저 정맥을 끊고 피를 흘릴 뿐이다."[16] 심지어 학문하는 사람들조차 자기 글에 심혈을 쏟아냈다고 이야기하는 것을 들어봤을 것이다. 물론 학술적 글쓰기는 몹시 지치고 까다로운 일이지만, 자신을 지켜가며 해야 한다.

이번 장에서 다룬 모든 내용은 여러분에게 자신을 분석하라고

---

[16] 이 말 자체도 전설적이지만, 이를 인용해 이라 버코우Ira Berkow가 〈뉴욕타임스〉에 기고한 스미스 부고문(1982년 1월 16일)도 유명하다. https://www.nytimes.com/1982/01/16/obituaries/red-smith-sports-columnist-who-won-pulitzer-dies-at-76.html

촉구했다. 적어도 나만의 프로세스와 의도, 내가 쓴 초안은 분석해 보았으면 했다. 논지를 분명히 하기 위해 더 자세히 알아야 할 점은 없을까? 어떻게 지금보다 탄탄하고 명확한 구조를 갖출 수 있을까? 어떻게 내용을 잘 조직해서 독자에게 더 설득력 있고 흥미롭게 전달할 수 있을까? 이런 질문에 답해보라. 그러면 여러분이 예상하는 독자들에게도 답을 줄 수 있을 것이다. 하지만 완벽한 형식, 완벽한 주장을 내놓아야 한다는 덫에 걸리지는 말라. 우리가 추구할 것은 완벽한 결과물이 아니라 더 나은 결과물이다.

요술단지가 등장하는 동화 하나가 있다(아마 여럿 있을 것이다). 이 요술단지는 이야기 속에 등장하는 영웅이 단지에 손을 넣어 아무리 많은 보물을 꺼내도 결코 비는 법이 없다.[17] 이 요술단지의 힘을 믿으라. 이 단지는 여러분이 원하는 만큼 또 채워질 것이다. 자신을 신뢰하라. 그러면 결코 아이디어가 떨어지는 법이 없을 것이다.

때로는 적절한 수준의 지적 집착이 요술단지가 되어준다. 집착하지 않겠다며 지나치게 프로다운 태도를 보이지는 말라. 그렇게 한다고 좋은 글이 나오지 않는다. 여러분의 글을 진척시키는 진정한 힘은 여러분 머릿속에서 타오르고 있는 불꽃에서 나온다. 비평가 이브 코소프스키 세지윅Eve Kosofsky Sedgwick은 "집착이란 가장 끈질기게 남아 있는 지적 자산 형태"라고 논했다.[18] 이 자산이 있

---

17 유년기를 보낸 독자라면 토미 드 파올라Tomie dePaola의 글에 나오는 스트레가 노나와 마법의 파스타 냄비를 기억할 것이다. 이 이야기는 세계 곳곳에서 공통적으로 찾아볼 수 있는 요술단지 이야기를 칼라브리아 지역에 맞게 변형한 것이다.

어야 이런저런 일들을 실행할 수 있다.

세지윅의 신중한 관찰을 이 장 앞머리에서 논하지 않은 것은 여러분이 더 차분한 방식으로 자기가 가진 것을 돌아보길 원했기 때문이다. 분명 두 아카이브가 존재한다. 하지만 둘 중 하나가 다른 것보다 더 중요하다. 여러분의 작업을 인벤토리로 정리하라. 특히 주요 용어와 개념이 무엇인지 확실히 알아두고, 그것들이 본래 의도한 효과를 내고 있는지 확인하라. 모든 것을 공간 측면에서 지도화하라. 강렬한 흥미를 느끼면서 쓴 글이라면 자신의 집착을 받아들이라. 가장 가치 있다고 인정받는 책 중에는 기이한 형태와 강력한 이교도적 메시지를 고수하는 책들도 있다는 사실을 기억하라. 그것이 저자가 바라던 글이었기에 그런 결과물이 나온 것이다. 우리가 바라는 것도 그런 책들이다. 파격적인 문제의식과 논쟁, 그리고 그들의 사유가 취하는 여러 형식이 우리에게 필요하다.

글쓰기와 고쳐쓰기에는 절대로 단 하나의 방법만 있는 것이 아님을 내가 잘 설득했기를 바란다. 모든 저자가 서로 다르듯이 각자의 프로젝트도 저마다 다르다. 잠시 멈춰서 내가 가진 재료를 검토하고, 나의 문제의식과 내가 천착하는 문제들 그리고 그 문제들에 대해 내가 말하려는 이야기를 살펴본다면 마땅히 있어야 할 자리

---

18 Eve Kosofsky Sedgwick, *Between Men: English Literature and Male Homosocial Desire*, preface to rev. ed.(New York: Columbia University Press, 1992). 세지윅은 연구 분야와 관계없이 문체와 통찰 측면에서 적극 추천할 만한 비평가다. 세지윅의 전문 분야—퀴어적 관점에서 문학 텍스트 고찰하기—와는 전혀 다른 분야에 종사하고 있더라도 세지윅의 글은 참고할 만하다.

로 가게 된다. 이제야말로 고쳐쓰기의 시작 버튼을 누를 준비가 되었다. 좋은 글을 더 나은 글로 만들 준비가 되었다는 뜻이다.

고대 그리스의 격언 '그노티 세아우톤'Gnothi seauton은 '너 자신을 알라'는 의미를 담고 있다. 하지만 자신을 알기란 너무도 어려운 일이므로 최소한 내가 쓴 원고만큼은 잘 알도록 노력하자. 글은 지면 위에 적힌 문자들로 보이지만 사실상 다양한 차원을 넘나든다. 이 시점에서 A로 시작하는 주요 단어 세 가지를 다시 한번 생각해보자. 글을 쓰든 쓴 글을 고치든, 그 작업은 논지Argument, 구조Architecture, 독자Audience이라는 세 가지 축 위에 놓여 있다고 상상하라. 이 세 축을 염두에 두고 글을 고치라. 단락, 문단, 심지어 문장 하나하나를 작성할 때도 이 세 가지를 충족시키기 위해 최대한 노력하라.

이제 그중 첫째 요소를 살펴보자. 이는 대다수 학술 저자가 자신의 일차적인 의무로 여기는 목표, 즉 입증하기다.

4

논지를
찾을 것

"가만, 내 논지는 당연히 있는 거지! 굳이 그걸 찾아 나서야 되나?"

이 책은 여러분에게 글쓰기를 서사 분석의 행위로 생각하라고 요청하지만, 정작 이 서사 분석을 접할 독자가 글의 요점을 제대로 파악하게 될지는 미지수다. 논지는 독자가 진지하게 생각해주길 바라는 사안에 저자 본인의 견해와 입장을 분명히 한다는 점에서 중요하다. 사안에 독자의 관심과 참여를 유도하는 것이 주장이다. 논문에서 주장은 책 한 권 분량의 논쟁보다 첨예할 수도 있다. 반대로 논문은 논쟁 중심적인 데 반해 책은 글의 소재를 세세히 엮어놓은 섬세한 바느질 작업이기도 하다. 이는 전혀 문제 되지 않는다. 대개, 정도의 차이일 뿐 글의 종류가 판이한 것은 아니다. 서사 분석을 담은 글이라면 그것이 무엇이든 주의 깊은 독자에게 생각거리를 남겨야 한다. 할 수만 있다면 독자에게 논지, 사례, 일화, 글맛까지 가득 안겨주고 싶겠지만 무엇보다도 우선시할 요소는 자기주장이다.

초고를 처음부터 다시 읽으면서 애초에 자기가 정확히 무엇을 염두에 두고 있었는지(당시에는 무척이나 분명했을 것이다) 고민해보았다면, 독자가 어떤 기분을 느끼게 될지 알게 될 것이다. 온갖 개념과 정보, 세세히 달아둔 각주까지! 사실 여러분의 독자는 이런저런 이유에서 그런 지루한 내용은 훌쩍 건너뛸지도 모른다. 독자에 관한 한 여러분이 통제할 수 없는 요인이 수두룩하다(챙겨야 할 집안일, 업무 마감기한, 그날그날의 컨디션 등등). 하지만 통제할 수 있는 요인들도 있으니 그것들을 챙겨보자.

내용이 훌륭한 초안은 많지만 이를 효과적으로 구현한 초안은 흔치 않다. 어떤 초안은 따분하기 그지없다. 짜임새가 엉성하다든지 누구를 대상으로 썼는지가 분명치 않은 글도 있다. 어떤 초안은 충실한 요약과 독창적인 통찰 사이의 구분이 명확지 않아 보인다. 더러는 눈부시게 화려한 기교를 뽐내거나 엄청난 분량으로 권위를 얻으려는 초안도 있다.

독자가 궁금해하는 것은 요점이다. 독자는 그저 수동적으로 글을 받아들이는 사람이 아니다. 독자는 여러분이 시간을 들여서 그 단어들을 가져다 쓴 이유를 알 권리가 있다. 이 말을 한 단어로 하면 논지argument다.

적어도 고쳐쓰기 단계에 와 있다면 나의 논지가 무엇인지 알고 있어야 한다. 지금까지도 논지가 뭔지 잘 잡히지 않는다면 이번 장을 통해 논지가 무엇이며, 이것이 어떻게 제 역할을 하게끔 할 수 있는지 집중적으로 살펴보길 바란다. 고쳐쓰기 단계에서 이는 가벼운 복습 내용이어야지 전혀 새로운 것이어서는 안 된다. 하지만 새로운 프로젝트를 바닥부터 다시 시작하는 단계라 해도 이번 장에서 우리는 초점을 찾을 수 있을 것이다.

우선, 논지라고 해서 엄청난 투지를 담을 필요는 없다. 논지는 강력한 타격이나 펀치가 아니다. 여러분이 꼭 말해야 하는 것이 논지다. 무엇에 관해 쓰고 있는가? 글을 쓰는 사람이라면 이 질문이야말로 가장 흔히 듣는 질문임을 잘 알 것이다.[1]

이 질문을 받았을 때, 소설가들은 작품의 공간적·시간적 배경을 이야기해주기도 한다. ("보로디노 전투 전날 밤 얘긴데…") 논픽션 저자들은 자기가 다루는 주제가 반영된 일상의 예를 꺼낼지도 모른다. ("냉장고가 왜 그렇게 차가운지 생각해본 적 있어?") 극작가들은 핵심적인 갈등 구조를 논할 수도 있다. ("나이 든 왕이 있고 그에게 세 딸이 있어. 그런데 그가…")

하지만 학술 저자의 경우, '~에 관해'라는 질문은 사실 두 가지로 나뉜다. "무엇에 관해 쓰고 있습니까?"라는 질문은 (1) 당신이 다루는 주제가 무엇입니까? (2) 그것에 관한 당신의 견해는 무엇입니까?로 해석된다. 퇴고 과정에서 여러분은 이 질문에 대한 답을 확실히 해두어야 한다.

나아가 저자는 자신의 논지를 독자보다 더 빠삭히 꿰고 있어야 한다. 독자는 책을 읽다가 길을 잃고, 주의를 빼앗기고, 저자에 대한 신뢰를 잃을 수도 있다. 저자가 할 일은 독자의 집중력을 지키

---

[1] 이 질문도 흔하지만, 그보다 먼저 "그래서 본론은 언제부터 시작하는데"라는 질문도 피할 수 없다.

는 것이다. 높은 집중력을 유지하는 덕분에 글의 논지가 오랫동안 독자의 시야에 머물고, 계속해서 논지가 발전되는 과정이 독자 눈에 보여야 한다.

하나 더 말하자면, 주제에 대한 관심도가 글의 지분을 차지한다. 그 주제에 관련해 논쟁을 벌인다는 건 거기에 분명 나에게 울림을 주는 바가 있기 때문이다. 그런 것이 전혀 없다면 아무리 세심하게 고쳐쓰기를 한다고 해도 글이 제 목소리를 내기 어려울 것이다. 글에 귀 기울이며 그 울림을 찾아보라.

'~에 관한' 것 외에 찾아야 할 것들

나의 논지가 무엇인지 나 스스로에게, 독자에게 설명할 때는 구체적이고 경계가 분명한 단어를 사용하라. 일반론을 펼칠 생각은 하지 말라. 수많은 학자들의 말 그리고 그들의 글은 단순히 ~에 관한 내용을 가리키는 데서 끝난다. "저의 책은 경제적 불평등에 관한 내용을 다룹니다." 이것은 논지가 아니다.

물론 많은 것이 '~에 관한' 내용과 그 이유에 달려 있다. 주제가 논의되는 맥락이 중요하다는 뜻이다. 하지만 현실에서는 주제를 놓고 주변을 빙빙 돌거나, 주제에 가까이 다가가긴 하나 결코 핵심에 도달하지 못하는 경우가 다반사다. 수학 개념에 비유하면, 점점 더 작은 원을 그리며 회전하지만 결코 한 점으로 수렴하지 못하는 쌍곡나사선hyperbolic spiral이라고 할 수 있다.

기본적으로 '~에 관한' 질문에 설명조로 답한다면—특정 서사에 관한 요약을 답변으로 내놓는 경우—질문의 요지를 놓친 것이다. ("프랑스 혁명과 사라진 보석에 관한 글입니다. 그러니까 목걸이가 하나 있고, 밖에는 쇠스랑을 든 상퀼로트들이 있는 거죠…") "무엇에 관한 글입니까?"라는 질문은 "주제가 무엇이고, 그 주제가 왜 흥미로우며, 당신은 이에 관해 무슨 이야기를 하고 싶은지 짧게 말해주세요"를 간단히 줄여 말한 것이다.[2] 1분 안에 이 질문에 답할 수 있겠는가? 최근 참석했던 학회가 얼른 떠오를지도 모른다. 컨벤션 호텔 로비에서 도서박람회장으로 내려가는 에스컬레이터에서 그런 대화를 나누었을 것이다. 에스컬레이터에서 논지까지 설명할 시간은 없겠지만, 분명 논지는 갖춰놓아야 한다. 서사 역시 마찬가지다.

집필 계획 당시 주제로 잡은 '그 무엇에 관한 것the aboutness'은 시간에 따라 변하고 초안을 쓰는 중에도 달라진다. 시작 단계에서 저자는 "저의 연구 주제는 아랍연합공화국(UAR) 해체 이후 이집트 내 그리스도교 공동체들의 운명에 관한 것입니다"라고 당당히 말한다. 하지만 여섯 개의 챕터를 쓰고 난 뒤, 저자는 이집트 내 그리스도교 공동체들의 운명 외에도 공동체에 관한 흥미로운 사실을 알게 되며, 이에 관한 주장을 어떻게 확대해나갈지에 대해서도 깨

---

2   때로 이 질문의 학술적 버전은 "당신이 치환하는 패러다임은 무엇입니까? 당신은 누구의 이론을 반박하는 거죠? 이번에는 누구를 붙잡고 싸우는 겁니까?"라고 해석될 수 있다. 하지만 "당신이 새롭게 발견한 것은 무엇입니까?"라고 해석되는 경우도 있다.

닿게 된다. 때로는 단지 호기심이나 우연에 의해 연구가 이루어지기도 한다. 무너진 벽 뒤에서 철궤가 발견된다. 그 안에 보관되었던 문서들이 나오면서 새로운 정보가 세상에 드러난다. 이 새로운 정보가 새로운 논지의 토대가 되려면 수년간의 연구가 필요할 수도 있다. 모든 프로젝트가 처음부터 주요 논점을 다 파악해놓고 시작하는 것은 아니다. 하지만 끈기 있게 시간을 기울이는 저자는 중대한 질문을 던져놓고 이에 관한 논지를 만들어나갈 수 있다. 전혀 기대치 않은 순간에 철궤를 발견할 수도 있으니 늘 예의주시하라.

논지는 도발 그 이상의 역할을 한다. 논지는 질문을 탐구해나가는 방식을 보여주는 창이다. 고대 영어로 쓰인 시 중 현존하는 가장 오래된 작품은 수도원에서 마부로 일하다 수도자된 캐드먼 Caedmon의 기도문이라고 알려져 있다. 이 시는 신학자 비드Bede가 18세기에 저술한 《교회사Ecclesiastical History》를 통해 널리 알려지게 되었다. 캐드먼은 찬가를 통해 신의 권능과 modgeþanc('모드-예-땡크' 식으로 발음된다)를 노래한다. 캐드먼의 찬가에서 특히 내가 좋아하는 단어인 modgeþanc는 생각, 의도, 마음속 계획, 심지어 기분과 생각 등으로 번역된다. 나는 이 단어가 '세상에 대한 아이디어'와도 같은 뜻인지 의문을 가져왔다.

학술서의 독자나 편집자가 글의 주제를 물을 때, 그들이 기대하는 것은 순수하게 설명적인 답변이 아니다. 이 질문에는 저자의 목적과 마음속 계획에 대한 호기심이 담겨 있다. 여러분이 만들어낸 세상에 대한 아이디어가 무엇인지를 묻는 것이다.

잠시 상상의 나래를 펼쳐보자. 만약 논지가 탄탄하게 갖춰진 독립적인 주장이 아니라 세상에 대한 아이디어를 모아놓은 것이라면 어떨까? 내가 용어를 제대로 썼는지 궁금해서 인터넷 검색창에 '아이디어-세상idea-world'을 입력하고 결과를 살펴보았다.

검색 결과 중 하나는 아이디어 월드IDEA World(IDEA를 모두 대문자로 쓴 것이 특히 중요한 부분이었다)였는데, 이는 피트니스 클럽 매니저와 경영인들을 위한 최대 규모의 박람회로서 각종 피트니스 관련 교육 및 인적 교류, 출시 예정 신제품 소개 등이 이뤄지는 이벤트라는 설명이 붙어 있었다.

또한 이 이벤트를 '아이디얼 월드Ideal World'와 헷갈려서는 안 된다. 아이디얼 월드는 'TV 홈쇼핑의 본가'라고 자부하는 영국의 홈쇼핑업체로, 여기서 파는 물건 하나쯤 없는 사람이 없을 정도로 온갖 제품을 판매한다. 또 하나 혼동하지 말아야 할 것은 이덴벨트 Ideenwelt였다. 어감만 놓고 보면 춥디추운 발트해 연안에서 열리는 잼버리 대회인가 싶지만, 사실 이덴벨트는 빈에서 개최하는 박람회로서 공예와 DIY 기술을 주로 다룬다.[3]

학술 세계에서 말하는 아이디어-월드는 그런 것이 아니다. 이는 여러 협회와 연구 사이트, 연구소, 그리고 무엇보다도 사람들로 구

---

3 https://www.ideafit.com/fitness-conferences/idea-world-club-studio-summit; https://www.idealworld.tv/gb/; https://www.ideen-welt.at/de.html. 검색 결과 중에는 아이디어 월드 장학금IDEA World scholarship도 있었다. 여기서는 해당 단체의 연례 컨벤션에 참석하는 데 필요한 자금을 지원한다.

성된다. 하지만 이 아이디어-월드를 이끄는 필수 요소는 사람들이 내놓는 통찰과 주장이다. 즉 사람들이 고안하고, 발견하고, 수정하는 이론과 논지들을 말한다. 논쟁점을 잘 아는 것, 즉 무엇을 왜 그렇게 생각하는지 아는 것은 저자인 나에게만 중요한 것이 아니다. 이는 학자들이 계속해서 생각하고 연구하고 살아가는 터전인 아이디어-월드를 구축하는 데도 필수적이다.

그렇다면 논지는 누구를 위한 것일까? 앞서 우리는 생성적 통찰의 개념을 살펴보았다. 사실 생성적 통찰은 독자가 활용할 수 있는 논지라고 할 수 있다. 여러분의 논문에 담긴 생성적 통찰, 즉 또 다른 아이디어 촉발에 영향을 줄 만한 것은 무엇인가? 학술 저자는 이러한 생성적 통찰을 일궈내려는 마음으로 (사실, 유물, 문서를) 수집하고 밝혀낸다. 이것은 학문적으로 큰 성과라고 할 수 있다. 덕분에 해당 분야에 가치 있는 진전을 이뤄낼 수 있기 때문이다.

아이디어-월드는 여러분이 구축하고 때로는 어지럽히기도 하는 일련의 추측이다. 이는 여러분이 조사하고 있는 문제, 그 문제의 일차적인 매개물, 심지어 글쓰기의 힘을 통해 역동적인 관계를 이루는 인물, 장소, 사물을 가리키기도 한다. 아이디어-월드에는 주제(여러분이 연구하는 것)와 서사(그 주제를 통해 만들어가는 경로)가 담겨 있다. 이 단계에서 중요한 것은 주제뿐만 아니라 서사, 나아가 그 서사가 주제와 엮이며 만들어내는 견해를 분명히 밝히는 것이다.

현역으로 활동하는 학자들이 시간을 들여 작성하는 글에서 '~에 관한' 내용은 글을 제한하지 않는다. 내가 가진 것을 잘 알아야 그것에 관해 무엇을 이야기할지 알 수 있고, 이런 바탕 위에서 설득력 있는 입장을 구축하고 발전해나갈 수 있다. 이를 간단히 이르는 용어가 논지다. 다시 말해, 여러분의 논지는 그 자체보다 더 큰 무언가의 일부로서 그것에 이바지하는 아이디어다.

훌륭한 논지는 사고의 생태계를 이루고 있다. 탄탄한 방어력을 갖췄을 뿐 아니라 지속적이고 생산적이며, 다른 사람들이 종래와는 다른 방식으로 생각하게 만든다. 어떻게 해야 논지를 발전시킬 수 있을까? 나를 괴롭히는 문제로부터 출발하면 된다.

첫째, 문제

우리 모두가 시간을 들여 탐구하려는 문제는 세 가지 범주로 나눌 수 있다.

- 이해하지 못하는 문제
- 잘못 이해하고 있는 문제
- 있는지도 몰랐던 문제

좀 더 직설적으로 말하자면 우리는 무언가를 밝혀내기 위해, 무언가가 지금까지 이해되어온 방식상의 오류를 바로잡기 위해, 또는 조사할 문제를 고안하기 위해 글을 쓴다.

물론 모든 글이, 그중에서도 분석적인 글일수록 이런 특징이 강하지만, 우리는 굳이 이에 대해 곰곰이 생각하지 않는다. 하지만 우리는 복잡한 시대를 살아가고 있으며, 그러한 복잡성이 얼굴을 드러내는 방식 중 하나는 온갖 범주를 뒤섞는 것이다. 새로운 개념, 새로운 문제, 새로운 위험 요소, 새로운 희망의 이유가 존재한다. 수많은 저자가 이런 혼잡함 자체를 기회로 삼아 새로운 방식으로 생각을 펼쳐나간다.

예를 하나 들어보자. 사람들이 가난을 벗어나지 못하는 이유보다 애초에 사람들이 가난하게 되는 이유를 연구하는 것은 경제학, 정치학, 사회학, 도시연구의 오랜 질문에 새롭게 접근하는 방식일 수 있다. 이로써 역사상 특정 시기, 특정 집단에 속하는 사람들의 경험을 탐구할 여지가 늘어난다. 미셸 치하라Michelle Chihara가 발표한 논문 〈행동경제학적 남성성의 부상The Rise of Behavioral Economic Masculinity〉은 대중에게 경제 행위를 설명해온 방식을 탐구한다. 이 논문의 초록은 네 개의 핵심 문장으로 시작한다.

본 논문은 미국 대중 매체에 나타나는 행동경제학적 서사 방식의 문화사를 여는 글이다. 이를 학문 분야와 관련지어 다루기는 하나 학문 분야와 일치시키지는 않는다. 팟캐스트부터 마이클 루이스의 책과 영화에까지 스며 있는 행동경제학적 담화 방식은 경제 지식의 성격과 형태를 변화시킨다. 이런 담화 방식은 저 멀리 동떨어진 금융 전문가 대신 친근한 해설가에게 권위를 부여한다. 2008년 금융위기 전후 몇 년간, 금융 의혹들이 힘을 잃어가는 듯 보였을 때 이런 서사 모델은 현실주의의 새 기준으로 행동경제학적 지식을 확고히 했다.[4]

저자는 '문화사를 연다'는 자신의 의도를 제시함으로써, 자신의 연구가 세 번째 범주 즉, '있는지도 몰랐다'(그리고 이제야 새로운 문제를 알게 될 것이다)에 속한다는 것을 보여준다. 반대로, 저자의 논지는 경제학과 관련된 대중적 메시지가 효과를 발휘하는 방식에 관해 우리가 이해하는 바가 잘못되었거나 잘못되어 왔다(두 번째 문제 범주)고 제안한다.

때로 가장 가치 있는 질문은 참신한 내용으로 우리에게 충격을 가져다준다. 그것의 존재를 발견하는 것은 저자가 행할 가장 가치 있는 공헌이다. 그것은 과거에 드러나지 않았던 이론적 개념이거나 대상이거나 단계일 수 있다. 또는 우리 곁에 오랫동안 존재했으나 이제야 우리 눈에 들어온 정체성이나 조건일 수도 있다.

때로는 어떤 대상의 실체가 문자 형태로도 나타난다. 갈릴레오가 《별세계의 전령 Starry Messenger》에서 보여준 발견들처럼 기술적 진보 덕분에 새로운 방식으로 설명된 천문학 현상을 생각해보라. 한편, 비유적으로만 설명할 수 있을 뿐 실재하는 대응물이 없을 때

---

4   Michelle Chihara, "The Rise of Behavioral Economic Masculinity," *American Literary History 32*, no. 1(Spring 2020): 77-110, https://academic.oup.com/alh/advance-article/doi/10.1093/alh/ajz055/5688640.

도 있다. 그것은 일종의 새로운 정치적 정체성과 사회적 행동에 대한 설명으로서, 과거에는 설명 방식 혹은 이야기 제시 방식이 주목받지 못해 연구대상이 아니었던 수도 있다. 논지를 훌륭하게 연출하면, 그것이 진정 존재하며 연구 가치가 있다는 점을 독자에게 설득할 수 있다.

여러분이 펼치는 논지의 핵심 문제가 어떤 종류인지 파악하라.

논지의 역할

학술적 글쓰기에서 논지는 글의 요점으로서 글 전체를 좌우하는 유일한 요소다. 저자는 이를 정립하고 수호하기 위해 신중하게 증거를 활용한다. 증거는 대개 텍스트, 통계, 사진 등의 자료 형태를 띠지만, 다른 방식으로 자료를 수집할 수도 있다.

그렇다면 대체 논지란 무엇일까? 가장 엄밀한 의미에서 논지는 논리적 명제다. "p이면 q이다"를 통해 존재, 진리, 현실 그 자체에 관한 풍부한 생각 사슬을 엮어가는 논리학자들의 세계에서 논지는 한 가지만을 의미한다. 과거에 발표된 극작품이나 장문의 서사시에서는 작품의 배경과 뼈대가 되는 플롯이 논지를 가리키기도 했다. 1668년에 출간된 《실낙원*Paradise Lost*》의 편집자인 새뮤얼 시몬스Samuel Simmons는 존 밀턴John Milton에게 12편으로 이뤄진 《실낙원》의 각 편마다 '논지'(초록 또는 요점)를 써보라 했고, 밀턴은 그의 말을 따랐다.

밀턴의 저술 목적은 신의 방식을 인간에게 정당화하는 것이었다. 대다수 학자가 가진 목적은 이보다는 훨씬 소박하다.

논지 자체도 오랫동안 토론과 비평(그리고 당연히 논쟁)의 주제였다. 수사학과 창작 분야에서 논지의 특성은 결코 가볍게 다뤄지지 않는다. 1958년 영국 철학자 스티븐 툴민Stephen Toulmin은 후대에 큰 영향을 미친 《논지의 사용The Uses of Argument》이라는 책을 내놓았다. 이 책은 창작 연구를 넘어 당시 새롭게 떠오르던 컴퓨터 공학 분야에도 반향을 일으킨 작품이었다. 창작과 컴퓨터 공학, 이 두 분야가 가진 공통점 하나는 논리적 질서를 통해 논지가 구축된다는 점이다.

그렇다. 질서다. 하지만 질서 잡힌 논지라고 다 진실한 것일까? 논지에는 늘 질서가 잡혀 있어야 할까? 이 물음에 옥스퍼드 영어사전은 우리의 이해를 더 어렵게 만드는 정의를 내놓는다. 사전적 정의에 따르면, 논지란 '정신에 영향을 줄 목적으로 드러내는 사실에 관한 진술'이다.[5] 이러한 측면에서 보자면 '논지'의 어원은 14세기 영어에서 찾을 수 있지만, 논지와 삼단논법과의 구조적 연관성은 아리스토텔레스 시대까지 거슬러 올라간다.

이것이 오늘날 우리에게 의미하는 바는 무엇일까? '논지'를 담

---

5 이는 옥스퍼드 영어사전에 등재된 논지의 세 번째 정의다. 첫 번째 정의는 고어적 정의이고, 두 번째 정의는 천문학과 관련된 내용이다.

은 글은 두 가지 일을 동시에 수행한다. 우선, 무엇을 진실이라고 말하면서 그것을 상대가 받아들일 수 있도록 설득력 있는 증거를 제시한다. 물론 그 목적은 옥스퍼드 영어사전이 명확히 밝힌 대로 정신에 영향을 미치는 것이다. 증거를 통한 논지 입증은 정신에 영향을 미치는 첫 단계지만, 진지한 글은 이보다 더 많은 일을 꾀한다. 단순히 저자가 현명하다는 것을 독자에게 설득시킬 뿐 아니라 독자의 정신을 더 나은 방향으로 고양하려 한다. 소설가는 독자가 작품 속 등장인물을 실제 인물로 여기도록(물론 그렇지 않다는 것은 작가도 독자도 잘 알고 있다) 설득할 것이다. 시인은 우리가 인정하는 모든 언어적 한계에도 불구하고 단어들을 통해 삶을 변화시키는 본질적이고도 부분적인 진실에 닿을 수 있다고 설득할 것이다. 엄밀히 따지자면 이런 것을 논지라고 할 수는 없다.

학술서를 비롯해 포부가 남다른 여러 단행본 텍스트는 달리 해야 할 일이 있다. 논지는 공중곡예를 하듯—안전그물이 있든 없든—위험한 것이며, 이러한 위험성이 논지를 논지답게 만든다는 것을 학자는 알고 있다. 이것이 마음속에서 어떻게 느껴지는지는 여러분이 이미 잘 알고 있다.

내가 X를 주장하는 것은 X가 진실이라고 믿기 때문이다. 이는 자명하지도 않고, 명백한 진실—모든 사람이 당연시하는 것—도 아니다. 만약 그랬다면 내가 X를 주장할 이유가 전혀 없다.

고쳐쓰기

이를테면, 물이 축축하다고 주장하지는 않을 것이다.[6]

X는 명백한 진실이 아니므로—적어도 아직 당신에게는—나는 일련의 논의 과정을 통해 X에 관해 당신을 설득할 것이다. 이 과정이 필요 없었다면, 애초에 주장도 없었을 것이다.

하지만 글쓰기에서 '주장+근거'라는 공식은 단지 논리적 증명에 관한 것만은 아니다. 그 증명 과정에서 논리-수학적 모델이 글을 가치 있게 만드는 사회적·인간적 차원을 드러내도록 한다.

저자는 주장을 뒷받침할 일련의 확증 자료(데이터 세트, 사료史料, 현장조사, 관련 문헌)를 준비하면서 스스로 설득력이 부족하고 느낄 수 있다. 각각의 확증 자료는 사실들facts이 모여 이룬 하나의 이야기다. 저자는 이를 해석해 주장을 뒷받침하는 방식으로 활용한다. 달리 표현하면, 설득력 부족에 대한 고민이 증거를 증거답게 만든다.

여기서 한 걸음 더 나갈 수 있다. 가장 훌륭한 학술논문이나 책은 세상에 관한 불완전한 혹은 그릇된 이해를 설명해보인다. 그 설명은 주장—적어도 약간은 새롭고, 약간은 놀랍다고 할 만한 것—을 동원해 독자의 '정신에 영향을 미치려' 한다. 어떻게 영향을 미치는가? 설득하거나 단념케 하고, 동요하게 하거나 확신을 주고,

---

6 그럼에도 불구하고 논문, 심지어 책 한 권 분량의 연구 자료 중에도 "물은 축축하다. 내가 그것을 입증하겠다"라는 식으로 논증하는 글들이 꽤 많다. 아마 여러분도 그런 논문을 더러 읽어보았을 것이다.

자극하거나 진정시키고, 그 외 주의 깊은 독자가 주의 깊은 저자에게 반응하는 여러 방식으로 영향을 준다. 동시에, 주장하는 데 따르는 특별한 위험은 어쩌면 논의, 공유, 분석이 이루어지지 않았을 이야기(데이터 묶음, 역사적 문서, 현장조사 관찰, 관련 문헌)를 공유할 기회가 된다. 저자가 아니었다면 이런 내용을 읽거나, 논의하거나, 즐기거나, 반박할 일도 없었을 것이다.

'정신에 영향을 미친다'는 것은 독자에게 바닐라 아이스크림이 초콜릿보다 낫다고 설득하는 식이 전혀 아니다. (내게 묻는다면, 어떤 날은 그렇고 어떤 날은 아니라고 답할 것이다.) 저자가 자신의 주장을 독자에게 설득하는 일은 제시한 모든 증거가 제 역할을 해낸 결과로 나타난다. 저자가 글로써 전달하는 다양한 사상은 각각 나름의 위험 요소를 지니고 있으며, 이들 하나하나가 세상에 관한 이해를 더한다. 이를 위해 저자는 한 단어 한 단어를 신중하게 선택하며, 이러한 선택의 순간마다 의사결정을 내린다. 그 의사결정 자체도 약간의 위험 요소를 안고 있다.

논증적인 글이 작동하는 방식을 조금은 돌려 말했다. 그러나 글을 고치는 이유가 단지 대상을 좀더 명확하게 하기 위해서라면, 고쳐쓰기를 하면서 글쓰기가 얼마나 위험한 작업인지 체감하지 못한다면, 게다가 글을 마주할 독자의 마음을 바꾸겠다는 목표도 없다면, 여러분은 논지의 역할을 놓치는 것이다. 게다가 말과 생각을 하나하나 글로 적어놓고 그것들이 제 역할을 해내는 것을 목격하는 재미를 스스로 박탈하는 것이다. 저자에게 있어서 논증과 서사는 쌍둥이다. 훌륭한 글은 서사가 주도하며, 훌륭한 학술 저자는 페이지마다 대상을 기술하고 설명하는 것 이상을 보여준다.

여러분이 학술 저자라면 사상사 측면에서 자신의 주제에 직업적 책무가 있다. 여러분은 책임감을 갖고 그 역사를 자기만의 독창적인 사상의 일부로 제시해야 한다. 이 지점에서 논지 중심의 글쓰기에서 핵심을 이루는 긴장이 발생한다. 여러분이 혼신을 다해 전달하고자 하는 논지 자체는 요약할 만한 내용이어야 하지만, 글 자체는 그 논지를 입증하고 논지의 의미가 드러나도록 방대하게, 때로는 책 한 권의 분량을 이루어야 한다.

양적 분석은 수학적으로 이끌어낸 증거를 최대한 분명히 명시하려는 목적에서 논지(서사도 마찬가지일 것이다)를 압축한다. 양적 분석에서 우선시되는 가치는 객관성과 중립성이다. 질적 분석에서도 이러한 개념을 추구하나 약간의 회의주의를 가미할 것이다. 하지만 각종 표와 차트의 무게에 짓눌려 평서문을 찾아보기 어려운 논문이라 할지라도 독자가 논지를 따라올 수 있도록 구성 요소 간의 질서가 잡혀 있을 것이다. 질적 분석은 정의상 증거에 대한 다양한 견해를 놓고 논증하므로 양적 분석보다 언어에 더 치중하며, 언어를 어떻게 다루느냐에 따라 다양한 방식으로 복잡성과 가능성을 직조할 수 있다. 각각의 방식이 추구하는 것은 진실이다. 그리고 저자가 추구하는 방식이 진실 혹은 논지의 표현 양식을 결정하기도 한다.

'논지를 펼치다'라는 표현은 하나의 주장을 간결하게 제시('논지')하는 것과 그 간결한 입장을 글 전체에 걸쳐 자세히 서술한다는 이중 책임에 대해 생각하게 한다. 그러므로 논지는 다음의 두 가지 관점에서 생각하길 바란다. 하나는 인터뷰에서 내놓을 만한 간략한 설명이며, 다른 하나는 그 설명을 배치하고 발전시키기 위해 시간을 들여 구성하는 세부적인 서사다. 이런 점에서 볼 때 여러분의 텍스트는 페이지마다, 챕터마다 논지를 펼치고 있다. 즉 글을 간단하고 때로는 정체된 구조라고 여기지 않고, 논지를 앞서 제시하고 뒤이은 챕터마다 다양한 사례를 제시해 이를 뒷받침하고 있다고 생각하는 것이다. 달리 말하면 설득력 있는 글은 논지로 가득 차 있다. 이로 인해 글이 조금은 난잡하고 통제되지 않는다고 해도 괜찮다.

학문적 논지는 시간의 흐름에 따라 정교해진다. 잘 구성된 논지는 사상, 관행, 이론의 역사 및 그간 이루어진 조치 등을 토대로 한 사건, 사례를 풍부히 담고 있으며, 구성 요소들을 질서정연하게 배치해 올바로 이해되게 한다. 이로써 저자는 신중하게 구성한 견해를 제시하고 이를 독자에게 설득시킨다. 이런 점에서 논지는 우리가 인정하는 것보다 더욱 서사적이다.

생각을 정확히 나타내기

논지는 어디서 시작하는가? 법조계는 분쟁에 대한 대응으로 논쟁이 이뤄지고 있음을 보여준다. 당사자 간 합의가 어려운 사건이 등장하면서 문제가 공론화된다. 이 문제로부터 논쟁점이 만들어진다. 이런 점에서 글쓰기는 법률적 사건 개요가 형성되는 방식과 공통점을 가진다. 하나의 문제를 인식하는 데서 논지를 세울 동기가 생기니 말이다.

만약 어떤 학자가 누구도 신경 쓰지 않거나 이미 모두가 동의한 사안에 관해 논한다면 애초에 논지를 세울 이유가 전혀 없다. 일례로, 노예제가 나쁜 것이라고 굳이 논증할 사람은 없다. 이미 모두가 그 제도는 나쁜 것이라고 분명히 동의하기 때문이다. 하지만 21세기에 전 지구가 처한 암울한 현실 앞에서, 특정 봉사 형태는 용어상 '노예제'라 하지 않아도 엄연한 노예제에 해당하며, 전통 및 가족의 자율성 혹은 제도에 따른 최저임금 지급을 내세워도 실질적으로는 명백히 노예제라고 주장할 수 있다. 학자들의 논지는 주어진 상황을 정면에서 바라보고 부정확하고, 불완전하며, 잘못 이해되고 있는 무언가를 포착하는 데서 생겨난다. 모든 사람이 혐오하는 무언가가 끔찍하다고 굳이 주장했다면 거기서 멈춰서는 안 된다.

논지를 세운다는 것은 문제점을 발견한다는 의미다. 문제를 찾아내는 것이 행복한 일은 아니나 좋은 일은 맞다. 좋은 일이라고 한 이유는, 드디어 여러분이 채워야 할 간극 또는 여러분이 바로잡아야 할 오류를 분명히 할 수 있기 때문이다. 간극을 메우고 오류를 바로잡는다는 게 평생의 학술 연구를 무미건조하게 요약한 말 같지만, 이는 학자가 아닌 사람들에게만 그렇게 보일 뿐이다. 때로

학자는 하나의 논지를 펼침으로써 모든 것을 바꿔놓기도 한다.

나는 저술 프로젝트를 진행하는 연구자들과 종종 협업하곤 한다. 이때 우리가 집중하는 작업 중 하나가 그들이 쓰고자 하는 것과 그들이 말하고자 하는 것에 이름을 붙이는 일이다. 일명 '글쓰기 과녁 맞히기'는 대규모 저술 프로젝트를 계발하는 데 사용할 수 있는 훈련법이다. '글쓰기 과녁 맞히기' 연습의 목표는 분명하지만 그리 간단하지는 않다. 프로젝트의 주제를 정할 때 이 훈련법을 적용하면, 정해진 범위 안에서 프로젝트의 목적을 구체화할 수 있다. 이 연습을 논지 구축 과정의 한 단계라고 생각하길 바란다.

분명 글쓰기 과녁의 정중앙은 쉽게 맞힐 수 있을 듯하다. [그림 4.1]의 도형을 살펴보면 세 개의 동심원이 있다.

먼저, 가장 바깥쪽 고리에 프로젝트가 다루는 바를 명시해 적는다. 이는 가장 기본적인 수준에서 프로젝트가 '무엇에 관함aboutness'인지를 정하는 것이다(주의: 무엇에 관함은 그 자체로 목적이 될 수 없으며, 논지는 더더욱 될 수 없다). 그룹일 경우, 이 작업을 주도하는 사람이 그룹 구성원들에게 다음과 같은 지시사항을 줄 수도 있다.

1. 프로젝트를 10단어 이내로 설명하라. (커닝하기 없음) 문장을 만들려 하지 말라. 즉 주제를 문법적으로 연결해 구나 절로 풀지 말라. 이 활동의 목적은 지금 단계에서 집필 의도를 정확히 밝히는 것을 미루기 위함이다.

미국 원예의 역사, 동남아시아의 환경오염, 경찰 폭력을 주제로

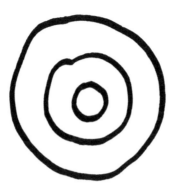

[그림 4.1] 글쓰기 과녁 맞히기

세 명의 연구자가 쓴 것을 살펴보자.

- 20세기 중반 북아메리카의 외래 곤충 유입
- 오늘날 방콕의 대기중 미립자 물질의 독성
- 경찰의 가혹 행위에 대한 대중의 냉소주의와 인식

다음으로 중간 고리를 만든다. 여기서는 앞서 정한 '무엇에 관함'으로부터 불거진 현존한 문제를 명명한다. 내가 택한 주제 안에서도 유독 눈길을 끄는 것이어야 한다.

2. 자신의 문제의식을 평서문으로 기술하라. 위에서 언급한 세 저자는 두 번째 고리를 다음과 같이 작성했다.

논지를 찾을 것

- 연구자들은 유입된 해충의 확산을 억제하고자 이 해충의 본래 서식 환경을 찾아가 어떻게 하면 이들의 천적을 활용해 해충을 통제할지 알아본다. 단, 또 다른 해충이 유입될 위험이 있다.
- 방콕의 대기오염을 통제하려던 정부의 노력은 실패했다.
- 2005년 사건 이후 911 신고 빈도를 분석한 최근 연구에는 설계 결함이 있다.[7]

문제를 글로 정리하면 내가 핵심에 충분히 다가갔는지, 내가 제기한 문제가 사고의 적절한 토대가 되는지 돌아보게 된다. 여기에서부터 본격적으로 논의를 시작할 수 있는가? 문제를 이렇게 명명하면 내 생각을 공유하는 데 유용하겠는가? 그것은 '좋은 종류의 문제'인가?

여기까지 왔다면 이제 마지막으로 가장 안쪽 고리를 만들어야 한다.

3. 확인된 문제에 관해 어떤 질문을 던지는가? 이 부분을 연습할 때는 질문의 답도 의문형이어야 한다.

---

7   이 자료들은 연습용으로만 간략히 기술했다. 자세한 사항은 다음을 참고하라. 미국 산림청, "침입종", https://www.fs.fed.us/research/invasive-species; BBC 국제 뉴스 "방콕, '유해한' 대기오염으로 휴교령 선포"(January 30, 2019), https://www.bbc.com/news/world-asia-pacific-47057128; Michael Zoorob, "경찰의 가혹 행위에 관한 이야기들이 911 신고 수를 낮추는가? 중대한 범죄학 조사자료의 재평가", *American Sociological Review* 85, no. 1(February 2020): 176-83, https://journals.sagepub.com/doi/10.1177/0003122419895254.

- 우리가 경험한 플로리다 생태계는 생물학적 억제제를 도입해 침입종을 통제하는 것에 관해 무엇을 가르쳐주는가?
- 환경오염에 관한 담론은 방콕의 산업체, 태국 농업계, 그리고 도시의 개별 거주자들 사이의 책임 소재를 어떻게 묻는가?
- 설계상의 결함을 바로잡는다면, 이 데이터 묶음을 활용해 대중의 냉소주의와 경찰의 잔혹 행위에 관한 어떤 결론에 도달할 수 있는가?

학술적 논지의 핵심은 내가 인식한 문제에 관해 내가 품는 의문점이라고 할 수 있다. 그 문제는 나의 연구대상 속에 존재할 수도 있고, 그 연구대상에 관한 우리의 지식 속에 존재할 수도 있다. 이를 고민하면서 다음과 같은 메모를 작성할 수 있다.

나는 S라는 주제에 관심이 있다. 그 주제가 특히 흥미로운 건 P라는 문제 때문이다. 문제 P는 저절로 사라질 조짐이 없으며, 우리가 지금보다 그 문제를 더 잘 이해하게 될 징조도 보이지 않는다. 그래서 나는 이 문제에 관해 하나의 물음—질문 1—을 던지는 글을 쓰고자 한다. 이 글은 적어도 처음에는 문제 P를 더 어렵게 만들 것이며, 이에 따라 질문 2, 질문 3으로 이어질 수도 있다. 하지만 이로써 주제를 적절히 다룰 수 있으리라 생각한다.

위에서 말한 동심원들은 무엇에 관한 글쓰기인지를 가리킬 뿐,

논지와는 관계없다고 말할지도 모르겠다. 그러나 이러한 생각은 논지, 특히 학자들이 입증하려는 논지의 본질을 오해한 것이다.

학문적 아이디어를 발전시키는 경우, 제일 먼저 이를 분명하고 설득력 있게 제시해야 할 대상은 그 내용을 승인하고 타당성을 부여해줄 다른 학자들이다. 그리고 나서야 그 학문적 아이디어는 더 넓게 퍼져나가 다양한 형태—백서, 논평, 학술지 논문—를 입게 될 것이다. 아이디어들은 한 가지 수준의 복잡성에 머물지 않는다. 큰 호응을 얻는 아이디어일수록 나름의 생명력이 있다.

반사실성 검증

고쳐쓰기는 저자 자신의 생각을 되짚어보거나 (멋있게 표현하면) 가로질러 살펴볼 기회다. 당연히 여러분은 자신의 논지를 신뢰한다. 하지만 훌륭한 논지라면 마땅히 비판이 따를 것이다. 반사실성 counterfactuality 검증은 하나의 아이디어를 다양한 관점에서 살펴봄으로써 더 나은 관점을 얻는 과정이다. 잠시 멈춰 서서 다른 관점에서 여러분의 논지에 귀 기울여보라. 여러분이 제시한 전제와 이론, 데이터는 여러분의 시각에서 의미가 있는 것이고, 그 의미를 객관화하기 위해서는 몇몇 가정을 구축해야 한다.

어떤 글은 법률적인 언어로, 결론에 도달하기 전에 찬반양론을 정리한다.

"여름 방학을 6주 이하로 제한해야 하는 이유는 다음과 같다."

"말도 안 된다! 학생들은 다음과 같은 이유로 3개월의 휴식이 필요하다."

찬성과 반대로 대립되는 두 주장에는 충분한 근거와 설득력이 따라야 한다. 그래야 독자들이 벌떡 일어나 "하지만 …은 어쩌고?"라고 반문하지 않는다. 물론 이렇게 도식적으로는 논증을 전개하는 글쓰기 유형이 흔하진 않다. 그러므로 저자는 현재 논의되는 내용을 자세히 들어보고 어디에 약점이 있는지 면밀히 살펴야 한다.

때로는 내 주장에 내가 먼저 반론을 제기하고 이를 다시 반박함으로써 반론의 여지를 줄이는 게 최선일 때도 있다. "셰익스피어는 《겨울 이야기》의 결론을 확정하지 않았으므로, 우리는 헤르미온과 레온테스에게 무슨 일이 일어날지 모른다. 이 커플이 화해했다고 보는 사람들이 있는데, 작품에 결론이 명시적으로 나타나지 않기 때문이다. 나는 작품의 이러한 침묵이 회복 불가능한 두 사람의 관계를 증명한다고 주장한다."

'다른 관점'을 글에 통합하면 내 주장의 설득력이 높아진다. 물론 다른 관점을 끌어들이면 글이 길어지지만, 전체적으로는 더 나은 인상을 줄 수 있다. 근육은 늘어나고 지방은 줄어드는 셈이다. 글을 고치면서 자신의 생각을 검증하자. "내가 틀렸으면 어쩌지? 나의 전제가 입증되지 않으면 어쩌지?"라고 물으라. 여러분이 학자라면 필요할 때마다 무수히 많은 증거를 제시하는 훈련이 되어 있을 것이다. 그럼에도 때로는 갖가지 가정을 세울 필요가 있다. 즉 여전히 잘못된 경로로 이탈할 가능성이 있다는 뜻이다. 다른 가정이 필요 없는 문제라면 탐구할 가치조차 있었겠는가?

반론은 내 주장에 반대되는 견해를 내놓기도 하고, 나의 전제나 주장을 무효화함으로써 나의 연구를 불안정하게 만들기도 한다.

오염원은 없다. 오염원이 있다 해도 오염 수준이 높아지고 있지는 않다. 설령 오염 수준이 높아진다 해도 점박이 송어의 개체 수 변화를 설명할 만큼 충분히 높아지는 것은 아니다.

또는,

당신은 과학 저널을 읽긴 했으나 제대로 읽지 않았다. 제대로 읽었다면 엉뚱한 논문을 활용한 것이다. 이렇게 작은 표본으로는 더 큰 결론을 도출할 수 없기 때문이다.

또는,

오염원에 대한 당신의 주장이 사실일 수도 있고 아닐 수도 있다. 하지만 당신이 미처 고려하지 못한 또 다른 요인이 있는데, 그것은 수역이 늪지로 변한다는 점이다.

이런 반론을 계기로 내 주장과 대립되는 견해는 무엇이며, 이 주제에 관심 있는 사람들은 그 사안을 어떻게 받아들일지 곰곰이 생각해보라. (기존 관점에 반하는 대대적인 주장을 내놓는다면, 여러분의 주장과 증거는 분명 철저한 검증을 받게 될 것이다.) 연구 결과를 바탕으로 한 모든 글은 다른 권위자, 전문가, 관찰자, 아카이브 등 전문 지식의 도움을 받는다. 각주는 논쟁의 주요 부분을 숨기는 장소가 아니라, 내가 그만큼 꼼꼼하게 연구를 수행했다는 것을 글로 입증하는 곳임을 기억하라. 아직 내놓지 않은 논지를 대신하는 데 활용하는 공간은 더더욱 아니다.

각주는 내용의 보완이자 증명이긴 하지만, 각주에는 독자에게 말하고자 하는 좀 더 거창하고 중요한 사실의 보완과 증명 과정이 담겨 있어야 한다. (때로는 여담을 싣기도 한다.)

고쳐쓰기를 할 때면 잠시 한 발짝 물러서게 된다. 중요한 순간에는 많이 물러서야 한다. 여러분의 글은 무엇을 주장하고 있는가? 그 주장은 지금껏 다른 주장과는 어떻게 다른가? 독자에게는 여러분의 주장이 일종의 새로운 것이다. 여러분은 선택한 주제에 관해 뭔가 신선하고 최신의 것을 선사한다. 그렇지만 각주와 참고문헌에서 언급되는 권위자들과 유력 인사들도 염두에 두는 것이 유용하다. '내 글을 X라는 권위자가 읽고 나면 그의 생각이 달라질까?' '내 분야의 권위자라는 사람도 내 주장에 설득될 수 있을까?'

글쓰기의 목적은 세상에 관한 나만의 해석을 드러내는 일이다. 이 주장은 설득력 있는 근거와 증거가 뒷받침하고, 이미 독자가 알고 있는 것과는 다른, 처음부터 관심을 끌 수 있는 내용이어야 주목할 가치가 있다. 따라서 주장은 논증과 설득의 행위라고 할 수 있다. 여기서 글의 역동성이 생겨난다. 주장은 그것이 진실하다고 말하는 것이다. 진실한 그것은 완전히 새로운 발견일 수도 있고, 그렇지 않더라도 최소한 색다른 통찰을 담고 있다. 반대로 여러분이 내놓는 진실한 그것은 그동안 진실이라고 인정되던 것이 전혀 진실이 아니라는 것을 드러낼 수도 있다. 어쩌면 그 사이 어디쯤 있는 것일 수도 있다. 즉 새로운 사실이나 이론을 바탕으로 우리의 기존 생각을 조정하는 내용일 수도 있다. 하나의 주장은 발견, 역전, 조정 중 어느 것이어도 좋다.

자, 이제 주장을 입증해보자. 어떤 저자는 순수하게 논리적인 측면에서 논증을 펼친다. 자료를 수집하고, 논거를 세워가며, 증거를 제시하고, 모든 것이 질서정연하게 정리되었는지 확인한 뒤 엔터 버튼을 누른다. 이것도 나름대로 쓸모 있는 방식이지만, 이러한 조직화는 서사 중심의 경험 분석보다는 과학적 접근이 주가 될 때 더 많이 활용된다. 논지와 증거를 다룰 때면 학창시절 유클리드 기하학 수업 시간에 접했던 엄밀한 단순성이 조금은 그리워지기도 한다.

지금 당장은 마름모꼴의 면적을 계산하는 일 따위는 하지 않는다. 하지만 수학자가 아닌 나로서는 언어도 기하학만큼이나 복잡하게 느껴진다. 어쨌든 한 페이지가 넘는 글을 쓰다 보면, 기하학의 엄격하지만 그만큼 안전한 증명 규칙에서 벗어나는 언어의 다양한 방식을 접하지 않고서는 한 페이지도 쓸 수 없음을 깨닫게 된다.

언어는 유클리드가 증명한 방식대로 증명할 수는 없지만, 다른 일을 해낼 수 있다. 그러니 범주적 오류에 빠지지 않도록 주의하자.

주장을 마무리하기 전에 그 주장을 360도로 살펴보며 한번 더 검토하자. 일을 달성하는 방법은 얼마든지 있다(물론 왜 그렇게 하려는 건지는 분명치 않다).[8]

증거 찾기

저자에게 증거를 요구할 때 우리는 텍스트에서 말하는 내용이 근거 있고 효과적으로 논증되었다는 확신을 갖고 싶어 한다. 조직적이고 설득력 있는 논증이 전제되지 않는 한 저자의 주장은 쉽게 받아들여지기 어렵다. 여러분이 레드삭스 팬이라면, 삭스가 양키스보다 훨씬 더 흥미로운 팀이며 앞으로 5년 사이에 삭스가 미국 최고의 야구팀이 될 거라고 주장하는 칼럼니스트의 의견에 쉽게 동의할 것이다. 여기에 논증을 통한 설득은 필요 없다. 하지만 레드삭스 팬으로서 표하는 동의는 적어도 부분적으로 이성적이지 않고 감정적인 것이다. 양키스 팬으로서 양키스 팀을 극찬하는 칼럼을 읽더라도 마찬가지일 것이다. 여러분이 즉각적으로 동의를 표하는 칼럼니스트는 신념에 의거해 청중에게 자기 주장을 펼치

8　(옮긴이) '일을 달성하다'라는 의미로 skin a cat이라는 관용구를 쓰면서, 문자 그대로 '고양이 가죽을 벗기려는' 이유를 도무지 알 수 없다는 의미로 쓴 것.

는 것이므로, 이를테면 성가대에게 복음을 전파하는 것과 같다고 말할 수 있다.

논증은 그런 것이 아니다. 물론 어떤 팀이 다른 팀보다 훨씬 흥미로운 경기를 펼친다고 주장하기 위해 일련의 판단 기준을 세울 수 있고, 통계 자료를 참고하되 전적으로 그것에만 의존하지 않는 태도를 취할 수도 있다. 이때 데이터와 해석, 사실 정보와 의견이 섞인 정보를 적절히 혼합하면 해당 스포츠팀, 나아가 그 팀을 지지해야 할 이유에 관한 여러 논거가 만들어질 수도 있다.

전혀 논증이라고 할 수 없는 논증도 있다. 이들은 가느다란 주장을 더욱더 가늘게 베어내는 연습에 불과하다. 또는 철 지난 뉴스를 새로운 소식이라고 주장하는 것과 같다. (언젠가 한 재치 있는 편집자는 유독 생기 없는 원고를 두고 '새로운 구식'이 출현했다고 표현했다.) 테드 언더우드Ted Underwood는 이보다 더 미묘한 문제에 관해 독자에게 경고한다.

나는 과거를 재명명함으로써 과거를 부인하는 동시에 전유하려는 학문적 경향을 경계한다. (예, "멀리서 읽기distant reading가 나이브했다는 것은 누구나 아는 사실이다. 하지만 내가 고안한 비판적으로 멀리서 읽기는 완전히 다른 것이다!") 무언가를 끝없이 새롭게 포장하는 것은 지치는 일이다.[9]

9   Ted Underwood, *Distant Horizons: Digital Evidence and Literary Change*(Chicago: University of Chicago Press, 2019)의 서문.

허술해 보이는 논증은 실패한 것이다. 수정본을 읽을 때 논지가 약하다고 느껴진다면 다음의 세 결함을 생각해보자.

첫 번째 결함 주장이 전혀 주장이 아니다. 익히 아는 것을 다른 사례를 들어 재진술할 뿐이다.

두 번째 결함 역사적, 비평적 무지가 드러난다. 연구가 더 필요하다. 참고문헌도 빈약하고, 선택한 주제의 역사—복수의 역사. 다양한 방식으로 쓰인 역사들은 서로 상충할 수도 있다—에 대한 감수성이 부족할지도 모른다. 증거를 밝힐 때는 공시적, 통시적 역사 둘 다 필연적으로 중요하다. 두 가지를 모두 활용하라.

세 번째 결함 책임감 있게 주장을 뒷받침하지 않았다. 이는 두 번째 결함이 더 노골적으로 드러난 것이다(연구가 더 필요하다). 더 충실한 연구가 뒷받침되지 않으면 이의제기를 받을 수도 있다. 여러분이 택한 주제를 연구했던 다른 사람들의 글을 읽어보라. 그것도 증거가 된다.

데이터를 두려워하지 말라. 단, 데이터는 해석이 필요하며 여기에는 서사적 부담이 따른다는 것을 기억하라. 관찰 가능한 데이터들(위와 달리 복수 형태로 썼다)은 그 자체로 사실이 아니다. 무언가 만들어진 것을 '사실fact'이라고 이해할 때(이 단어는 '만들다'라는 뜻의 라틴어facere에서 파생된 팍툼factum에서 유래했다), 관찰 가능한 데이터들은 그 자체로 사실이라고 할 수 없다. 만들어진 것은 설명이 필요하다.

사실은 해석을 요구한다. 자연 세계에 존재하는 생물처럼 데이터 역시 그들 스스로 말하지 못하는 것을 우리가 말해주어야 한다. 이렇게 데이터, 사실 또는 동물에게 목소리를 부여해줄 때, 우리의 임무는 인간이 아닌 비언어적 현상과 자연 세계의 모든 친구가 보여주는 현실, 그리고 우리가 그들을 이해하는 기호에 최대한 가까이 다가가는 것이다.

데이터는 우리에게 무엇을 말해주는가? 그리고 우리는 이에 뭐라고 응답하는가? 데이터와 사실 정보를 바탕으로 한 서사는 반드시 좋은 것도, 나쁜 것도 아니다. 하지만 서사의 조작성madeness과 서사가 의존하는 것들을 제대로 이해한다면, 우리 주변 세계가 끊임없이 해석의 대상이 되며 또한 해석이 필요하다는 것을 알게 된다. 이는 단순하지는 않아도 좋은 소식이다. 모든 종류의 학자, 비평가, 주의 깊은 관찰자가 이러한 일에 관여한다.

그러니 구술사를 포함한 세계와 삶의 경험을 두려워하지 말라. 우리는 세상의 한 측면을 더 낫게 만들거나, 조금이나마 세상을 더 잘 이해하고자 애쓴다. 물론 우리 자신에게도 실패와 약점이 존재하는데, 때로는 우리가 놓치곤 하는 주변 일들이 실마리가 되어 자신의 약점을 알아차리게 된다. 이 점을 염두에 두고 목소리가 없는 것들에 목소리를 부여하라. 이는 글쓰기를 업으로 하는 작가, 특히 학자인 저자가 해야 할 일 중 하나다.

이쯤 하면 논지의 정의와 역할을 충분히 다룬 것일까? 나는 생각(사유)을 서사화한 형태가 논지라고 강조해왔다. 달리 표현해보면, 서사는 세상에 관한 논증의 한 형태라고 할 수 있다. 저명한 경제학자 로버트 실러Robert Shiller는 대중 독자를 위한 글을 펴내는 일에도 전문가다. 《내러티브 경제학*Narrative Economics*》에서 그는 데이터의 서사적 요소, "입소문과 언론 매체, 소셜 미디어 등을 통해 확산되는 전염성 강한 대중적인 이야기"를 집중적으로 다뤘다. 그는 내러티브 경제학의 방법론에 관해 이렇게 제안했다. "내러티브 경제학은 경제 사건을 예측하고 대비하는 능력을 향상시킬 수 있다. 나아가 경제 제도 및 정책을 구축하는 일에도 도움을 줄 수 있다."[10] 서사의 유용성을 잘 새기라고 실러가 권한다면 잘 귀담아듣는 것이 좋겠다.

훌륭한 논증은 정확성accuracy(크고 공정하게 생각하기)과 정밀성precision(작고 세세하게 생각하기) 사이의 균형을 맞춘다. 글을 고칠 때는 너무 편파적으로 살피지 않도록 애쓰라. 누군가의 관점이 편파적partial이라는 말은 한쪽으로 치우쳤거나 특정한 선호도를 드러낸다는 뜻이다. "아이키도가 아닌 합기도를 택한 샐리의 선택은 공

---

10 Robert Shiller, *Narrative Economics: How Stories Go Viral and Drive Major Economic Events*(Princeton, NJ: Princeton University Press, 2019), p. 1. [한국어판: 로버트 J. 실러, 박슬라 옮김, 《내러티브 경제학—경제를 움직이는 입소문의 힘》(알에이치코리아, 2019)]

격적인 무예에 대한 그녀의 편애를 드러낸다. 샐리를 아는 사람이라면 전혀 놀라울 것이 없다."

하지만 partial이라는 단어에는 '불완전하다' 또는 '선택적이다'는 뜻도 담겨 있다. "그 접촉사고에 관한 불완전한partial 설명에 중요한 디테일이 빠져 있다. 길이 험하고 상대 차량의 라이트 하나가 없었던 것도 사실이지만, 제시는 아침 식사 이후로 레드불Red Bull을 3캔이나 마셨다."

여러분은 편파적이지 않고 공정하며, 불완전하지 않고 완전한 글을 쓰길 원할 것이다. 가능한 한 온전한 이야기를 들려주고, 이를 둘러싼 모든 맥락과 관련 논증을 독자에게 확실히 제시하라. 그래야만 여러분이 덧붙이고, 삭제하고, 대체하고, 바로잡는 모든 작업이 더욱 이치에 맞을 것이다. 더불어, 여러분이 정확성을 발휘하고 있다는 것을 확실히 보여주면 독자의 신뢰를 얻을 수 있다. 독자는 저자가 최대한 공정하고, 믿을 만하며, 완전하다고 믿을 수 있어야 한다. 이런 점에서 이번 장은 성공적인 고쳐쓰기에서 논증이 얼마나 중요한지 논하면서 우회로로 보이는 여러 가지를 꽤 단순한 도로 규칙처럼 다뤄보았다.

제대로 논증하기 위해서는 잘 들어야 한다. 이것이 우리가 이해하고 있는 분석 작업의 본질이자 학문의 기본 전제다. 일어나는 일과 일어나지 않는 일에 주목하라.[11] 우리는 이를 위해 그리고 이를 잘 해내기 위해 서사를 사용하며, 그 서사로부터 우리가 논증이라고 부르는 전제를 구축한다.

글을 고칠 때 여러분은 글 속에 활용한 사실 정보와 데이터를 잘 들으면서 이를 적절히 논했는지 살핀다.[12] 그 정보들에 확실히 말할 기회를 주었는지 확인하려면 잘 들어야 한다. 이러한 듣기는 연구자의 가장 귀한 기술이라고 할 수 있다. 희귀 새의 발성을 해석하는 조류학자, 매장 의식의 광경과 소리를 관찰하는 인류학자, 빙하가 분리되면서 만들어내는 다양한 소리에 익숙해진 북극 전문가 등은 모두 이 기술을 가지고 있다. 글의 구성 요소와 세부 사항이 다양한 방식으로 만들어내는 이야기에 귀 기울이는 저자는 이 학자 중 누구와도 같지 않지만, 동시에 이들 모두와 같은 작업을 수행한다.

단, 보고 들은 내용은 공유할 만한 형태를 갖춰야 한다. 글쓰기의 목적은 자신의 지식을 묻어두거나, 자신의 통찰에 자물쇠를 채워두는 일이 아니다. 글쓰기의 목적은 다음 두 가지뿐이다. 하나는 나의 생각을 밝혀내는 것이며, 다른 하나는 그 생각을 다른 이들과 공유하는 것이다.

내 생각을 공유하는 일은 저절로 되지 않는다. 이는 저자인 여러분이 노력해서 얻어내야 할 결과다. 이를 위해 논거를 모으고, 논

---

11 코난 도일의 소설 《실버 블레이즈 모험 *The Adventure of Silver Blaze*》에서 셜록 홈스는 사건이 일어난 그 밤에 개가 짖지 않았다는 사실을 바탕으로 사건을 밝혀냈다. 좋은 글쓰기란 있는 것과 없는 것, 있어서는 안 될 것(그런데 있는 것)과 있어야 할 것(그런데 없는 것)을 잘 듣는 것이다.

12 여기서 우리는 인류학의 연구 방식과 다른 학문 분야의 듣기 사이에 연결고리를 만들 수 있다.

지를 뒷받침하는 구조를 세우며, 친절하게 독자를 안내함으로써 설득력을 발휘해야 한다. 이 밖에 여러분이 할 일이 또 있다. 독자들에게 도구, 더 직접적인 용어로 말한다면 얻을 점takeaways을 제공하는 것이다.

얻을 점

결론도 하나의 얻을 점이다. 탄탄하고 정교한 글을 썼다면, 결론도 중요한 얻을 점이 된다. 하지만 이 밖에 다른 얻을 점들도 있다. 이를 간과할 저자는 아무도 없다. 독자가 크게 생각하도록 하려면 작게 생각해야 한다. 다른 데에도 쉽게 적용할 만한 아이디어를 제시했다면, 독자는 이를 감사히 받아들이거나, 이를 가지고 씨름하거나, 이를 바탕으로 다른 내용을 구상할 것이다.

결론 외에 독자가 얻을 점은 세 가지다.

인상적인 예시 어떤 종류의 글은 일화와 사례를 중요하게 다룬다 (사례 연구case study는 대개 너무 길어서 기억에 남지 않는다). 이를테면 하나의 사건이나 적용점을 예로 들어 논지를 뒷받침할 수 있다. 강렬한 것도 좋고 간결한 것도 좋지만, 인상적인 사례—즐거운 것이든 괴로운 것이든 잊지 못할 사례—라면 더 좋다. 솜씨 좋은 저자는 인상적인 사례를 기획하고, 배치하고, 이를 적절히 활용할 줄 안다. 고쳐쓰기는 이런 솜씨를 발휘할 좋은 기회다.

언어적 도구 때로 독자는 특정 표현, 신조어, 또는 친숙한 표현에 새로운 활기가 스며들어 강력한 에너지를 뿜어내는 표현을 유용하다고 여긴다. 글쓰기에 관한 비밀 요령 하나를 일러주자면, 강조하고 싶은 내용—하나의 구문으로 전달할 수 있는 개념—을 글 앞쪽에 배치해 독자가 여러분의 의도를 알게끔 알게 하라. 다른 예술 분야처럼 글쓰기도 대상과 배경을 구분하며, 피할 수 없는 반복의 힘을 활용한다. 여러분이 강조하고픈 대상을 가려내어 이를 독자가 유용하게 받아들이도록 만들라. 중요한 개념은 적어도 두 번 이상 언급하라. 그런 다음에는 이를 반복해서 제시하되 다르게 표현하라.

적용점 대다수 연구는 이것은 저것으로 그리고 새로운 방식으로 설명할 수 있다고 주장한다. 만약 이런 종류의 책을 쓰고 있노라면, 책과 분석 프로젝트 너머의 세상을 탐험할 수 있는 몇몇 도구를 독자에게 보여줄 수 있을지도 모른다. 책은 즐거움을 선사하고, 새로운 시야를 열어주며, 색다른 도구를 선보인다는 점에서 인상적이다. 독자에게 특정 이론을 제시하고 이를 적용하도록 권하는 것은 유용하면서도 어려운 일이다. 하지만 이것이야말로 가장 긴 여운을 남길 수 있다.

논지는 간결하게 표현한 거친 이야기 그 이상이다. 논지는 대상을 변화시키겠다는 포부를 담은 하나의 아이디어다. 이를 책 속에 효과적으로 담아내려면 그 아이디어를 제시하는 텍스트가 적절한 형태를 갖추어야 한다. 이때 고민할 점이 글의 구조다.

논지를 찾을 것

5

구조를
세울 것

저자, 건축디자이너, 공간을 배치하는 자, 이 세 사람의 전문성을 모아 여러분만의 가상의 이력서를 꾸며보라. 글이란 단어들이 모양새 있게 배치된 것이며, 고쳐쓰기는 여러분이 탄탄하게 만들려는 글의 성격에 따라 단어들이 올바른 모양을 갖추도록 하는 일이다.

나의 분야에서 중요시되는 용어가 다른 분야에서는 어떻게 취급될지 생각해보는 건 언제나 유용하다. 예컨대 컴퓨터 공학자들은 하나의 시스템을 주관하는 규칙 묶음을 가리켜 '컴퓨터 구조'라고 부른다. 논하는 규칙 묶음이 둘 이상이라면 컴퓨터 구조들이라고 할 것이다.[1]

또 다른 부류로 보통 사람들보다 듣는 능력이 뛰어난 서정 시인이 있다. 존 키츠John Keats와 위스턴 휴 오든Wystan Hugh Auden은 인간이 자연에 대해 모양을 부여한 것뿐만 아니라 자연이 스스로 모양을 부여한 것을 관찰하면서 '설계된architectured' 경관을 노래했다.[2]

---

1   John L. Hennessy and David A. Patterson, *Computer Architecture: A Quantitative Approach*, 6th ed.(Cambridge, MA: Elsevier, 2019), p. 2를 참고하라.

여러분도 여러분의 생각을 어떻게 설계할지 고민해야 한다.

학자들은 복잡한 방식으로 진행되는 복잡한 연구를 수행하므로 때로는 글에도 복잡한 구조가 필요하다. 픽션도 마찬가지다(모더니즘을 떠올리는 사람도 있을 것이다). E. M. 포스터Edward Morgan Forster가 1910년에 쓴 소설 《하워즈 엔드Howards End》의 유명한 헌사인 "오직 연결하라Only connect"는 도발적이고 긴급한 명령으로서 문제를 분석해 해법을 도출하라는 내용을 담고 있다. 물론 여러분은 인물, 계층, 사고방식, 또는 산문의 요소 사이에 연결고리를 만드는 건 분명 좋은 것이라고 말할 것이다.[3] 문제는 이를 실행하는 방법이다.

우리는 글을 쓰면서 구조를 잡는다. 캠프지에서 쉽게 철수 가능한 임시 숙소를 짓기도 하고, 아담한 오두막을 짓기도 한다(노르웨이 숲속에 지어둔다면 더없이 아늑할 것이다). 그런가 하면 다양한 크기와 용도를 지녔고 여기에 공용 공간과 개인 공간으로 이뤄진 공동 주택을 지을 수도 있다. 의뢰를 받아 건축하는 집도 있고, 꿈에 그리던 집을 지을 때가 있는가 하면 도면으로만 남는 프로젝트도 있다.

위의 내용은 건축가인 내 친구들이 '건조 환경built environment'에

---

2 키츠는 섬에 있는 동굴을 보고 "저렇게 설계되었구나/위대한 오케아노스에 의해!"라며 감탄했고, 《전쟁으로의 여행Journey to a War》에서 오든은 기차에서 바라본 비탈길을 "테라스처럼 설계된 길, 그 위에서 밀이 자라고 있네"라고 표현했다. 옥스퍼드 영어사전에 실린 'architecture'(동사, 명사)의 설명을 참고하라.

3 포스터가 정확히 이런 뜻을 의도한 건 아닐 수도 있다. 애덤 커시Adam Kirsch의 에세이 《산문과 열정The Prose and the Passion》(New Republic, July 13, 2010)을 참고하라. 여기서 저자는 포스터의 숨은 의도는 "평범하고 인습적인 개성을 위법적인 성적 욕망과 연결하는 것의 어려움"을 표현한 것이라고 주장한다.

관해 말할 때 논하는 것들이다. 건조 환경이란 다양한 구조들이 그 의도된 공간과 삶에 통합됨으로써 건축의 목적을 달성하는 방식을 말한다.

그렇다면 구조structure란 무엇인가? 건물에 비유한다면, 구조란 대상을 지탱하고 모양을 부여하는 것을 가리킨다. 구조의 의미에 관해서는 많은 질문이 따르지 않는다. 저것은 지붕이고, 저기 복도가 있으며, 저기에 버팀목이 있다는 식이다. 바로 밑, 아래쪽, 위쪽, 안쪽 어딜 보나 건축 자재와 마감 재료가 있다. 기둥, 대들보, 석재, 콘크리트가 있다. 문, 창문, 천장에 낸 채광창도 있다. 때로 깜짝 놀랄 만한 요소도 있지만(나는 건축가들이 무언가를 '드러낸다reveal'고 말할 때가 참 좋다), 이마저도 모두 계획된 것으로서 구조 안에 포함된 것이다. 물론 문장들은 철근이나 하중 지지벽이 아니며, 문단 하나가 망가진다고 누가 다치는 것도 아니다. 그렇다 해도 지면 위에서 벌어지는 일을 잘 이해할 수 있도록 건축의 비유를 계속 활용해보자.

글에는 저자가 생각하는 구조가 있고 독자가 인식하는 외현적 구조가 있다.

인식은 가시적visible 체계다. 저자가 무엇을 쓰고 무엇을 의도하든 읽기를 주도하는 것은 독자의 인식이다. 텍스트는 우리 앞에 단어들을 펼쳐놓을 뿐, 텍스트를 살아나게 하는 것은 독자다. 구조를 인식하는 것도, 텍스트를 텍스트답게 만드는 것도 독자다.

고쳐쓰기에 관해 생각할 때 우리가 염려하는 대다수 문제는 저자가 실행한 또는 실행하지 않는 것을 독자가 어떻게 인식할까와 관련 있다. 저자 생각에는 글의 구조도 명확하고, 진행 속도도 적절하고, 체계도 훌륭할지 모르지만, 이것이 실제로 확인되는 순간은 텍스트가 독자를 만났을 때다.

학술 저자를 포함해 대다수 저자는 특정 장르의 글을 쓴다. 장르란 나름의 건축 규칙을 갖춘 분야별 형식을 말한다. 그 규칙이 말하는 내용, 말하는 방식, 아이디어를 전달하는 형태를 결정한다. 의학저널에 실린 비소암 관련 논문은 의사들이 아동 암 환자와 대화하는 방식을 다룬 사회학 연구논문과 전혀 다른 형태를 띨 것이다. 두 논문에서 모두 데이터와 서사를 활용하겠지만, 두 요소의 무게감이나 지면 점유율은 상이할 것이며, 목표 독자가 이를 활용하는 방식도 다를 것이다. 장르마다 나름의 구조가 존재한다.

글은 단어들의 조합이지만 생각하기에 따라 빈 공간, 벽, 문, 복도, 지하실, 옥상 등의 형태와 공간을 의미하기도 한다. 여러분이 고치고 있는 글을 지금 막 언어로 만들어진 구조라고 생각해보라. 여러분이 쓰는 글에 가장 잘 어울리는 구조는 무엇인가? 막상 글을 쓸 때는 이런 점을 자각하지 못할 수도 있다. 하지만 특정 챕터나 문단, 또는 한 문장을 자세히 살펴볼 때면 글의 장단점을 저울질하며 대안적인 구조를 떠올릴 수 있다. 내용의 전달 방식과 순서에 따라 다양한 가능성, 뒷받침할 부분, 정보 전달의 통사론, 내가 속한 학문 분야의 관습을 고려한다.

이것도 너무 추상적이라면 여러분이 거주하는 공간의 구조를 한번 생각해보라. 캠퍼스에 자리한 교수동, 부유층 저택, 교외의 난평면 주택 또는 방 절반 정도의 구조도 좋다. 그 공간은 단점(소음, 채광, 누수) 측면에서 바라볼 수도 있고, 근접성(캠퍼스, 지인, 주치의) 측면에서 바라볼 수도 있다. 나의 거주 장소는 나의 피난처이자 수많은 연구 자료를 숨겨둔 곳이기도 하다. 거주 공간은 이렇게나 중요하다.

1950년대 철학자 가스통 바슐라르Gaston Bachelard는 《공간의 시학The Poetics of Space》에서 평범한 내부 공간도 저마다 주변 환경과 심오한 연관성을 지닌 기하학으로 생각하라고 촉구했다.[4] 자신의 거주 공간을 생각하는 방식은 사람마다 다르다. 마야 안젤루Maya Angelou는 〈아키텍쳐럴 다이제스트Architectural Digest〉와의 인터뷰에서 자신의 결혼생활에 관해 들려주었다(공교롭게도 인터뷰어는 남성 건축가였다). 무난했던 안젤루의 결혼생활은 어느 시점에 막을 내렸는데 이에 대해 안젤루가 인터뷰어에게 다음과 같이 말했다.

쓰라린 사랑의 아픔을 겪어본 모든 연인처럼 저 역시 "뭐가 잘못된 건지 모르겠다"고 말해야 할 거예요. 하지만 집이 문제이지 않았을까 싶어요. 제가 2층 높이의 거실 벽면에 가로 1미터, 세로 1.5미터 크기의 그림들을 죽 걸어놨거든요. 가만히 보고 있으면 크게 확대한 우편엽서들 같았죠.[5]

---

4   Gaston Bachelard, *The Poetics of Space*, trans. Maria Jolas(Boston: Beacon Press, 1994)[한국어판: 가스통 바슐라르, 곽광수 옮김, 《공간의 시학》(동문선, 2003)]

이 밖에 더 많은 이야기가 있었으나 기본적으로 이것이 안젤루가 사랑과 상실, 공간과 규모라는 주제를 바라보는 방식이었다.

여러분은 자신의 아이디어를 담기 위해 어떤 집을 지었는가? 여러분의 아이디어에서 나온 집인가? 저자는 여러 조각을 살펴보면서 각각의 작동 방식을 이해하려고 노력한다. 특히 각각의 조각이 제 역할을 못할 때는 더더욱 주의를 기울인다.

글쓰기에서 구조는 단순히 저자의 생각을 드러내거나 숨기는 역할 이상을 수행한다. 구조는 설득하는 힘이 있다. 구조가 설득력을 갖춰야 한다고는 생각해보지 않았을 것이다. 유용하고, 탄탄하며, 심지어 수려한 구조는 수긍할 수 있다. 최신 이론을 적절히 반영한 세련된 구조도 있을 것이다. 그런데 여기에 설득력까지 갖춰야 한다고?[6]

훌륭한 구조를 갖춘 글은 그만큼 설득력도 갖춘 글이다. 형편없는 벽을 페인트칠한다고 본판을 가릴 수 없는 것처럼, 구조가 엉성한 초안에 이 말 저 말 덧붙인다고 설득력이 생기지는 않는다. 설득력은 논지, 증거, 어조, 구조로부터 나온다.

글을 고칠 때 따라야 할 몇 가지 간단한 규칙이 있다. 여러분의 리포트, 논문, 또는 챕터 안에 훌륭하고, 원대하며, 중요한 생각을

5　　"Celebrity Style: AD revisits Maya Angelou," *Architectural Digest*(May 1, 1994), https://www.architecturaldigest.com/story/maya-angelou-home-essay-article.

6　　당연히 글의 구조에는 설득하는 힘이 있다. 좋은 구조는 이를 활용할 장소와 공동체에 대해 책임감을 갖고 적절히 반응한다. 잘된 구축은 그 자체로 하나의 주장이다.

담겠다는 목표를 가지라. 챕터라는 방마다 좋은 아이디어를 담겠다고 생각하면 목적의식을 가지고 글을 고칠 수 있다. 가진 그림이 많다 해도 온통 그림으로만 벽을 뒤덮지는 말라. 이 벽은 다른 사람들이 볼 공간이지 여러분만의 미술관이 아님을 잊지 말라. 작성한 챕터에 무엇을 덧붙이고 무엇을 덜어내든 그 방에 담아둔 훌륭하고 중요한 아이디어가 더욱 빛을 발하게 하라.

문장과 문단은 요긴한 건축 자재다. 집 안에 방을 만드는 것처럼 책 안에 챕터를 만들기 위해 이 건축 자재들을 알맞게 배치한다. 글의 구조는 텍스트 전체에 흐르는 '주제'만의 문제가 아니다. 구조를 생각한다는 것은 벽을 제대로 세워 독자가 안정감을 느끼도록 구성 요소를 주의 깊게 배치하는 일이다.

글의 구조와 연관되는 것이 또 있다. 구성 요소 하나하나를 명확하게 배치한다고 즉시 읽을 만한 글이 되지는 않는다. 글의 역동성, 길이와 문채文彩의 변화, 엄격한 간결성과 과감한 여유, 언어의 진동에 대한 감각으로 빚어진 문장의 파문波紋도 중요하다. 구조가 단순한 건조 환경이 아니듯 글 또한 단순한 단어들의 모음이 아니다. 설득력 있는 구조와 탄탄한 형태를 갖출 때 여러분의 아이디어를 생생히 살려낼 수 있다는 것을 기억하라.

차분히 글을 고치면서 연결고리를 만들어야겠다는 목표는 다시한번 올바른 해답을 찾아보겠다는 구조적 문제라고도 할 수 있다. 내가 쓴 글이 아닌 것처럼 원고를 검토하고, 지면에서 논의되는(또는 논의되지 않는) 아이디어를 내가 완벽히 통제할 수 없다고 여기

구조를 세울 것

는 것이다. 어떤 면에서 보면 연결하기(글의 각 부분을 서로 연결하고, 글 전체를 독자와 연결하기) 위해서는 도리어 연결을 끊을(글로부터 자신을 분리시킴으로써 글을 더 명확히 보기) 필요가 있다. 앞서 말한 저자의 '무지의 베일'로 돌아온 셈이다. 독자가 누구인지 모른다(알 수 없다)는 가정하에 글에 관한 판단을 해보는 것이다.

글쓰기 규칙: 각 부분을 연결하기 위해 노력하라.

구조적 측면을 고려한 글쓰기 규칙: 사방으로 흩어져 있는 문단과 아이디어가 논지 주위로 모여들 수 있도록 글을 고치라. 여러분이 바라는 것은 탄탄한 구조물이지 임시 구조물이 아니다.

건축가의 자세로 던져보는 질문

설계와 구조적 배치를 완성했더라도, 견실하면서도 신선한 논지를 세웠다는 확신이 들더라도 온갖 의심이 드는 건 어쩔 수 없다. 이는 직업적인 리스크이기도 하지만, 한편으로는 꼭 필요한 자세이기도 하다. 의심이 없는 저자는 신뢰하지 말라.

여러분이 쓴 텍스트의 형태에 관해 자문해보라. 내가 쓴 글의 구조가 효과를 발휘해야 한다는 것을 기억하라. 우리가 구축하려는 것은 실용적인 구조다.

내가 쓴 텍스트가 왜 그런 틀을 가졌는가? 일련의 순서로 구성된 챕터처럼 여러분은 특정한 배열 범위 안에서 독자에게 정보를 전달하기로 정했다. 이로써 하나의 논지가 뚜렷하게 드러나는지 확인하려면 다양한 질문이 필요하다. 왜 그런 선택들을 내렸는지 스스로 답해보자. 여러분이 실행했다고 자부하는 작업이 글 속에 반영되었는지 확인하며 글을 검토하자.

첫 페이지에서는 어떤 일이 일어나고 있으며 그 이유는 무엇인가? 첫 페이지만큼 중요한 것은 없다. 첫 페이지에서부터 중요한 아이디어를 밝히자는 것은 아니지만, 첫 페이지를 제대로 쓰지 못하면 독자를 잃을 수도 있다. 첫 페이지에 무슨 내용을 담을지 분명히 알아야 한다. 역사, 이론, 현황, 논박을 담을 것인가? 아니면 전략적으로 독자를 엉뚱한 곳으로 이끌 것인가?

중요한 생각을 가장 명확히 표현한 곳은 어디인가? 질문이 애매모호할 수도 있겠다. 중요한 생각이란 논지일 수도 있고, 일관된 관점일 수도 있다. 글의 특성에 따라 반복적으로 강조되는 내용일 수도 있다. 대다수 글쓰기의 목적은 중요한 요지를 독자에게 최대한 명확히 전달하는 것이다. 처음에 이 모험을 시작하면서 살펴보았던 서사 분석의 개념을 기억하라. 다양한 선택지가 있겠지만, 무엇보다도 내가 생각하는 가장 중요한 내용을 독자가 깨닫도록 만들어야 한다. 빈약한 구조는 온통 세부 사항뿐이지만, 탄탄한 구조는 초점을 보여준다.

어떤 종류의 이정표가 필요한가? 이정표는 필요한 곳에 세워져 있는가? 글의 종류에 따라 이정표 설정의 취지가 결정된다. 의학저널에 실리는 논문의 파라텍스트paratext[7]는 임상과 관련된 소개글일 것이

구조를 세울 것

다. 교과서를 읽는 사람들은 분명하고, 기술적이며, 복잡하지 않은 신호들을 기대한다. 반면, 인문학자는 동료 학자들을 위해 쓰든 일반 독자를 위해 쓰든 '자기주장이 담긴' 이정표를 세워둔다. 즉 자신의 견해를 담는다. 사회과학자들은 엄밀한 기술적 표지와 '자기주장이 담긴' 이정표 사이의 중간 지대에 서는 경우가 많다.

내가 구사하는 어휘는 효과적인가? 여러분이 쓴 핵심 용어를 다시 한번 살펴보라. 그 용어들은 글에 활력을 불어넣어야 한다. 문서를 전체적으로 살펴보면서 그 용어들이 어느 지점에서 제시되는지 살펴보라. 예를 들어, 매개라는 단어가 주요 용어인데 책의 전반부에서만 14번 등장하고 후반부에서는 전혀 언급되지 않는다면, 그 용어의 사용 방식에 뭔가 미흡한 점이 있다는 뜻이다. 주요 용어를 반드시 반복해 제시할 필요는 없지만(14번은 꽤 많은 편이다), 이렇게 반복되는 용어는 글이 자아내는 음악의 일부가 되어 하나의 테마나 코드처럼 등장해야 한다. 가장 중요한 코드 진행이 곡의 전반부에만 몇 차례 나오고 후반부에는 전혀 나오지 않는다면 훌륭한 노래라고 하기 어렵다. 독자가 주요 용어를 지속적으로 염두에 둘 수 있도록 용어의 등장 횟수를 잘 분배할 수 있겠는가? 만약 그렇다면 저자 자신이 이 용어를 계속 염두에 두고 있다는 사실을 독자

---

7 (옮긴이) 프랑스의 문학 이론가 제라르 주네트Gérard Genette가 제시한 용어로, 저자와 발행인이 글의 맥락을 소개하고 독자의 관심을 불러일으키는 데 사용하는 장치를 말한다. 글에 관한 짧은 소개문, 자막, 유명 인사의 추천글, 서문 헌정사 등이 그 예다. 파라텍스트는 공식적으로 저자가 쓴 텍스트의 일부는 아니지만, 독자가 글을 받아들이는 데 지대한 영향을 끼칠 수 있다.

에게 확신시킬 수 있을 것이다.

적절한 길이의 글인가? 구조에 관한 문제는 늘 길이와 연관된다. 학술서의 경우, 애초에 여러분이 이런 글을 쓰도록 유도했던 풍부한 세부 정보와 분석 자료를 제시하면서도 독자가 정보에 잠식되지 않도록 만드는 것이 관건이다. 코코 샤넬Coco Chanel은 멋지게 차려입고 집을 나서기 전에 거울을 한번 보면서 불필요한 장식을 덜어낸다고 했다. 핀, 팔찌, 진주목걸이를 뺄 수도 있고, 할머니가 주신 티아라를 뺄 수도 있다. 샤넬이 살았던 시대는 장신구를 주렁주렁 착용해야만 잘 입는다는 평을 듣던 때였다. 그럼에도 샤넬은 과하게 치장하지 않는 것을 중요시했다. 큼지막한 장신구를 착용하지 않는 요즘 시대에는 샤넬의 조언이 그리 와닿지 않지만, 만약(논리학자들이 의미하는 대로 정말로 만약의 경우에만) 한 페이지에서 문장 하나를, 한 챕터에서 문단 하나를, 혹은 책 한 권 분량의 원고에서 한 챕터를 걷어낼 수 있다면 이를 어떻게 실행할 것인가? 그렇게 하면 더 나은 텍스트가 될까? 그렇다고 생각된다면 그 문장, 그 문단, 심지어 챕터 하나를 통째로 들어내자. 샤넬은 가진 귀금속을 던져버리라고 조언하지 않았다. 단지 다른 이벤트를 위해 아껴두라는 것이다. 글을 고치면서 무언가를 걷어내는 것도 마찬가지다. 골라낸 텍스트 조각, 엉뚱한 보충 설명, 진주 같은 그 사례 모음은 다른 때를 위해 아껴두자.

내 글을 다른 누군가가 요약할 수 있는가? 여러분은 자기가 쓴 내용을 진지하게 고민하며 고쳐쓰기를 시작했다. 고쳐쓰기를 마쳤다면 한 걸음 물러서서 다시 한번 같은 질문을 던져보자. 무엇에 관한 내용인가? 말하고자 하는 바는 무엇인가? 이 질문들에 답할 수 있어야 한다. 하지만 수정본의 구조를 살펴볼 때 목표로 삼아야 할 점은 과연 독자가 그 질문에 어떻게 답할지 상상해보는 것이다. 자기 아닌 누군가가 되어보는 것은 고쳐쓰기에서 일관되게 지켜야 할 자세다(이는 이 책이 꾸준히 강조하는 주제이기도 하다). 실제 형광펜이든 컴퓨터 프로그램의 강조 도구든 표시할 도구를 들고 독자가 가장 중요하다고 생각할 부분을 표시해보자. 그러면 마땅히 있어야 할 전환점이나 이정표가 빠져 있다는 것을 발견할지도 모른다. 중요한 것이 늘 그렇게 명백히 드러나지는 않는다.

하위 단위들은 어떤가? 텍스트를 구성하는 하위 단락들은 비슷한 길이인가? 그렇지 않다면, 그렇게 작성한 합당한 이유가 있는가? 그 합당한 이유란 정확히 무엇인가?

문단들은 어떤가? 모든 문단이 한 페이지 반을 차지하도록 장황하게 쓰는 것은 독자에게 유익하지 않다. 학술 저자들은 지나치게 꽉꽉 채워 쓰는 경향이 있다. 학술적인 글을 더욱 수월하고 만족스럽게 쓰는 방법은 문단을 나누는 것이다. 그리 어려운 일은 아니니 한번 시도해보라.

왠지 그러면 안 될 것 같은가? 그렇다면 순수하게 시각적 피로 측면에서 생각해보자. 학술 저자들은 하나의 단어, 나아가 하나의 문장, 하나의 문단에 내용을 담아내야 한다고 걱정하곤 하지만 그래서는 안 된다. 내용을 적절히 나누는 기술은 우리의 주특기인 길고 복잡한 사고 과정을 독자가 시각적, 인지적으로 편안하게 따라올 수 있도록 한다.

독자에게 시각적 피로를 일으키기란 어렵지 않다. 반면, 시각적 편안함은 문단 분절뿐만 아니라 사진이나 스케치, 지도와 차트, 도표 등의 그래픽 자료처럼 다양한 방식으로 구현될 수 있다. 물론 텍스트에 시각적 요소를 도입하는 것은 작업에 관여하는 모두에게 또 다른 일거리가 되기도 하고, 몇몇 시각 요소는 오히려 텍스트를 더 복잡하게 만들기도 한다. 하지만 한 문단이 한 페이지를 가득 채울 만큼 길어질 때 우리 눈은 뭔가 휴식거리를 찾는다. 이때 도표를 활용하면 비록 내용이 어렵더라도 일종의 쉼표 역할을 해줄 수 있다. 그렇지만 무엇보다도 수월하게 시각적 편안함을 줄 수 있는 부분은 글 자체다. 시인이나 극작가 또는 시각 프로젝트를 수행하는 사람이 아니라면 여러분의 텍스트는 대체로 글로 구성될 테니 말이다. 글이야말로 텍스트를 구성하는 중요한 블록이다.

한 페이지의 3분의 2를 차지하는 문단이 있다면 절반으로 나눠보자. 이를 위해서는 해당 문단에서 전환이 이뤄지는 순간, 탐조등의 방향이 살짝 틀어지는 순간을 찾아내야 한다. 그 순간을 발견했다면 줄을 바꿔 새 문단을 만들어보자. 그리고 그 부분을 크게 소리 내어 읽어보라. 그 속에서 뚜렷한 새 논리와 색다른 강조점을 갖춘 중대한 순간이 들려야 한다. 원하는 강조점이 들리지 않는다면 그 페이지를 다시 쓰라.

한 문단을 두 문단으로 나눈다고 글이 빈약해지는 경우는 드물다. 오히려 이렇게 함으로써 독자에게 개념을 더 명확하고 수월하게 전달할 수 있다. 문단이 새로 시작하면 독자의 의식에 작은 쉼표가 생긴다. 극적인 변화가 아니라 새로운 호흡이 생길 뿐이다. 하지만 새로운 호흡이 없다면 생명이 유지될 수 없다. 이는 독자와 텍스트 모두에 적용되는 원리다. 호흡에 관심을 기울이라.

　결말은 제대로 썼는가? 결말은 다양한 역할을 할 수 있다. 어감을 살린 본문 요약, 편향, 경주를 끝내고 쉼에 들어가는 공간, 독자에게 유용한 도구, 후속 연구로 삼을 만한 아이디어, 가능성의 상자, 또는 수수께끼가 될 수도 있다. 필요한 결말의 종류는 글의 종류와 독자에 달려 있다. 결말에 관해서는 이 책 끝부분에서 다시 살펴보기로 하자.

보여줘

"지금 보여줘". 앨런 제이 러너Alan Jay Lerner와 프레더릭 로우Frederick Loewe가 창작한 고전 뮤지컬 〈마이 페어 레이디My Fair Lady〉에서 일라이자 두리틀이 눈이 휘둥그레진 무능한 프레디 아인스포드-힐에게 한 말이다. 저자는 자기 생각을 보여줘야 한다. 솔직히 저자에게는 거의 선택권이 없다. 잘 보여주느냐 그렇지 않으냐 둘 뿐이다. 글의 구조가 잘 보일수록 분석적 사고와 글의 의도도 더욱 명확히 드러날 수 있다.

초고를 쓸 당시 세웠던 계획이 기억나는가? 애초에 말하고 싶은 아이디어가 머릿속에 있었고, 그 아이디어를 가지고 글을 쓰기 시작했고, 그때 글의 형태와 한계점도 어렴풋이 감지했을 것이다. 작업하면서 적어둔 메모가 있다면 지금 다 꺼내보자. 머릿속으로만 생각했다면 글로 적어보자. 그 내용은 아마 이렇게 시작될 것이다. "올여름 나는 …을 써보려고 한다." 이보다 나은 메모라면 "올여름 나는 …을 퇴고하고 있을 것이다"라고 시작할 것이다. 그때 구상하던 것은 무엇이었는가? 아시아계 미국인과 스포츠 경영에 관한 논문의 제4장을 다루고 있을 수도 있다. 《재난 대응에 관한 옥스퍼드 컴패니언*Oxford Companion to Disaster Response*》 시리즈에 실을 6,000자 분량의 논문을 쓸 수도 있다. 법률 차원에서의 중재*arbitration* 학문에 관해 올해 발표된 연구 결과를 〈소송 상세 의견서*Legal Briefs at Length*〉에 싣고자 14,000단어 분량의 서평을 작성할지도 모른다. 마지막으로 고쳐쓰기에 관한 책에 실을 35쪽 분량의 챕터를 작성하고 있을지도 모른다. 이 모든 작업에 출발점이 있었다.

초안 작성에 돌입할 때 여러분이 의도했던 글의 형태는 무엇이었는가? 다수의 단락을 구상했었는가? 아니면 크게 두 개의 내용? 아니면 문단을 순번으로 구성할 생각이었는가? 애초에 어떤 의도를 품었는지 생각하는 과정에서 떠오른 모든 정보는 기억을 되살리는 데 유용하다. 이렇게 구조적 측면에서 내가 했던 작업을 기억해내는 것은 고쳐쓰기에서 늘 중요한 부분을 이룬다. 위에서 언급한 세 저자의 의도는 알기 어렵다. 한편 고쳐쓰기에 관한 책을 쓰고 있는 네 번째 사례의 저자는 일련의 전제를 세워놓고 글을 고치기 시작했으나 전제 자체가 실행하기 어려운 것이어서 다시 생각해야 했다.[8]

무엇이 책의 주제가 될지 알아내라. 책 작업을 커다란 블록이라고 가정한다면 형이상학적인 망치로 그 블록을 내리쳐야 한다. 그래서 그 블록을 5개에서 10개 정도의 조각으로 나누고 각 블록에 이름을 부여한다. 나는 글을 쓸 때 비물리적인 텍스트 안에 물리적 대칭, 일종의 균형을 찾으려고 애쓴다. 글이 아닌 다른 형태의 설계에서 얻는 즐거움을 글 속에 재현하기 위해서다. 내가 쓴 글의 여러 조각이 대체로 같은 분량을 이루도록 노력한다. 즉 각각의 조각은 주어진 주제를 대체로 동등한 범위 내에서 다루어 개념화하도록 한다. 이는 바깥에서부터 안으로 들어가는 방식이다. 초안 작성 시 어떤 구조를 구상했든지 간에 고쳐쓰기를 기회로 삼아 애초에 세웠던 가정들을 검토하길 바란다. 그 가정들이 지금도 유효하다면, 여러분의 할 일은 그 구조를 가장 좋은 방식으로 활용했는지 판단하는 것이다. 더는 그 가정들이 유효하지 않다면—처음 생각한 것과는 다른 글이라면—초안의 구조를 다시 들여다보라.

이런 질문을 비롯해 머릿속에 떠오르는 다른 여러 질문을 스스로에게 던져보라. 여러분이 어떤 딜레마에 봉착했는지, 어떤 작가적 회피(대다수 저자는 이러한 회피에 탁월하다)가 앞을 똑바로 보지

---

8 고쳐쓰기에 관한 책을 고쳐쓰는 것에 관한 반복되는 농담은 내게 끊임없는 즐거움을 주었다.

못하게 막는지는 여러분 스스로가 더 잘 안다.

아래 두 내용은 회피처럼 보이지 않는 흔한 회피 유형이다.

- 이렇게 훌륭한 논문을 썼는데 이대로 책으로 낼 거야.
- 방금 이렇게 훌륭한 강의를 했으니 이 내용을 그대로 책으로 낼 거야.

이런 판단을 내릴 때는 적합성, 독자, 그리고 구조의 적절성을 고려해야 한다.

강의를 위해 선택한 내용들은 강의에 안성맞춤이었을 것이며, 널리 찬사를 받은 세미나 논문은 세미나 논문으로서 훌륭했을 것이다. 좋다. 하지만 그렇게 성공적이었던 업적을 이와는 다른 목적을 띤 더 큰 프로젝트에 활용하면, 이를 받아들이는 수용자의 경험 방식에도 변화가 따를 것이다. 강연장에서 박수갈채를 받았던 내용이 지면에서도 같은 느낌을 줄 거라 생각하는가. 여러분의 아이디어가 적절한 호흡을 가지려면, 강연이나 논문 구조에 묶여 있던 그 아이디어를 지면에 알맞게 풀어내야 한다. 이제 그 내용들은 다른 장소에서 조립될 벽돌 조각이 아니라, 나만이 가진 아이디어의 아카이브에 들어 있다.

글의 구조를 고민한다는 건 나의 집필 방식이 어떤지, 내 글이 종국에는 어떤 모습이 될지를 들여다볼 기회가 된다.

- 어느 정도의 구조적 투명성이 효과적인가?

- 다른 글들과의 차별성이 있는가?

- 순번을 매긴 짧은 문단들로 구성해야 하는가?

- 단락과 하위 단락들은 분명한 논리 진행을 담고 있는가?

- 이 작업은 추가적인 분석을 요하는가?

- 글의 구조는 (글의 내용과는 별도로) 어떻게 설명할 것인가?

몇몇 전달 방식은 구성 요소들의 개별성을 강조한다. 앞서 우리는 글의 조직 원리로서 지도와 인벤토리를 살펴보았다. 이러한 구조적 표지를 은근한 방식으로 글에 심어두는 저자가 있는 반면, 의도적으로 공공연히 드러내는 저자도 있다.

수많은 이공계 글쓰기가 매우 의도적인 단락 구조를 요한다(예, 체계적인 순번 지정: 1.1, 1.1a, 1.1b, 1.2 ; 2.1, 2.2, 2.3 등). 형식적 관례를 따르는 어조와 문체를 택함으로써 분석적 객관성을 전달하는 것이다. 건조하다고 느껴지는가? 그런 경우가 많다. 차를 수리하거나, 수술을 하거나, 경제 지표를 조사하고 싶다면 사실 정보나 교본 또는 각종 데이터를 찾아볼 것이다. 기술적이지 않은, 또는 그나마 덜 기술적인 글은 다른 선택지가 있다.

글의 구조를 짜는 가장 수월하고 친숙한 방법 중 하나가 분석적 골격을 잡는 것이다. 장제목, 중제목, 소제목 등. 이런 식으로 책의 초안 일부를 작성하고, 이를 목차로 정리한 예를 하나 가정해보자.

이 구조에서 목차는 독자에게 프로젝트의 개요를 보여주는 역할을 했다. 앞장에서 살펴본 요점 중 하나로 되돌아왔다. 이것이 하나의 지도(인벤토리와는 반대되는 개념)이며, 각각의 내용 구성 요소를 명명하는 데서 얻는 이점이다.

관례에 따라 모든 하위범주는 2개 이상의 하위 단위를 가져야 한다는 것을 기억하라. 7, 7.1 다음에 8이 올 수는 없다. 하위범주로 나눌 만한 곳이 하나밖에 없다면, 그 구성은 다시 생각해봐야 한다. 이는 무엇을 어디에 배치할지 확실히 하지 못했다는 명백한 신호니 말이다. 한 챕터에 소제목이 하나만 있다면 체계 설정보다도 글의 초점을 어디에 둘지 아직 정하지 못했다는 것을 드러낸다.

적어도 2개의 하위범주를 갖춰야 한다는 요건은 단순히 규범주의자들이 만든 임의적 규칙이 아니다. 이 요건은 글에 리듬과 균형을 형성하는 비결이다. 나아가 이를 지키면 하위범주를 가장한 부차적 내용이 글에 어색하게 달라붙는 것을 막을 수 있다.

위 예시는 한편으로는 기술적인 틀(1.1과 같은 구분)을 갖추었고, 다른 한편으로는 서사적 언어를 활용해 개념을 발전시키고 있음을 알아챘을 것이다. 골격이란 바로 이 틀을 말한다. 서사 작업을 주로 실행하는 작가도 이렇게 개념을 잡아놓은 뒤, 마술사의 사라지는 묘기처럼 골격을 걷어낸다. 이 작업을 훌륭히 해내면 텍스트에 자연스러운 리듬과 변화가 생긴다. 자연스럽다고 느껴지는 이유는 세심히 계획했기 때문이다. 은유적으로 말하자면 이렇다. 글을 조직하는 것은 정원 가꾸기와 여러 공통점이 있다. 눈에 띄는 패턴도 중요하지만, 자연스러운 배치(종류가 다르긴 하지만 여기에도 같은 정도의 노력이 필요하다)도 중요하다.

여러분의 관심사를 독자에게 선보이되 자연스럽게 보이도록 노력하라.

구조 드러내기

건축학도들은 평면도, 입면도, 단면도라 불리는 도식적 렌즈를 활용해 구조를 분석하며 스튜디오에서 수년을 보낸다. 건축학 전문용어로 평면도plan란 하나의 구조에 대한 완벽한 조망을 보여주는 그래픽 표현이다. 입면도elevation는 건물을 정확히 정면에서 본 것처럼 그린 그림, 즉 정면도를 말한다. 건축 도면 중에는 단면도section도 있다. 이는 평소에는 볼 수 없는 장면을 보여주는 MRI 스캔처럼, 물체를 평면으로 잘랐다고 가정하여 그 내부 구조를 보여준다.

글의 형태를 개념화하는 방식도 평면도, 입면도, 단면도 차원에서 생각할 수 있을까? 아마 그럴 것이다. 하지만 저자들이 말하는 플랜, 즉 계획plan은 대개 다른 것을 의미한다. 학술 저자의 계획이란 앞으로 쓸 내용을 어느 정도 상세히 정리한 제안서를 가리킨다. 이 또한 나름의 구조를 담고 있다. 이러한 제안서에는 글의 전반적인 내용, 목차, 독자를 지탱할 만큼(그리고 이것이 저자를 지탱한다고 독자에게 확신을 줄 만한) 충분히 흥미로운 문제를 부각시키는 선제적 일격, 그리고 일련의 챕터가 들어 있다.[9] 저자에게 단락section은 대개 큰 텍스트 뭉치 안에 있는 비교적 작은 뭉치의 텍스트를 의미한다. '챕터'—다시 그 안에서 세분화된 단락이 있을 수 있다—라고 부르는 단락별로 글을 쓰는 것은 일종의 학계 문화다. 학술서를 쓰는 거의 모든 사람이 글의 내용을 여러 구성 요소로 나누고 이를 목차로 제시한다. 저자인 우리는 잠재적 독자에게 우리의 계획을 재빠르게 보여주기 위해서뿐 아니라 내용을 짜임새 있게 조직했는지 스스로 확인하기 위해 이 구성 방식을 따른다. 때로 우리는 퍼즐의 이 마지막 조각을 잊곤 하지만….

건축의 은유를 적절히 참고해주기를 바란다. 여러분이 쓴 글의

---

[9]   때로 저자의 계획plan은 단순히 의도를 가리키기도 한다. "여름 동안 나의 전공 분야 문헌을 자세히 읽어볼 계획이야." 이는 지금 우리가 논하는 계획이 아니다. 물론 이렇게 시간을 보낸다는 것은 아주 좋아 보인다.

평면도를 검토하라. 조감도를 상상해보는 것이다. 어떻게 하면 될까? 이는 특히 책 한 권 분량의 긴 집필 프로젝트에 유용하다. 적어도 건축가가 평면도를 이해하는 것처럼, 여러분도 집필 프로젝트에 대한 얼개를 보여줄 수 있겠는가? 목차를 통해 책의 내용을 개괄적으로 파악할 수 있겠는가? 목차를 입면도—여러분이 구축한 구조의 앞단—라고 할 때, 그 목차는 안에 담긴 내용을 제대로 보여주는가? 즉 단면도, 프로젝트를 따라 움직이는 시선도 보이는가? 텍스트를 따라 움직이는 아이디어의 줄기를 그려낼 수 있겠는가? 그 줄기들은 페이지마다 내용을 적절히 고정해주는가?

글쓰기는 몇몇 중요한 측면에서 건축과 유사하다. 하지만 우리의 작업 도구인 말words은 다루기 어려운 매개체다. 만약 이 책이 글쓰기에 관한 일반서였다면, 페이지마다 문단은 어느 정도 길이로 해야 하며, 세미콜론 사용을 제한하면 정말 글이 더 날카로워질지 등을 다루었을 것이다. (짧은 답변: 문단은 초안에 썼던 것보다 짧게 구성해야 한다. 세미콜론 사용은 제한하는 것이 좋다.)

책 한 권에 몇 개의 챕터를 넣을지, 단락별로 몇 페이지 정도를 쓰는 게 적당한지, 한 챕터에 몇 개의 단락과 단락별 제목이 필요한지를 물을 수도 있다. (짧은 답변: 독자의 관심을 유지할 수만 있다면 챕터는 몇 개라도 좋다. 하위단락 제목 아래로는 적어도 3쪽 이상 써야 한다. 한 챕터 안에는 최소 2개의 하위단락 제목을 포함하라.)

논문이나 책의 분량으로 어느 정도가 좋을지를 물을 수도 있다. (솔직히, 이 질문에 확실한 답을 내놓을 사람은 아무도 없다. 대개는 일정한

고쳐쓰기

지침을 가지고 작업하게 될 것이다. 학계 집필 규정은 때에 따라 느슨하게 적용되지만, 규정 자체는 매우 중시한다. 게다가 나의 텍스트를 주도하는 것은 나의 아이디어이므로, 이런 질문에 관한 한 자신의 판단이 중요하다.)

하지만 이 책은 그런 내용을 다루지 않는다. 대신, 원고 상자에서 빠져나와서 한번 생각해보자. 예술가, 디자이너, 건축가, 발명가, 도안가, 과학자를 아우르며 르네상스 시대 천재의 전형이라 일컬어지는 레오나르도 다빈치는 인간의 몸을 몸 자체인 동시에 형상의 모델로 이해했다. 작품명은 몰라도 누구나 알 법한 그림에서, 레오나르도는 하나의 구형 안에 남성 인물을 그려 넣었다. 원형에는 두 가지 자세를 동시에 취한 남성의 인체가 정면을 바라보고 있다. 이에 따라 네 개의 다리와 완전히 뻗은 네 개의 팔이 보인다. 마치 이상적인 비율이란 어느 정도 친숙하면서도 확실히 규명할 수 없는 신의 형상이라고 말하는 듯하다. 레오나르도는 이 이미지를 활용해 인체의 비율이 기원전 1세기 로마의 유명한 건축가 비트루비우스 Vitruvius의 건축 이론과 일맥상통한다는 것을 보여주려 했다.

흔히 '비트루비우스적 인간'이라 불리는 이 형상은 이상적인 황금비율을 보여주는 이미지이자 하나의 밈으로서 대중문화 속에 깊이 스며들었다. 하지만 레오나르도의 형상을 볼 때마다 나는 인간이라는 대상을 중심에 두고 삶이 추구해야 할 방향을 보여준다고 생각했다.

레오나르도의 인체 비례도를 생각하던 중, 여기서도 글쓰기 교훈을 찾을 수 있다는 데 깜짝 놀랐다. 하나의 글을 고치는 과정 역시 글의 요지와 독자를 중심에 두고, 글이 나아가야 할 방향을 결정하는 일이라는 점이다.

여러분이 글을 쓰는 지면은 2차원의 공간이지만 글쓰기의 다른 모든 부분은 그렇지 않다. 레오나르도의 아이디어를 잠시 빌려 저자의 초안을 공간적 측면에서 상상해보자. 아귀가 딱 들어맞는 은유는 아닐지라도 내 이야기를 끝까지 들어주길 바란다.

고쳐쓰기를 내려다보고, 올려다보고, 하나의 범주를 가로질러 보고, 더 먼 데까지 살펴보는 것으로 생각하라. 이는 3차원적 관점과 네 가지 방향에서 글을 고치는 것을 말한다(그림 5.1). 간략히 말하면 올려다보며 고쳐쓰기, 내려다보며 고쳐쓰기, 가로지르며 고쳐쓰기, 멀리 보며 고쳐쓰기다. 잠시 비트루비우스적 방식을 참고해 색다른 방식으로 고쳐쓰기 과정을 상상해보자.

고쳐쓰기는 텍스트를 더하는, 이른바 올려다보며 고쳐쓰기revising up다. 왜 그럴까? 지금 원고를 읽는 독자, 즉 여러분은 덧붙이고 싶은 새로운 범주나 사례를 여백에 메모할 수도 있고, 더 나은 장면 전환을 기록할 수도 있다. 쓸 건 다 쓴 거 같은데 뭔가가 빠져 있다? 뭔가가 더 필요하다? 색다른 뭔가가 있어야 한다? 올려다보며 고

[그림 5.1] 고쳐쓰기의 네 가지 방향

쳐쓰기란 이런저런 방식을 동원해 텍스트를 덧붙임으로써 부족한 부분을 온전히 메우는 과정을 의미한다. 새로운 챕터, 새로운 단락, 새로운 문단, 새로운 문장, 새로운 사례를 더한다. 올려다보며 고쳐쓰기에서는 구멍을 메우고 층을 더해가며 내용을 확장한다.

덧붙일 때는 신중해야 한다. 생산적인 확장은 사례 하나를 덧붙인다고 뚝딱 이루어지지 않는다. 때로는 여섯 번째 사례연구를 덧붙일 것이 아니라, 점진적으로 더욱 훌륭한 구조를 갖춰야 한다. 이것저것 해봐도 다 실패했다면 표현을 교체하거나 반복하기를 시도해보라. 하지만 너무 노골적으로 시도해서 독자를 모욕하는 일은 없어야 한다. 물론, 여러분은 많은 것을 알고 있겠지만, 아는 것을 다 쏟아내는 것이 아니라 적절하고 간결하게 담아내는 것이 귀중한 글쓰기 기법이다. 독자는 여러분의 연구를 저장해두는 파일이 아니며 그럴 의향도 없다. 소방 호스처럼 정보를 뿜어내지 않도록 주의하자.

내려다보며 고쳐쓰기revising down도 비슷한 목적을 띤다. 문체를 정교하게 다듬는 동시에 더 명확하고 설득력 있는 글을 만드는 것이다. 하지만 이 경우에는 목표한 작업에 부합하지 않는 것은 다 덜어낸다. 훌륭한 글쓰기에 관한 가장 유명한 책으로는 윌리엄 스트렁크 주니어William Strunk Jr.가 100여 년 전에 쓴 《문체의 요소The Elements of Style》가 있다.[10] 스트렁크 교수가 줄기차게 말했던 "쓸모없는 단어는 쓰지 말라"는 말은 여러분도 익히 잘 알 것이다. 늘 관건은, "어떤 단어가 쓸모없다는 말인가?"이다.

구조를 세울 것

성공적인 글쓰기는 모든 것을 압축하지 않는다. 하지만 성공적인 저자는 재빨리 넘어갈 곳과 여유롭게 풀어 쓸 곳, 요약할 곳과 상세하게 기술할 곳에 대한 감각을 갖고 있다. 유명한 저자 중에는 내용을 간결하게 압축하는 사람이 있는가 하면, 덩굴손처럼 주제를 길고 넓게 감아내는 사람도 있다. 압축은 완급 조절의 한 요소다. 물론 이는 주의해서 사용해야 하지만, 이를 통해 글에 리듬을 싣고 글의 논지나 주장을 효과적으로 제시하는 기술은 꼭 필요하다.

내려다보며 고쳐쓰기 방식으로 긴 글을 다듬을 때는 맨 먼저 이질적인 예시, 반복되는 분석, 두 번이면 족할 것을 서너 번씩 강조하는 논점 등을 내면의 목소리로 가려내야 한다.

학술 저자들은 특히나 단어 수에 예민하다. 이 정도면 적당한 길이일까? 너무 긴 것은 아닐까? 물론 분량에 제약이 있는 경우(학술 저널에서는 8,000단어에서 1만 단어 사이의 글을 요구한다)도 있고, 사전에 분량이 합의된 (출판사에서 6만 5,000단어를 원했고, 어느 정도 재량을 발휘할 수는 있지만 그렇다고 2만 5,000단어나 12만 5,000단어를 쓸 수는 없다) 경우도 있다. 단어 수는 유용하지만—나 역시 이를 활용한다—나는 '할당량을 채웠다'고 해서 내가 뭔가를 잘 써냈다고 절대 자족하지 않으려 애쓴다. 말하려는 내용을 전달하는 데 얼마만큼의 단어를 썼는지보다 말하려는 내용 자체에 더 집중하라. 그러나

10   William Strunk Jr., *The Elements of Style*, 4th ed.(London: Pearson, 2019)[한국어판: 윌리엄 스트렁크, 김지양·조서연 옮김, 곽중철 감수, 《영어 글쓰기의 기본》(인간희극, 2007)]

그 내용이 잘 드러났다고 판단되면 그때는 얼마만큼의 단어를 썼는지 확인하라.

모든 글쓰기 지침서는 명확성과 효율성, 그리고 그만한 퀄리티에 도달하는 방법을 말해준다. 대개는 짧은 글이 더 훌륭하고 효과적이라고 말한다. 실제로 그렇기는 하지만, 학술적인 글쓰기에는 상세함과 철저함의 책임이 따르기 때문에 무조건 짧은 것이 더 좋다는 주문이 썩 어울리지는 않는다. 텍스트를 고치는 것이 꼭 내용을 걷어내는 것이라고 말할 근거는 없다. 때로는 더 많은 내용이 필요할 경우도 있다.

글쓰기 규칙: 우선 자신이 찾는 바를 파악하고 나서야 무엇이 빠져 있는지 알 수 있다.

물론 고쳐쓰기에는 잘라내기, 덧붙이기, 바꿔쓰기가 관여되지만, 내용을 제거하고 새로운 문장과 문단을 붙이는 데만 주목하는 것은 우리가 추구해온 과정을 방해할 수도 있다. 이미 내가 가진 것을 파악하고, 그것이 내가 원하는 것인지 확인하는 것이야말로 중요한 일이다. 그리고 나서야 비로소 글 속에 드러난 간극과 군더더기를 살펴볼 수 있다. 그런 부분들을 찾았다면 말끔히 없앤 뒤 깨끗해진 페이지를 바라본다. 그리고 거기 적힌 내용을 크게 소리 내어 읽는다. 굴뚝 청소가 제대로 되었다면 그 내용이 매우 듣기 좋을 것이다.

글쓰기 규칙: 군더더기 같은 말들을 삭제하더라도 글의 구조를 꼭 염두에 두어야 한다.

길게 늘어지는 문단이나 챕터를 줄이기 전에 제 몫을 하는 부분부터 표시한다. 이를테면 50쪽 분량의 텍스트 중간에 언급되는 개념이나 절, 문단 말이다. 컴퓨터로 작업한다면 강조 기능으로, 출력본을 놓고 작업한다면 연필로 해당 페이지에 표시하면서 훌륭한 표현들을 눈에 띄게 표시해둔다. 하루나 며칠 정도 초안을 덮어두었다가 다시 열어보더라도 문서 여기저기에 표시가 되어 있으면 반갑게 살펴볼 수 있다.

올려다보며 고쳐쓰기가 빠진 부분을 덧붙임으로써 텍스트를 확장하고 글에 여유를 가미하는 방법이라면, 내려다보며 고쳐쓰기는 언어적 경제성을 발휘해 저자의 생각을 공고히 하고 이를 더 효과적으로 만드는 방법이다. 두 가지 방식 중 어느 하나를 골라야 하는 문제가 아니다. 글을 고칠 때는 두 작업을 병행하게 될 것이다. 군더더기는 걷어내고, 빈약한 골격은 더 견실한 것으로 교체하고, 더욱 적합한 단어와 예리한 설명, 나아가 더 정확한 요점 제시 방식을 찾게 될 것이다.

글쓰기 규칙: 짧게 고친 버전을 장황했던 이전 버전과 비교해 읽어보라. 고친 버전이 이전 버전보다 더욱 짜임새 있는 느낌이 들어야 한다.

가로지르며 고쳐쓰기revising across란 글의 내적 통일성을 고려하는 방식이다. 별난 외부 독자가 여러분에게 이런 검토 의견을 보냈다고 해보자. "여기서 무슨 말을 하려는지 그 의도는 이해합니다. 그런데 17페이지에서 18페이지로 넘어가는 논리적 흐름이 명확히 읽히나요? 36페이지에서 언급한 내용과도 밀접한 연관성이 있는 걸까요? 그리고 58페이지의 내용은 20페이지에서 언급한 내용과 상반되는 것인가요?"

이 독자 덕분에 여러분은 아직 모든 것을 올바른 순서대로 배치하지 않았다는 것을 깨닫게 되었다. 이런 이유로 학술잡지사들은 "수정하여 다시 제출하시기 바랍니다"라는 답변을 주곤 한다. 학술잡지사 특유의 황색 신호등이다. 이 답변을 풀어 설명하면, "나쁜 글은 아닙니다. 읽고 싶은 흥미도 드네요. 다만 글을 더 탄탄하고 짜임새 있게 수정해 다시 보내주시길 바랍니다"라는 말일 테다. 빨간펜은 "뭐라고?" "여긴 무슨 말인지 전혀 모르겠어" 등의 반응만 기록한다. 너무나도 퉁명스럽지만 글의 통일성에 문제가 있다는 의견만큼은 확실히 전달되었다. 여러 내용을 맞붙여놓은 방식, 저자의 생각을 독자에게 내미는 방식이 일관되지 않아 보인다는 뜻이다.

가로지르며 고쳐쓰기는 단어, 문장, 문단 등 텍스트의 모든 단위가 하나의 구심점을 향해 가고 있는지 다시 생각해보는 방법이다. "저자인 저는 하나의 통일된 사고의 틀에서 문장과 문단을 작성하겠다고 약속합니다." 가로지르며 고쳐쓰기는 올려다보며 고쳐쓰기와 약간 비슷하다. 방향성을 고려한 이 고쳐쓰기의 목적은 한 아이디어에서 다음 아이디어로 넘어가는 단계를 부드럽게 만드는 것이다. 올려다보며 고쳐쓸 때는 간극을 메우지만, 가로지르며 고쳐쓸 때는 글 속에 담긴 조각들을 한데 모아 앞뒤를 잘 연결시켜 하나의 질서를 세운다.

훌륭한 글은 통일성을 갖춘 글이다. 하지만 통일성은 까다로운 개념이다. 분량이 많은 글일수록 어느샌가 통일성이 사라질 위험이 크다. 그렇게 되면 각 구성 요소가 하나로 연결되지 않고, 뒤로 갈수록 내용이 중구난방으로 그저 죽 나열된 느낌을 줄 수 있다.

멀리 보며 고쳐쓰기revising out는 나와 내 글에 기울였던 초점을 독자에게 옮기는 것이다. 이러한 방향 전환을 통해 나의 모든 고쳐쓰기 작업이 본 적도 없고 알지도 못하는 머릿속의 독자를 위한 것임을 상기한다. 저자는 단지 글을 쓰는 것이 아니라 무언가를 만들어내고 있다.

특히 책 한 권 분량의 프로젝트일 경우, 원고를 쓰는 동안만큼은 다양한 생각과 인식, 논지와 증거, 데이터로 하나의 작은 세계를 구축하고 있다는 것을 인식하기 어렵다. 방대한 글쓰기 프로젝트일수록, 적어도 독자가 보기에는 글 조각들이 서로 맞물리지 않는다고 판단할 위험도 커진다. 텍스트를 고칠 때는 외부 시선을 의식하는 가운데 이웃한 단락들을 안전하게 연결해야 한다. 독자를 인식하고 감싸주는 텍스트를 구축하라.

건축 기법들

저자마다 나름의 글쓰기 습관과 스타일이 있다. 물론 고쳐쓰기의 습관과 스타일도 제각각이다. 어떤 저자는 여러 버전의 출력본을 책상 위에 늘어놓고 조각조각 작업한다. 마찬가지로 모니터 화면에 여러 버전을 동시에 띄워놓고 각각의 버전에서 가장 좋은 부분을 골라 쓰는 사람도 있다. 그런가 하면 하나의 버전을 온전히 고쳐쓰고 뒤이어 그 수정본을 또 다시 고쳐나가는 사람도 있다. 단락을 붙여나가는 이들도 있다. 또 어떤 저자들은 문단 단위로 살피면서 계속 단어를 새로이 교체하고 더하고 빼고 한다. 그러다 보면 어느새 모든 문장이 완전히 달라져 있는데, 나는 이렇게 글을 다듬어나가는 사람들에 공감한다. 나 역시 그런 방식으로 작업하기 때문이다.

물론 중요한 건 구조다. 하지만 글쓰기에 관한 다른 모든 부문에서처럼 여기에도 함정이 있다. 저자인 우리는 글의 주제와 목적에 관해 많은 것을 고민한다. 대다수 저자는 챕터가 독립된 구성 요소이자 큰 그림의 일부라고 생각한다("구조가 명확히 드러나 있잖아. 챕터별로 구분했으니 말이야"). 하지만 책의 구조를 갖추는 데 있어 가장 흔히 저지르는 실수 하나는 텍스트가 챕터별로 구성되었으니 적절한 구조를 갖췄다고 믿는 것이다.

챕터로 나눈다는 말은 동어 반복의 오류일 수도 있다. 챕터란 8,000단어를 연속적으로 나열한 큰 텍스트 뭉치를 의미하지 않는다(텍스트가 한 덩이 빵이라면, 챕터는 빵 한 조각). 그렇다고 일련의 8,000단어(빵 부스러기들로 이뤄진 슬라이스 하나)가 모두 철저한 검증에 동원되는 것도 아니다.

각각의 문장 단위는 순서가 있고 목적이 있어야 한다. 그렇지 않으면 벽을 세우려고 준비한 벽돌들이 어지럽게 제멋대로 쌓여 벽돌 더미가 되고 말 것이다. 우리 모두는 일부 독립적인 글들을 엮어 만든 책들을 읽어본 적이 있다. 이것이 저자가 약속하고 출판사에서도 기대한 형태라면 괜찮다. 하지만 이러한 구조는 처음부터 분명히 의도된 것이어야 한다. 저자는 통합되고, 일관되며, 연결되었다고 생각한 것—음악 용어로는 **통작 작품**Durchkomponiertes Werk, 즉 여러 조각으로 분절되지 않고 하나로 쭉 이어져 피날레까지 진행되도록 작곡한 작품—보다 훨씬 빈약한 구조 속에 독자를 끌고 들어가서는 안 된다. 논문이나 칼럼 등을 모아서 엮은 책은 꼭 통일된 구조를 갖추지 않아도 된다. 하지만 챕터들로 구성된 책은 그래야 한다.

몇몇 저자는 챕터들을 결합시키려 한다. 몇몇 챕터가 짝을 이루어 '부'나 '편', '장' 등의 단위로 구성된 목차가 설득력 있다고 판단하는 사람이 있는가? 이런 단위도 겉치레에 불과하다. '막간 interludes'이나 여타 문장 단위들도 마찬가지다. 자신에게 물어보라. '더 일관된 생각의 흐름을 보여주는 구조를 통해 나는 무엇을 이룰 수 있을까?' 챕터들을 결합시키고 싶어진다면 잠시 여유를 갖고 가로지르며 고쳐쓰기 작업이 더 필요하지는 않은지 생각해보라.

글쓰기의 큰 그림에 관한 모든 진실은 작은 그림에도 적용된다. 책 한 권 분량의 원고에 적용된다고 생각해왔던 목적, 문제 의식, 구조에 관한 것들 다 각각의 챕터에도 적용된다. 이 책 앞부분에서 살펴보았던 지도화하기 연습, 특히 글쓰기 과녘의 주제-문제 의식-질문 연습은 전체 글쓰기 작업의 가장 큰 단위에도 적용된다.

따라서 초안의 구조를 검토하면 큰 그림과 함께 각 부분에 대한 구체적인 통찰도 얻을 수 있다.

- 이 단락은 앞의 단락과 잘 연결되지 않는군.
- 4페이지에 있는 이 문단은 2페이지로 옮겨야겠어.
- 이 문단은 잘못 쓴 건가? 전에 쓴 초안의 잔재일까?
- 5페이지 둘째 문단에서 요지를 잘 제시해놓고, 9페이지 넷째 문단에서 이를 엉성하게 반복했군.
- 이 문장이 여기 어울릴까?
- 여섯 번째 챕터는 세 번째 챕터 뒤에 놔야겠고, 첫 번째 초안에 완전히 빠져 있는 주제 하나는 새로 써서 네 번째 챕터로 넣어야겠어.

이 모두는 글의 형태와 결과를 고민하며 내린 판단이다.

훌륭한 글쓰기는 위험을 감수하고 길을 보여준다. 독자에게 설명이 필요한 부분은 없는지 예의주시하라. 저자는 채굴자이자 설계자이며, 예술가이자 지도제작자다. 하지만 최고의 학술적 글쓰기는 고고학보다는 지도제작학에 가깝고, 무언가를 채굴해 먼지를 털어내는 것보다는 해안가의 새로운 경로와 모습을 보여주는 것에 더 가깝다. 여러분이 쓰고 있는 내용에 적합한 것과 독자에게 가장 유용한 것 사이의 조화를 이루려고 노력하라.

전에는 이런 방식으로 글쓰기를 생각해보지 않았다면 반가운 일이다. 기지 넘치는 발언을 내놓곤 했던 모더니즘 시인 거트루드 스타인Gertrude Stein은 이렇게 물은 적이 있다. "충분히 되는 일이라면 굳이 왜 해야 하는가?" 게을러지라고 부추기는 말은 아닐 것이다. 오히려 반대다. 스타인이 촉구하는 바는 불가능한 것을 끌어안아보라는 의미다.

스타인의 이 조언을 들으면 기운이 샘솟지만 이런 응원만으로는 부족하다. 그렇다고 아리스토텔레스의 시학을 줄줄이 꿰뚫어야만 글의 구조(서론-본론-결론)를 깨달을 수 있는 것도 아니다.

일부는 서론부터 시작해 중단 없이 결론까지 초안을 완성한다. 또 일부는 순서 상관없이 앞뒤를 오가며 중간중간 글을 채워간다. 우리 모두 때로는 전자처럼, 때로는 후자처럼 작업한다. 글쓰기나 고쳐쓰기는 체계적으로 실행해야 유용하다. 이제 내가 특별히 유용하다고 느낀 'W형 글쓰기'(그림 5.2)라는 간단한 체계를 소개하고자 한다.

밤하늘에서 가장 눈에 잘 띄는 별자리로 카시오페이아Cassiopeia와 웨인Wain이 있다.

'웨인Wain'은 왜건wagon의 옛말로, 19세기 영국의 목가적 풍경을 실감나게 재현한 낭만주의 풍경화가 존 컨스터블John Constable의 〈건초 마차The Hay Wain〉에서 본 바로 그 짐마차다.

W형 글쓰기란 저자의 생각을 담는 일종의 짐마차로, 조금은

[그림 5.2] 카시오페이아 또는 웨인

반反직관적인 방식으로 글의 구성 요소들을 배열하는 도식적 구조다. [그림 5.2]의 도형은 초안 작성 순서를 보여준다.

여기서 작동하는 논리는 무엇일까? 여러분은 처음 딱 직관적으로 떠오른 아이디어, 세대를 뛰어넘는 통찰이 되기 바라는 독창적 생각, 그리고 독자에게 설득력 있게 전달될 수 있기를 바라는 결론의 타당성을 즉시 입증하고 싶을 것이다. **독자를 설득할 수 있는 결론 작성하기.** 이는 분명 설득력 있는 논지를 세우는 것과 관계되나 그것만을 의미하지는 않는다. 그 설득력 있는 논지가 독자에게도 의미 있게 다가가도록 만들어야 한다.

W형 글쓰기 모델에서는 W를 이루는 획(그림 5.3)을 따라가며 자신의 생각을 추적한다.[11] 이 글자의 다섯 지점마다 해야 할 일이 있다. 그 전략은 다음과 같다.

---

11 W 모델은 내가 쿠퍼 유니온에서 신입생들을 가르치던 중 구상한 것이다. 특히 공학도였던 제이슨에게 고마움을 전한다. 그는 W 모델을 놓고 토론하는 수업에서 큰 역할을 해주었다.

구조를 세울 것

첫째 별(왼쪽 상단). 서론을 쓴다. 논제 또는 주요 견해를 포함해 글을 어떻게 시작할지 계획하라.

둘째 별(왼쪽 하단). 첫 번째 획의 아랫점은 글의 마지막 지점을 가리킨다. 지금 결론을 작성하라. 그렇다. 지금 써라.

셋째 별(중앙). W의 중간 지점에서는 여러분의 논지를 뒷받침하고 결론(초안에 이미 쓴 것이므로 자신의 목표를 어느 정도 알고 있다)을 향해 가는 데 필요한 모든 것을 담아낸다. W의 중간에 있는 두 획은 증거를 수집하고 배치하는 과정의 중간 지점을 의미한다. 물론 이러한 상징에 너무 치중하지는 말라.

넷째 별(오른쪽 하단). 다시 결론으로 돌아간다. 그리고 중간 전개 단계에서 논한 것을 바탕으로 결론을 더 이치에 맞게 다시 쓰라.

다섯째 별(오른쪽 상단). 처음으로 돌아가 첫 문단에 적은 모든 단어를 주의 깊게 검토하라. 사람들에게 음식을 내기 전에 고명이나 가니쉬를 곁들이듯이 서론을 다듬어라.

W 모델은 다섯 문단으로 이루어진 텍스트에서 최대한 구현할 수 있는 구조다. 보통의 5문단 글쓰기—첫 문단에서 말한 것을 뒤이은 세 문단에서 하나씩 예를 들어 강조하고 마지막 문단에서 재언급하는 형태—와 달리, 위 구조는 시작과 끝을 하나의 시작으로 묶어 이를 강조한다. 피상적인 것 같은가? 그렇다. 사실 나는 이 점을 뿌듯하게 여긴다. W 모델 안에서는 그 어떤 것도 증거의 중점을 벗어나지 않는다. 이 모델은 여러분이 무엇을 하려는 것인지 분

W

[그림 5.3] W형 글쓰기 모델

명히 밝혀준다. 다시 한번 순서를 짚어보자.

1. 서론
2. 결론
3. 본문 텍스트 전문
4. 결론 다시 쓰기
5. 서론 다시 쓰기

이 작업을 끝마칠 즈음에는 여러분이 의도한 시작점이 어디였는지 잘 알게 될 것이다.

여기서 중요한 것은, 한 편의 글이나 챕터, 그 밖에 충분한 내용을 담고 있는 텍스트 단위의 구조는 그 자체가 하나의 형식이자 과정이라는 것이다. 이를 효과적으로 구성하라. 글의 종류에 따라 구조상의 어떤 측면들이 더 중요하고 덜 중요한지 알게 될 것이다. 마지막으로 글의 구조가 지니는 특징 중에서 우리 모두가 어려워하는 점들을 짚어보려고 한다.

시간관념

줄리언 반스Julian Barnes는 2011년에 출간한 소설의 제목을 "결말의 의미the sense of an ending"[12]라고 했다. 반스의 이 소설은 기억과 많은 연관성을 지니고 있다. 비평가 프랭크 커모드Frank Kermode도 문학적 상상력의 종말에 관한 일련의 강연 제목으로 '결말의 의미'라는 문구를 사용했다. 우리도 이 말을 활용해서 이런 질문을 고민해 볼 수 있다. "하나의 글은 어디서, 그리고 어떻게 끝나야 할까?" 다른 각도에서 글을 바라보면서 "이것은 합리적 결말일까?"라고 묻는 것이다.

결말 부분을 고칠 때는 잠시 여유를 가지고 다음 사항들을 염두에 두고 글을 검토하라.

유예. 그렇다. 유예는 독자와 저자 모두에게 구조적 즐거움을 줄 수 있다. 유예란 결론을 제외한 서론과 본론에서 글의 요점에 다다를 때까지 토론과 분석을 이끌어간 다음 한껏 기대감이 커졌을 때 핵심 내용을 전달하는 것이다. 이는 읽는 이의 급소를 찔러 깜짝 놀라게 하는 것과는 다르다. 유예도 압축과 확장(내려다보며 고쳐쓰기, 올려다보며 고쳐쓰기)처럼 완급 조절에 관한 것으로서, 글의 목적지는 어디이며 저자는 어떤 속도로 목적지까지 다다르고자 하는지 잘 드러나게 한다. 글쓰기는 시작도 중요하지만 목표 지점에 도

---

12 (옮긴이) 한국어판은 "예감은 틀리지 않는다"라는 제목으로 출간되었다.

달하는 방식도 중요하다.

출구. 고쳐쓰기의 목적 중 하나는 글을 마치는 최선의 출구를 찾는 것이다. 글의 출구 찾기는 깜깜한 공간에서 출구 표지판을 찾고 있는 것처럼 느껴질 수 있다. 노련한 전문 저자들도 글의 맨 마지막 문장을 쓰는 것을 가장 어려워할 수 있다. 지역 신문에 기고할 500단어 분량의 칼럼을 쓰는 필자라면, 제한된 지면에서 논지를 다듬는 것보다는 인상적인 한 방을 날리는 데 더 무게를 두어 마지막 문장을 쓰려 할 것이다. 논문 또는 학술서를 쓸 때, 어디서 어떤 내용으로 글을 마무리지을지 판단하기 더 까다롭다. 마지막 문장은 마지막 행동으로서 저자가 퇴장하기 전에 독자와 마지막으로 주제를 복기해보는 것이다. 결론에서의 문장과 문단이 어떻든 저자는 독자에게 자신의 주장과 생각 도구를 확실히 남기고 싶어 한다. 결국 이것이 집필 활동의 목적이 아니었던가?

결론. 결론은 글의 출구 찾기를 유용성의 기본 개념, 그리고 이 책 전체에 걸쳐 살펴보고 있는 핵심 내용과 다시 연결한다. 결론은 완료된 작업 그리고 완료해야 할 작업과 연관된다. 하나의 프로젝트가 끝나는 곳은 저자의 연구 결과, 희망, 두려움, 꿈을 한데 모은 지점이라고 할 수 있다. 하지만 전혀 다른 내용을 결론에 담아도 무방하다. 내용이 복잡한 글에서는 결론과 함께 여러 함의와 유추, 그리고 주의점을 논할 수 있다. 이로써 텍스트의 마지막에 차분하면서도 풍부한 느낌을 입히게 된다. 이와 달리 온전히 사변적이고, 심지어 반직관적인 내용을 담을 수도 있다.

글을 끝내는 방식은 너무나도 다양한 까닭에 이를 모아 유의미한 목록을 만들기가 어렵다. 하지만 결말은 글의 장르, 저자의 의도, 어조, 기술, 의도치 않은 행운 등에 영향을 받는다는 것만큼은 말할 수 있다.

결론의 비밀—그리고 누구에게나 알려진 모든 글쓰기의 비밀처럼—이 하나 있다면, 글의 결말은 여러 의무를 안고 있다는 점이다. 저자가 어떤 방법을 동원해 그 의무를 이행하든 가장 중요한 것은 우선순위를 잘 지키는 것이다. 결론은 우선 저자의 생각을 위해 존재한다. 독자는 그다음에 고려해야 한다. 저자 자신은 맨 마지막에 챙겨야 한다. 따라서 글의 결론에서 일어나는 모든 일은 글의 중심 내용을 잘 전달해야 한다는 목표를 우선으로 따라야 한다. 여러분, 심지어 여러분의 독자도 그다음이다.

이런 관점에서 볼 때, 글은 자녀를 비롯한 부양가족이 있는 것과 같고, 전에는 애완동물이라고 했으나 지금은 반려동물이라고 하는 가족과 함께 사는 것과도 같다. 더 큰 가족을 이루겠다는 목표는 무언가를 포기해야 얻을 수 있다. 다른 생명체에 관심을 기울이고, 때로는 나 자신보다 상대를 우선시할 때 내 삶도 풍성해진다.

글쓰기에 완전히 집중할 때, 저자는 자료 속으로 사라진다. 자료만이 아니다. 살아 숨 쉬는 사유의 숲속으로, 즐겁게 발명해낸 문제를 둘러싸고 벌어지는 투쟁 속으로 사라진다. 물론 글은 독자를 위해 쓰는 것이지만—이 점은 꼭 짚어두자—어느 수준에서 모든 저자는 자기 자신을 위해서 글을 쓴다. 하지만 글쓰기에 관여되는 근본적인 소통, 이른바 '일차적 대화Primary Dialogue'는 저자와 저자의 생각 사이에서 이루어진다. 그 밖의 모든 것은 부차적이다. 일차적 대화가 빈약하거나 따분하거나 아예 존재하지 않는다면—여러분의 생각 또는 여러분 자신이 대화에 서투른 경우—달리 효력을 발휘할 것이 없다. 그러므로 결론에서는 글의 중심 생각과 이를 세상에 알려야 할 이유를 밝혀야만 한다.

다음으로 결론이 향하는 대상은 독자다. 저자가 자기 생각을 잘 정리하고, 첫 문단부터 끝 문단까지 세심하게 독자를 고려하며 논지를 펼쳤다면 결론은 쉽게 독자에게 다가갈 것이다. 이 밖에 더 필요한 것은 없다.

그렇다면 저자는 어떤가? 저자 자신을 위해 결론에 담아야 할 것은 무엇일까? 결국, 글쓰기는 어쩔 수 없이 저자에 관한 것이지만 저자를 위한 것은 아니다. 글은 저자에게서 나오며, 그 속에 담긴 생각들은 저자가 세상에 선사하는 선물이다.

따라서 어느 면에서, 여러분이 쓴 글은 확장된 자서전의 일부라고 할 수 있다. 그렇다고 그것이 여러분 자신에게 주는 선물은 아니다. 자서전이라고 한 것은 글 속에 여러분의 삶을 가득 담았고, 글에서 논하는 주제에 여러분의 관심사가 가득 담겨 있기 때문이다. 이것들이 여러분만의 고유한 지성—심지어 정서—을 일부 구체적으로 나타낸다. 여러분은 여러분이 아닌 무언가에 관해 글을 쓰지만, 어느 정도는 여러분 자신에 관해 쓰는 것이기도 하다.

성서의 저자는 모든 일에 때가 있다고 했다.[13] 심을 때가 있고 거둘 때가 있으며, 그 외에도 다양한 때가 있다고 말했다. 이렇듯 균형을 강조한 히브리 성서의 아름다움은 500년 동안 성서 번역을 통해 인상 깊은 영어 표현으로 빛을 발하게 되었다. 진정 글을 고칠 때가 있는가 하면 고쳐쓰기를 멈춰야 할 때가 있다. 멈출 시점을 아는가가 저자의 인내심, 직관, 에너지를 검증해준다. 이 능력들은 서로 협력한다. 고쳐쓰기에서 우리가 직관이라고 부르는 것은 여러 가지를 묶어 이르는 것이다. 더 말할 것이 있는지 아니면 여기서 말을 줄여야 하는지를 판단하고, 아직 글을 재구성하거나 확장하거나 잘라낼 만한 시간이 남아 있는지 판단하고, 자신에게 그럴 의욕이 있는지를 판단할 수 있어야 한다.

1950년대에 작가이자 〈파리스 리뷰The Paris Review〉 창립자인 조지 플림튼George Plimpton은 어니스트 헤밍웨이Ernest Hemingway를 인터뷰했는데, 아래 내용은 두 사람이 주고받은 대화의 일부다.

> 헤밍웨이: 저는 《무기여 잘 있거라A Farewell to Arms》의 결말, 그러니까 마지막 페이지를 서른아홉 번이나 다시 쓴 후에야 마음을 놓을 수 있었습니다.
> 플림튼: 뭔가 기술적인 문제가 있었습니까? 무엇 때문에 그토록 괴로워했습니까?
> 헤밍웨이: 정확한 표현을 쓰고 싶었습니다.

---

13 (옮긴이) 구약성서 전도서 3장의 내용.

성공적인 고쳐쓰기란 원고 수준이 지금 단계에 세상에 내놓아도 손색없겠다 싶을 정도로 충분히 끌어올려진 상태다. 하지만 성공적인 고쳐쓰기라고 해서 반드시 그런 느낌이 들 필요는 없다.

당연히 우리 모두가 헤밍웨이는 아니지만(참고로 나는 절대 그런 목표가 없다), 그것만이 이유는 아니다. 어느 지점에 다다르면 더는 고쳐쓸 수 없으며 그래서도 안 된다. 완벽하지는 않을지라도 처음 시작할 때보다는 훨씬 나은 버전을 만들었을 것이다. 반드시 목표 수준까지 끌어올리려고 애쓰고 애쓰고 또 애쓰는 저자들도 있다.

노련한 저자는 자신의 재능, 포부, 분야, 장르와 관계없이 작가로서 자신의 한계를 잘 알고 있다. 토니 모리슨Toni Morrison은 랜덤하우스 출판사에서 소중한 경험을 쌓을 수 있는 특별한 직책을 맡았다.《가장 푸른 눈The Bluest Eye》을 쓴 이 작가는 낮에는 출판사 직원으로 일하고 남는 시간에 글을 썼다. 덕분에 모리슨은 글쓰기 과정을 다각도로 살필 줄 아는 훌륭한 저자로서 드문 사례가 되었다.

언젠가 모리슨은 집필 중인 원고를 "여섯 번, 일곱 번, 열세 번" 고쳐썼다고 고백했다(그러니 여러분은 자기 원고를 벌써 네 번째 검토하고 있다며 불평하기 어려울 것이다). 때로 고쳐쓰기는 여러 번 반복해서 검토하는 일임을 잘 보여주는 예다. 하지만 모리슨은 우리 모두가 새겨들을 만한 조언을 건네기도 했다. "고쳐쓰라. 하지만 마모시키지는 말라." 모리슨은 이렇게 말했다. "고쳐쓰는 것과 마모시키는 것, 즉 지나치게 다듬어 글을 죽게 만드는 것은 엄연히 다르다. 자신이 언제 글을 마모시키고 있는지 아는 편이 낫다. 글이 효

과를 내지 못하는 까닭에 계속 마모시키고 있다면, 그런 부분은 걷어내야 한다.[14]

그러므로 글은 효과를 나타내야 하며 그 효과는 확실히 보여야 한다. 현재의 글이 자신이나 독자에게 확실한 효과를 주지 못할 것 같으면, 고치려고 노력했던 것을 버리고 새로운 방법을 동원해야 한다.

나는 쓴 글을 걷어내기를 별로 좋아하지 않는다. 애초에 배치했던 곳에서 효과를 내지 않는다고 판단한 부분은 어떻게 해서든 살려내거나 다른 곳에 활용하려고 애쓴다. 이를 위해 때로는 더 작은 단락들을 만들어 더 많은 결론이나 운율, 더 작은 새 결말과 더 많은 출구를 만들려고 노력한다. 걷어낸 문장이 아직 마무리하지 못한 다른 단락의 해법으로 드러난다면 그것이야말로 글쓰기의 마법이 일어난 경우다. 글은 한 번에 끝나지 않고 여러 차례에 걸쳐 종결된다. 즉 저자에게는 자기 생각을 강조해 언급할 기회가 여러 번 주어진다는 것이다. 하나의 챕터 또는 긴 단락을 끝내는 방법은 우리가 저자로서 가장 큰 영향력을 발휘할 수 있는 순간이다. 체조에 비유하자면, 작품은 선수의 용기와 기술이 여실히 드러나는 공중 묘기에서 주로 빛나 보이지만 대개는 완벽한 착지가 관건이다.

과하지 말라는 모리슨의 현명한 경고는 매우 합리적이지만 그리 과학적이지는 않다. 고쳐쓰기를 멈춰야 할 시기를 알려주는 계

14   Toni Morrison, "The Art of Fiction No. 134," *Paris Review*, no. 128(Fall 1993).

량기는 없다. 여러분 스스로가 이를 판단해야 한다. 완벽한 착지를 위해서는 우선 혼신을 기울여 착지할 지점까지 도달해야 한다.

유용한 형태

아동 도서 시리즈 《탱크 기관차 토마스*Thomas the Tank Engine*》에서 토마스와 그의 기관차 친구들은 '정말 유용한 엔진들Really Useful Engines'이라고 불린다(작가 앤드루 로이드 웨버 경Sir Andrew Lloyd Webber 은 토마스를 기념해 자신의 제작사 이름을 '정말 유용한 그룹Really Useful Group'이라고 지었다). 훌륭한 글의 구조는 유용하다. 정말 유용하다.

훌륭하고 유용한 구조는 글의 형태가 논지를 제대로 뒷받침할 때 형성된다. 이는 기계적인 자료 구축 과정과 부분적으로 연관이 있다. 글의 구조는 신뢰를 준다. 저자는 글쓴이가 유능한 사람이라는 인상을 독자에게 주고 싶어 한다. 자신의 생각과 주장이 명확히 보이길 원할 것이다. 도입에서는 확실한 시작을 보여주며, 결말에서는 전개를 마무리하되 이들이 잘 연결되길 바랄 것이다. 이로써 저자는 글의 구조를 활용해 텍스트와 독자에게 꾸준한 안정감을 주고자 한다.

한 편의 글이 취하는 형식은 늘 그 안에 담긴 중심 생각 다음으로 중요하다고 인식된다. 이를 고려해 글의 구조를 비밀 무기로 활용할 수 있다. 표제를 정할 때, 문단 길이를 의도적으로 조절할 때,

서론과 결론을 최대한 효과적으로 만들 때, 이는 텍스트와 그 텍스트에 대한 독자의 반응 양상에 영향을 준다.

훌륭한 건축물을 살펴볼 때 시선을 정면에만 고정하지 않듯이, 글의 구조도 고정되어 있지 않다. 건축 구조물 안에서의 인간의 움직임도 그 자체로 건물 설계의 구조적 구성 요소다.

구조는 이동의 필요성을 포함해 다양한 필요를 충족시킨다. 언어로 이루어진 구조와 건조 환경 구조와의 비교를 계속 유지하면서 두 구조를 정적인 것이 아닌 역동적인 것이라고 생각하고 검토해보자. 역동적인 읽기 경험을 선사하려면 단어, 문장, 문단, 챕터의 구조 속에 역동성을 구축해야 한다. 이때 구조는 고정된 것인 동시에 유동적인 것이며, 공간으로서 구조는 하나의 장소인 동시에 이동식 배치를 뜻하기도 한다.

나는 이번 장의 첫머리에서, 훌륭한 건축가란 주어진 공간의 현재 상황(위치, 지면과 하늘과의 관계, 그 밖에 다른 구조들), 그리고 그 구조를 활용할 공동체의 필요 사항에 반응한다고 말했다. 훌륭한 건축가라면 구조물을 대할 때, 이 구조물을 활용하고 그 안에서 움직이는 사람들을 배제하지 않을 것이다.

공동체, 거주자, 독자. 이 점을 염두에 두고 적절한 집을 지으라. 여러분의 글을 건축할 때, 이 글을 활용하라고 초대할 사람들에게 초점을 맞추라. 이 점을 고려해 다음 장에서는 앞서 논한 세 가지 A 중 가장 중요한 요소인 독자를 살펴보려고 한다.

6

독자를
기억할 것

글쓰기는 냉소적인 사람들에게 어울리지 않는 일이다. '요새 누가 책을 읽는다고'라고 생각한다면 굳이 시간을 들여 글을 쓸 이유가 없지 않은가? 아무도 읽지 않을 텐데 왜 고치는가?

사실 오늘날의 읽기는 예전 같지 않다. 하지만 모든 것을 따져본 다면 오히려 잘된 일인지도 모르겠다. 전보다 훨씬 많은 것을, 훨씬 쉽게 접하게 되었으니 말이다. 세계 곳곳에서 수집된 자료를 디지털 파일로 작업하고, JSTOR[1]에서 학술논문을 내려받고, 대학 도서관에서 필요한 참고문헌을 구하며, 너그러운 발행인과 저자 들이 무료로 배포한 문서들을 내려받아 읽기도 하며, 대다수 자료 는 킨들Kindle과 같은 전자책 앱에서 구매할 수도 있다. 더 중요한 것은, 이런 작업을 하면서도 우리 집 작은 탁자 앞에 앉아 창밖의 비둘기도 보고, 때로는 눈앞에 나타나 기쁨을 선사하는 이름 모를 새들도 볼 수 있다는 것이다.

책의 역사를 연구하는 사람들은 책의 미래와 함께 독서의 미래

---

1   (옮긴이) 학술지, 서적, 그 외 일차 문헌들을 찾아볼 수 있는 전자 도서관.

독자를 기억할 것

도 탐구한다. 다시 말해 책의 역사는 독자와 연관 있다. 활자화된 책은 하나의 기술technology 그 이상이지만, 동시에 단지 하나의 기술이기도 하다. 책이나 학술지나 신문은 기술적 운반 매체이며, 디지털 시대에 들어오면서 더 많은 운반 매체가 생겨났다. 디지털 운반 매체는 더 빠르고 유동적이며, 어떤 면에서는 더 간편하게 휴대할 수 있다. 하지만 달리 보면 꼭 그렇지도 않다. 종이책은 이기기 어려운 상대다.[2]

읽는 방법이 달라진 것은 사실이다. 예전에는 찾기 어려웠던(거의 찾을 수 없었던) 정보도 이제는 온라인에서 몇 초만 검색하면 뚝딱 찾을 수 있다. 가르치는 방식도 달라졌다. 글쓰는 방식도 마찬가지다. 오늘날의 독자는 예전 독자보다 주의력이 약하다. 그들이 여러분이 읽던 책을 읽지 않았기 때문(혹은 여러분이 지나온 청년기를 겪지 못했기 때문)이 아니다. 이제 우리는 정보 속을 헤엄쳐 다니는 형국인 까닭에, 글쓰기는 찾아가야 할 섬이기보다 무리 지어 있는 물고기 떼와 더 비슷해졌다. 여기저기 틈도 많고, 빠르게 변화하며, 무한한 기회가 널려 있다. 여러분이 쓰고 있는 글에 눈길을 보내는 독자는 자기 제한적인 구체적 선택을 내리는 것이다. 오늘날 독자를 예상하고 글을 쓰는 것은 1950년대 또는 1850년대에 독자

---

2   책이 무엇인가를 탐구하는 많은 책 중에서도 읽어볼 만한 두 권을 추천하면 다음과 같다. Leah Price, *What We Talk about When We Talk about Books*(New York: Basic, 2019) ; Amaranth Borsuk, *The Book*(Cambridge, MA: MIT Press, 2018)[한국어판: 애머런스 보서크, 노승영 옮김, 《책이었고 책이며 책이 될 무엇에 관한, 책》(마티, 2019)]

를 예상하고 글을 쓰는 것과 다르다. 그 어느 때보다도 읽기는 일종의 파트너 게임이 되었다.

그럼에도 변함없는 사실은 인간이 언어를 통해 소통하길 원한다는 점이다. 무엇으로부터 정보를 전달받는 데서 나아가 상대에게 나의 뜻도 전달하려 한다. 학술적 글쓰기에 관한 워크숍을 진행할 때, 나는 내가 가르치는 내용을 '유아 현상학baby phenomenology'이라고 말하곤 한다(정확히 이 말이 무슨 뜻인지는 모르겠으나 아무튼 그렇게 부른다). 원리는 이렇다. 내가 무엇을 말했느냐가 중요한 게 아니다. 중요한 것은 상대가 무엇을 들었느냐다.

이 말에 사람들은 낄낄거리며 웃곤 하는데, 이 말의 진의를 알기에 웃는 것이었으면 좋겠다. 이 말에 들어 있는 진실은 고쳐쓰기의 핵심에도 적용된다. 나의 학식이 얼마나 뛰어나고, 내가 어떤 연구를 했으며, 증거 수집에 얼마나 신중을 기했고, 연구 결과를 조직하는 능력이 얼마나 대단한지가 중요한 게 아니다. 이를 통해 독자가 무엇을 얻어가느냐가 중요하다. 아마 독자는 여러분이 세심하게 써놓은 글과 계속 소통하는 가운데서만 유용한 정보를 얻을 것이다. 지금쯤이면 잘 알겠지만 글을 고치는 목적은 독자의 참여를 끌어내기 위함이다. 아무런 소통도 없고, 독자도 없다면 여러분의 글은 그냥 그 자리에 머물러 있을 뿐이다. 키츠는 "숯과 재와 먼지"라는 싸늘한 표현으로 굶주리는 연인의 운명을 묘사한다.[3] 책도 마찬가지다. 글이 읽히지 않아 먼지투성이가 되는 것은 슬픈 일이다.

지금까지 우리가 살펴본 모든 것—전달하려는 바를 제대로 이해하고, 말하고자 하는 바를 뒷받침하며, 이를 제대로 구조화하는 것—은 독자의 중요성을 고려한 것이다. 비록 독자를 만나지 못하더라도 그들이야말로 여러분의 독자다. 여러분이 글을 쓰고 고치는 것은 분명 독자를 위해서다. 단지 그들을 눈으로 보지 못할 뿐이다.

이러한 독자의 비가시성을 고려해 최대한 준비를 갖춰야 한다. 학술 연구를 바탕으로 집필 작업을 계획하는 저자에게 (적어도 그에게는) 흥미진진한 발견 또는 (적어도 그에게는) 강력한 이론이 있더라도 이보다 독자를 우선시하라는 건 분명 까다로운 요구이긴 하다. 하지만 독자보다 중대한 것은 없다.

발견이나 이론을 등한시하라는 말은 결코 아니다. 그것들이야말로 학술적 글쓰기의 핵심이다. 꼼꼼하게 디테일을 챙기는 전문가의 연구를 비난하는 것도 아니다. 다만 한 가지 여러분에게 간청하는 것이다. 지금까지 이 책은 여러분이 무엇을 쓰든 간에 서사적 부분을 세심하게 고려해 분석적, 고고학적 측면을 단련하라고 재차 권유해왔다.

서사는 일종의 실이지만, 모든 실이 서사가 되지는 않는다. 글쓰기에 관해 말할 때, 텍스트 전반에 걸쳐 핵심 내용을 연결해주는

---

3   John Keats, *Lamia*(1820), Part 2, l. 2.[한국어판: 존 키츠, 윤명옥 옮김, 《키츠 시선》(지만지, 2012)]

실을 논하는 사람이 많다. 방직산업이 한창이던 때를 포함한다 해도, 소셜미디어 시대인 오늘날처럼 실(스레드)thread이라는 말이 두드러진 적이 있었을까? 우리는 이메일 사슬을 연결하기도 하고, 특별히 재미난 트윗 글에 달린 댓글들이 사방으로 뻗어 있는 것도 쉽게 볼 수 있다. 덕분에 '스레드'라는 말은 연결을 위한 혹은 연결에 관한 일상 용어가 되었다. 여기서 스레드는 게시글 사이를 연결한다는 의미의 기술적 용어다.

사실 정보와 관찰을 기반으로 사건을 취재하고 취재를 바탕으로 이야기를 만드는 것의 중요성을 잘 아는 기자들은 자신이 다루는 사건을 이야기화storify하고픈 유혹이 들지도 모른다. 소셜미디어 팬들은 트윗 글을 비롯한 자잘한 소통 내용들을 하나의 '이야기'로 엮거나, 적어도 일종의 연속물로 만들어 서사적 골자를 만들고 싶은 유혹을 받는다.[4]

매우 가느다란 연결고리도 하나의 실이 될 수 있다. 헨젤과 그레텔이 숲에서 길을 잃지 않으려고 뿌려두었던 빵조각이 그 예다(물론 새들이 날아와 빵조각들을 먹어 치우지 않았다면 가능했을 것이다). 빵조각은 일종의 실이고, 숲에서 길을 잃은 두 아이는 서사를 위한 장치다. 하나의 서사에서 행동은 결과를 수반한다.

이야기의 주제에는 서사, 스토리텔링, 드라마가 내재해 있다. 독

---

4 스토리파이Storify는 웹 기반 분류 서비스의 이름이기도 하다. 2011년부터 2018년까지 운영된 이 서비스의 운영 목적은 사용자들이 소셜 미디어 게시물로부터 '이야기'를 만들어내도록 하는 것이었다.

자는 다음에 무슨 일이 일어날지, 어떤 주장 다음으로 다른 주장을 내놓을지, 하나의 이론이 어떠한 방식으로 촉수를 뻗어 세상에 존재 가치를 드러낼지 알아내고자 글을 읽는다. 따라서 훌륭한 글을 쓰려면 내가 쓴 텍스트에 담긴 구성 요소에 귀를 기울여야 한다. 단순히 단어들을 듣는 데서 나아가 나의 논지와 연관된 행위자, 개념, 잡음도 모두 들어야 한다.

이토록 듣기를 강조하는 이유는 무엇일까? 저자가 지면에 하고 싶은 말을 꽉꽉 채워 담고, 편집자가 갖은 애를 써서 그 말을 가독성 있게 다듬는다 해도, 독자를 만나기 전까지는 아무 일도 일어나지 않는다.

"독자를 기억하라"는 말은 "비밀번호를 기억하라"는 말과는 다른 뜻이다. 독자를 기억하려면 앞을 내다보는 기억forward memory이 필요하다. 저 바깥 어딘가에 독자들이 있음을 기억하고, 그들의 방문에 대비해 최대한 철저하게 준비하라는 것이다. 독자를 기억하는 것은 친구의 방문을 기다리며 준비하는 것과 같다. 그 친구는 진지하고, 호기심 넘치며, 판단을 잘하는 성향을 지녔다.

독자는 저자가 쓰고 출판사가 출간한 책을 자기만의 방식대로 활용한다. 책 여백에 이런저런 메모를 남기기도 하고, 오탈자를 표시해두기도 하며, 나중에 다시 읽어보려고 줄을 긋기도 한다. 여기서 한 발 더 나갈 때가 있다. 색다른 관점 혹은 자신의 생각을 나누기 위해 저자에게 편지를 보내는 독자도 있다. 책에 저자의 의견과 반대되는 생각을 적어본 적이 있는가? 만약 그렇다면 책을 곰곰이 생각하며 읽었다는 신호이다. 이것이야말로 저자가 바라는 것이 아니던가? 이런 점에서 저자가 펴내는 글은 발표와 제안 사이 어딘가에 해당하는 것으로서, 공식적인 문서라기보다는 연기자의 대본에 가깝다고 볼 수 있다.

내가 집필한 것, 내가 각고의 노력을 기울여 온전히 완성하려 했던 텍스트는 갑자기 자유로운 해석이 가능한 반영구적인 텍스트가 된다. 이때 텍스트는 움직이고 이동하면서 저자가 만든 것을 기반으로 독자가 만드는 것이 된다.

이 말이 사실이라면, 저자로서 여러분이 하는 모든 일은 독자가 여러분의 글을 가지고 무언가를 할 수 있도록 하는 데 핵심이 있다. 이 점을 진지하게 받아들인다면 글을 쓰는 방식뿐만 아니라 글의 소재에도 상당한 변화가 생길 것이다. 주제, 접근방식, 글의 형태, 생각을 담아내고 독자가 따라올 길을 만드는 방식도 전부 달라진다. 진지한 독자가 찾아와서 한동안 쉬이 머물다 갈 수 있도록 글의 형태와 구조를 정교하게 다듬는 방식에도 변화가 생길 것이다.

독자를 위해 쓴다고 할 때 독자는 어딘가에 있을 수천의 독자를 말하는 것이 아니다. 솔직히 이런 추상적인 개념은 전혀 쓸모가 없다. 오히려 실재적이면서 전혀 추상적이지 않은, 내 글에 흥미를 느낄 법한 독자 한 명을 상상하고, 그다음 또 다른 실제 독자, 또 다른 독자… 이런 식으로 독자를 머릿속에 그려야 한다.

물론 그 독자들은 복제 인간이 아니다. 그들은 저마다 고유한 존재다. 여러분이 저자라면, 존재하긴 하지만 구체적인 실체가 드러

독자를 기억할 것

나지 않은 독자 한 사람 한 사람에게 다가가고자 노력해야 한다. 정체를 알 수 없는 청중에게 다가가려면 어떻게 해야 할까?

여러분의 논지를 명확하게 만들고자 노력한 데는 이유가 있다. 그렇게 함으로써 최종적으로 자신의 논점을 최대한 예리하게 포착하기 위해서다. 나아가 여러분의 독자도 그 논점을 알아차리도록 만들기 위함이다.

여러분은 주장을 좀더 명확하게 하기 위해 몇 번이고 글의 구조를 바꾸고 재구성해왔을 것이다. 그래서 여러분의 독자는 초대받았다는 느낌을 받으며 글 속에 편안히 머물 것이다. 때로는 글로 인해 도전받는 것 같아도 결국은 지지받고 있다고 느낄 테다. 독자에게 도전해야 할까? 물론이다. 하지만 어느 수준에서는 독자가 원하는 것을 줄 수 있어야 한다.

독자가 원하는 것

독자가 원하는 것은 정말 무엇일까? 즐거움? 흥분? 도발? 생산적 논쟁? 해답? 다음은 독자들이 찾는 것들이다.

1. 생각할 거리 간단히 말하면 독자는 하나의 아이디어를 원한다. 아이디어 자체가 글이 되는 것도, 책이 되는 것도 아니다. 하지만 아이디어가 들어 있지 않은 글은 실망감을 안겨준다. 독자는 여러

분의 글에서 알맹이가 될 만한 것을 찾기 원한다. 그 알맹이는 충분히 시간을 들여 궁리할 가치가 있어야 한다. 온갖 내용이 다 담겨 있지만 정작 중요한 것이 무엇이며, 독자가 그 내용에 흥미를 보여야 할 이유를 밝히지 않은 글도 있다. 어떤 집필 방식을 동원하든 그 글이 여러분과 독자에게 가치 있는 이유를 독자에게 분명히 밝혀라.

2. 책장을 넘기게 만드는 요소 사람들이 글을 읽는 이유는 다양하다. 그렇지만 어떤 글을 쓰든 주제와 관계없이 독자가 흥미로운 이야기를 원한다는 것을 명심하라. 실제로, 언뜻 보기에 '이야기'로 풀어낼 수 없을 것 같은 주제가 많이 있지만, 독자의 관심을 잡아끌 수 있는 연결점을 찾아내도록 하자.

이야기는 순서에 의존한다. 심지어 순서 없이 나열된 이야기들도 나름의 순서를 따른다고 볼 수 있다. 독자는 여러분이 구성한 순서에 따라 매 책장을 마주한다고 생각하고 글을 쓰라. 하지만 독자가 몇몇 페이지를 대충 읽거나 건너뛰더라도 놀라지 말라. 그렇다고 해서 여러분이 형편없는 저자인 것도 아니고, 독자가 게으르거나 부주의한 것도 아니다.

결론이 궁금해서 본론을 대충 건너뛰고 넘어간 적이 없는가? 추리 소설을 읽으면서 범인의 정체가 너무 궁금해 글을 빠르게 읽어나간 적은 없는가? 아니면 논문 초록을 읽고 나서 바로 결론으로 훌쩍 건너뛴 적은 없는가? 그 결론까지 도달하기 위해 저자는 온갖 자료를 수집하며 매우 열심히 노력했다. 그것도 논리적이고 설득력 있는 순서를 갖추려고 애썼을 것이다. 정량적 분석을 전문으로 하는 사람들도 이런 이야기는 진지하게 다룬다. 연구 방법론과 프로토콜, 나아가 실험 결과를 설명하는 것도 생각하는 방식에 따라서는 일종의 서사를 만드는 작업이다. 이야기를 엮고, 긴장을 유지하며, 등장인물을 발전시키는 것은 모두 확장과 지속에 달려 있으며, 학술적 분석을 다룬 글에서도 이는 마찬가지다. 독자에게 모든 페이지를 순서대로 읽으라고 강요할 수는 없으나 독자가 그대로 읽을 거라고 가정하고 글을 쓴다면, 독자의 관심을 끌 만한 글을 만들려고 최선을 다하게 될 것이다.

3. 저자의 관심 말이 나왔으니 말인데, 독자는 여러분의 관심을 원한다. 뭔가 상황이 거꾸로 된 것처럼 들릴 수도 있지만 이렇게 한번 생각해보자. 글을 쓴다는 것은 독자의 시간을 요하는 일과 같다. 독자는 이 시간을 얼마든지 다른 일에 쓸 수 있다. 여러분은 독자에게 텍스트만 제공하는 것이 아니다. 그들을 텍스트 속으로 초대하는 것이다. 좋은 호스트가 되자. 손님들에게 계속 관심을 기울이면서 비어 있는 물잔도 수시로 채워주고 간단한 먹을거리도 건네자.

훌륭한 교사는 학생들의 관심을 끄는 데 그치지 않는다. 교사 스스로가 학생들에게 관심을 기울인다. 학술 저자는 줌Zoom으로 열리는 온라인 교실에서건 칠판을 앞에 둔 실제 교실에서건 어디서나 항상 선생이다.

학술적 글쓰기는 단순히 자신의 의견을 밝히고 근거를 제시하는 것만으로 충분치 않다. 비록 그것이 학문의 기본이라 하더라도 말이다. 여기에 작은 아이러니가 존재한다. 학자가 잘하는 것, 정말로 잘하는 것은 주의를 기울이는 것이다. 틈 사이로 빠져나간 작지만 중요한 것들을 알아차리고, 2에 2를 더했을 때 4가 나오는 것은 단지 하나의 해법임을 발견하고(3+1은 어떻게 다른가?), 새로운 방식(디지털 분석법, 최신 기술, 사회 이론들)을 동원해 오래된 문제에 다시 접근해가는 가운데 전에는 알 수 없었던 점을 발견하곤 한다.

인문학에 종사하는 사람이라면 '자세히 읽기close reading'의 가치를 체화했을 것이다. 분야를 막론하고 모든 학술 연구가 일종의 자세히 읽기라고 해도 과언이 아니다. 연구하는 학자에게 "무슨 일 하세요?"라고 물으면 "저는 관심을 기울이는 일을 합니다. 전문적으로요"라는 답이 돌아올 것이다. 훌륭한 글쓰기, 특히 훌륭한 학술적 글쓰기는 마지막 남은 주의력까지 짜내어 독자를 주제의 핵심으로 이끌 수 있을 때 완성된다.

독자의 관심을 끌기 위해서는 몇 가지가 필요하다. 글의 적절한 어조를 잡는다는 것은 내용 전달을 위해 요구되는 적정 수준의 친근함과 격식을 파악한다는 의미다. 학술적인 글은 독자와 암묵적인 계약을 맺고 있다. 저자는 독자가 모르는 것을 말할 테지만(그렇지 않다면 굳이 그 글을 왜 읽겠는가?), 독자에게 해당 주제에 관한 역사나 맥락 등의 선지식이 있으므로 독자가 저자 자신의 말을 이해해주리라 믿는다.

이 부분이 까다로울 수 있다. 저자는 자기뿐 아니라 독자도 이미 안다는 가정하에 글을 쓰고 싶지만 그 과정에서 독자를 우롱할 생각도, 스스로를 웃음거리로 만들 의향도 없다. 저자가 경멸적이고 우월적인 태도를 의도적으로 드러낼 일은 더더욱 없다. 독자는 어리석지 않다. 자기를 한 수 내려다보길 원하는 독자는 아무도 없다. 하지만 내 관심 주제와 그 분야의 독자에게 자연스럽게 다가갈 만한 방식을 택한다면 평범한 일상 언어를 택해도 괜찮다. 때로 직감에 따라 통속적인 문체를 구사하기도 한다. 일상의 언어가 적절하다고 판단된다면 과감하게 활용하라. 실제로 대중적 언어를 통해 효과적으로 전달할수록 독자층이 넓어질 가능성이 커진다. 전문적 언어를 구사할수록 특수한(즉 적은) 독자층을 보유하게 된다. 이렇듯 저자는 이런저런 선택 앞에 놓인다. 반드시 선택해야만 한다.

초안을 크게 소리 내어 읽을 때, 특히 잘못 해석될 여지는 없는지 귀 기울여 들어보라. 오해가 생길 만한 것들을 원천 차단할 수는 없겠지만, 이 작업에 신중을 기울인다면 우려스러운 함정을 피할 확률이 더 높아진다.

4. 서로 연결된 점들 앞 장에서 우리는 구조를 살펴보면서, 구조는 논지의 결과가 아니라 적어도 공동결정인자라는 점을 확인했다. 챕터와 챕터, 단락과 단락이 이어지는 연결고리를 독자에게 제시하라.

챕터 하나를 70여 쪽에 걸쳐 써서는 안 된다. 이는 글의 구조를 제대로 세우지 못했다는 방증일 뿐이다(20쪽이나 더 쓰면서 "할 얘기가 많아서요"라는 이유를 댈 수는 없다). 독자가 그 챕터를 읽는 데 어느 정도의 시간을 할애할지 생각해보라. 어림잡아 말하자면, 하나의 챕터는 하나의 결을 담아 한 번에 읽을 수 있는 요소이고, 이 챕터들이 모여 다수의 요소를 갖춘 더 큰 프로젝트를 이룬다. 독자의 인내심sitzfleisch—'진득한 엉덩이 힘'이라고 옮길 수 있을 것이다—에 기대는 것도 좋으나, 무리하게 강요하지 않는 것이 좋다.

5. 매끄러움 모든 논점이 유기적으로 잘 연결되었을 때, 독자는 걸림돌 없이 글을 술술 따라간다. 어떤 저자들은 글쓰기에 관해 논할 때 '매끄러움smoothness'을 꼭 언급한다. 이 용어는 데이터 분석 기법에 평활화smoothing라는 개념이 널리 확대되기 전, 수 세기 전부터 통용되어온 표현이다. 평활화 기능을 사용하면 우리가 잡음이라고 인식하는 불규칙성의 방해를 받지 않고 데이터 묶음을 더 선명하게 확인할 수 있다. 독자도 데이터 분석가들처럼 되도록 잡음의 방해 없이 글의 논지와 주장들을 마주하길 원한다.

한편, 독자는 지면 혹은 스크린에서 살아 있는 목소리를 듣길 원한다. 그들이 듣고 싶어 하는 것은 매끄럽게 흘러가는 언어다. 글이 매끄럽게 흘러간다는 느낌은 절대적으로 필요한 말보다 조금 더 많은 말을 할 때 전달된다.

하나 시험해보자. 여러분이 작성한 문단을 아무거나 골라보라. 그리고 그 문단을 최소한의 단어만으로 다시 써보자. 아마 냉동건조 식품처럼 딱딱한 글이 나올 것이다. 함유 영양소는 그대로겠으나 썩 먹음직스러운 모양은 아닐 것이다. 이제 냉동건조 식품 같은 그 문단을 원래 문단과 비교해보라. 원래 문단에서 어떤 부분을 걷어냈는가? 군더더기나 불필요한 표현 말고 글에 생기를 불어넣고자 가미한 부분이 있을 것이다. 글에 활력을 주는 이런 부분이야말로 글을 풍부하게 만들고, 독자의 참여를 유도하며, 우리가 매끄러움이라고 여길 만한 수월한 접근성을 만들어낸다. 그런 표현들의 유용성은 여러분이 판단하기 나름이다.

이렇게 책임 있는 글쓰기의 특징들은 저자가 독자를 지금 여기에 흥미를 갖고 머무는 현명한 존재로서 대하고 있음을 보여준다. 달리 생각할 방법이 있겠는가?

다시 말해, 독자는 여러분 자신은 아니지만 여러분과 비슷한 사람이다. 그들은 함께 어울리고, 존중받고, 너그럽게 대우받길 원한다. 여러분이 쓴 글을 읽으면서 자신이 원하는 바가 무엇인지 잘 들어보라. 그리고 그것을 독자에게도 최대한 전달하기 위해 노력하라. 여러분에게 필요한 최고의 논지, 최고의 사유, 최고의 예시를 나열하라. 필요치 않은 것은 잘라내라. 이 모든 것을 한데 엮어주는 것은 무엇일까? 그것을 어조라 한다.

집필 어조

어조voice는 학술적 글쓰기에서 난해한 개념이지만, 독자는 글의 어조를 보고 책을 받아들이기도 하고 거부하기도 한다. 어떤 어조로 글을 쓰고 있는가? 권위 있는 어조? (이런 어조는 가장 필요할 때를 대비해 아껴두자. 그리고 절대 큰소리치지 말자. 큰소리를 친다고 권위가 생기지 않는다. 시끄럽기만 하다.) 허물없이 친근한 어조? (너무 격식을 무너뜨리지는 말자. 그렇지 않으면 저자로서의 권위가 약해진다.) 비전문가적인 어조? (비전문가 독자에게는 사용해도 좋지만, 전문가를 대상으로 할 때는 이런 어조를 삼가자.) 씩씩거리는 싸움꾼이 되어 글을 쓰고 있는가? (그런 자세가 필요할 때도 있다.) 티격태격하는 논쟁에서 중재자 역할을 하고 있는가? (그렇다면 정말 좋은 사람이다. 적어도 이 순간만큼은.) 사적이고 친밀하며 고백적인 어조를 사용하고 있는가? (좋다. 하지만 그렇게 자기 속을 다 드러내는 대가로 무엇을 얻을지 고민해봐야 한다.)

어조에는 저자의 입장, 관점, 태도, 화법 등이 포함된다. 이는 저자가 선택한 소리로서 그 모든 것의 총합이거나 결과다. 여러분의 손끝에서 나오는 모든 문체적 특성—단어 선택, 톤과 성량의 문제, 격식과 비격식의 감각 등등—에 세심한 주의를 기울이고 있다면 어조에 주의를 기울이고 있다는 얘기다.

이렇게 중요한 어조가 왜 그리 난해한 것일까? 많은 글쓰기 책이나 강의에서 강조하는 것이 저자의 어조다. 내 생각에는 적절한 어조를 정하기가 너무나도 어려운 탓에 이토록 어조를 강조하는게 아닌가 싶다.

그들을 비난할 생각은 없다. 글쓰기와 어조에 관해서는 무수히 많은 진지한 토론이 이루어지는데, 이들 대부분은 픽션을 쓰는 작가들에 초점이 맞춰져 있다. '그래머 걸Grammar Girl'이라는 필명으로 온라인 공간에서 조언을 제공하는 줄리 와일드하버Julie Wildhaber는 어조에 관한 생생한 의견을 제시한다. 그에 따르면, 어조란 "한 편의 글 또는 창작물에 드러나는 고유한 개성, 스타일, 또는 관점"이다. 와일드하버의 설명은 다음과 같다.

> 어조가 중요한 것은 나 자신만큼 나의 글도 나름의 개성을 지니기 때문이다. 발신자가 OO위원회 같은 기관의 공문서를 읽어본 적이 있을 것이다. 이런 류의 글은 썩 유쾌하진 않지만, 강한 어조를 활용하면 모든 단어에 중요도를 부여하고 웹사이트나 원고 전체에 걸쳐 일관성을 구축할 수 있다. 무엇보다도 독자의 주목을 끌어 그들과 관계를 맺는 데 유용하다.[5]

와일드하버의 이 조언을 학술 저자에게 적용하려면 약간의 해석이 필요하다. 우리는 어떻게 하면 독자의 관심을 끌 수 있을까 고민한다. 재미에 관해서는 무척이나 신경을 쓴다. 그도 그럴 것이 공문서 스타일이 글이 어떤 느낌인지 학술 저자들이 독자들보다 훨씬 잘 안다. 어조는 인간적인 느낌, 개성, 또는 하나의 존재감으로서 단어에 생기를 불어넣는 요소다. 저자들, 특히나 학술 저자들에게 이렇게 말하고 싶을 것이다. "사람 냄새 나는 글을 써라."

사람 냄새 나는 글이란 어떤 글일까? 자연스러운 글이다. 영악하거나 교묘하거나 지나치게 격의 없지 않은 글 말이다. 그러나 이런 글은 학술적 글쓰기에서는 자칫 진지해 보이지 않을 수 있고, 심지어 잘난 체하듯 보일 수 있다. 지면에 자연스러운 느낌을 담기란 어려운 일이다. 자연스러우면서도 학술적이고 체계적이며 설득력 있는 느낌을 주기란 더더욱 어렵다. 하지만 그것이야말로 학술 저자의 과업이다.[6]

이렇게 힘들게 얻은 자연스러움이야말로 예술을 감추는 예술이다. 그리고 어렵기는 하지만, 이것이 바로 저자가 쓴 글에 최대한 많은 독자가 참여할 수 있는 필수 조건이다.

하지만 학자들은 어조 면에서 너무 의욕을 앞세우지 말라고 권유받곤 한다. 너무 요란하지 말라. 누군가는 글 뒤에 감춰진 여러분의 목소리를 들을지도 모른다. 사람들이 우리 학술 저자에게 기대하는 건 전문적이면서도 공적이고, 중립적인 태도가 아닌가? 맞는 말일 수도 있다.

저자의 어조라는 개념은 학술적 텍스트보다 일반 대중 독자를 대상으로 하는 책들을 논할 때 더 자연스럽고 달성하기 쉬워 보인다. 학자들은 어조라는 개념과 늘 불안한 관계를 유지해왔다. 일반

5   https://www.quickanddirtytips.com/education/grammar/understanding-voice-and-tone-in-writing

6   점잔을 빼고 교묘한 속임수를 쓰는 사람들이 발휘하는 기묘한 힘, 그 밖에 간과하기 쉬운 현상들에 관해서는 다음 문헌들을 참고하라. Sianne Ngai, *Our Aesthetic Categories: Zany, Cute, Interesting*(Cambridge, MA: Harvard University Press, 2015) ; *Theory of the Gimmick: Aesthetic Judgment and Capitalist Form*(Cambridge, MA: Harvard University Press, 2020).

독자를 기억할 것

대중서를 사고파는 데 중요한 것이 학술 저자들에게는 중요하지 않고 그래서도 안 되는 것처럼 말이다.

"그렇게 쓴다고?" 관객과 나 사이에 학술적인 벽이라도 있는 것처럼 여러분은 이렇게 고민할 것이다. 하지만 분석적인 태도를 취하면서도 지면에 존재감을 담아낼 수 있다. 즉 글에 객관성의 가치를 지키면서, 그런 가치를 지키는 사람이라는 것을 드러낼 수 있다.

출중한 집필 실력과 야망 덕분에 연구논문 저자에서 수상 경력에 빛나는 논픽션 베스트셀러 작가로 성장한 학자들이 있다. 온갖 연구 지원금을 받는 학자에서 벗어나 경계의 안락함에 도전하는 복합장르나 소설의 작법을 다시 배우는 학자도 있다.

배서 칼리지에서 학생들을 가르치고 있는 아미타바 쿠마르 Amitava Kumar는 수많은 책을 펴냈다. 그의 책들 하나하나가 다양한 방식으로 기존의 장르 구분을 파괴하는 듯하다. 글쓰기에 관해 조언하는 책들을 진열해놓은 작은 책장이 있다면 그의 최근작《나는 매일 책을 쓴다—스타일에 관한 노트*Every Day I Write the Book: Notes on Style*》를 꽂아둘 만하다. 작가로서 그는 쉬운 답을 주지 않는 교사이기도 하다. "작문 매뉴얼을 보면 '자기만의 어조를 찾으라'고 요구한다. 하지만 이 말은 대체 무슨 뜻인가? 이보다는 더 작고 구체적인 것에서부터 시작하는 편이 더 낫다. '자기만의 주제를 찾으라.'"[7]

나는 그의 태도를 높이 사며 나 역시 같은 생각이다. 그의 조언대로 자기만의 주제를 찾아야 한다. 단, 주제에 관해 충분히 질문하라. 그 질문들을 생각해보고 그 질문들이 독자에게 어떤 의미로

다가갈지도 고민하라.

그렇다면 어조라는 게 찾아야 하는 것일까? 내가 생각하는 어조는 이렇다. 직관에 따라 전달 방식을 택한 다음, 장르의 한계 안에서 그 직감을 어떻게 펼칠지 궁리할 때 어조라는 게 잡히게 된다. 내 말이 맞다면 글의 어조는 찾는 것인 만큼 만들어가는 것이라고 할 수 있다.

그럼에도 학술적 글쓰기의 유형과 우리가 사용하는 다양한 어조 사이에 몇 가지 유용한 구분을 할 수 있다.[8] 학술적 글쓰기는 탄탄한 공동체 안에서 작동한다. "흑인의 삶도 소중하다Black Lives Matter"와 "모든 생명은 소중하다All Lives Matter"라는 논쟁적인 메시지를 다루는 논문을 사회언어학회에서 발표한다고 상상해보자. 여러분의 발표는 이 메시지들이 상통하는지 상충하는지를 묻는 것이 아니다. 여러분의 탐구 주제는 사람들이 이 두 구호를 들을 때 떠오르는 바를 결정하는 사회경제적 조건이다.

학회 발표를 준비할 때, 여러분은 사회언어학자들이 공동의 도

---

7 Amitava Kumar, "Voice," *Every Day I Write the Book*(Durham, NC: Duke University Press, 2020), Kindle edition. 쿠마르는 이 책의 목표를 "범주화하기 어렵거나, 새로운 방식을 적용하기 까다롭거나, 창의성 면에서 주목할 만한 학술적 글쓰기에 관해 심사숙고하는 것"이라고 논한다(part V, fn. 11).

8 T. S. 엘리엇의 작품 《황무지》의 가제는 "그는 서로 다른 목소리들로 정탐한다He Do the Police in Different Voices"였다. 이는 찰스 디킨스의 작품 《우리의 상호 친구*Our Mutual Friend*》에서 따온 말이다. 이 작품에서 슬로피라는 등장인물은 "아름다운 신문 독자다. 그는 서로 다른 목소리들로 정탐한다"라고 묘사된다. 자신의 초고를 각기 다른 어조로 읽어보면 여러분의 글과 독자 사이의 관계가 어떻게 변하는지 들을 수 있다.

구를 공유하고 있다는 가정 아래 자신의 분석을 다듬는다. 이 도구들을 활용하면 여러분의 발표 내용을 사람들이 이해할 수 있고, 여러분도 마음껏 전문적인 논증을 펼치며 주제를 파고들 수 있다. 이때의 청자는 일정 수준의 지적 배경과 이해력을 공유한 공동체다. 따라서 학회 논문의 어조는 학회 청중을 겨냥해서 조정된다.

학회 발표를 성공적으로 마치고 6개월 후에 이 논문을 언어학 학술지에 게재하려고 한다. 이 시점에서는 논지를 더욱 정교히 하고 관련된 참고문헌도 보강할 수 있다. 이때 여러분은 동료 연구자들이 차분하고 주의 깊게 논문을 읽어줄 거라고 기대하게 된다.

미숙한 강연자만이 말로 전할 텍스트와 글로 전할 텍스트 사이의 차이점을 간과한다. 앞서 말했던 구두 발표는 특별한 구조와 특성을 요구한다. 마침표 없이 죽 이어지는 짧고 쉬운 문장을 주로 구사하고, 어느 지점에서는 말로써 강조점을 살려야 한다. 이와 대조적으로 학술지를 대하는 독자는 길고 복잡한 문장들도 잘 따라가며 읽을 수 있다. 저자는 연단에서는 불가능한 시각적 방식을 동원해 독자의 관심을 유도할 수 있다(이탤릭체, 굵은 글씨, 새 문단은 들여쓰기).[9] 가장 중요한 것은 각주를 덧붙이고, 주장을 더욱 깊이 있게 입증해가며, 논지의 여러 측면에 이런저런 견해를 밝힐 수 있다는 점이다.

하지만 학회 발표 다음의 행보가 학술지 논문 게재가 아닐 때는 어떨까? 같은 분야 연구자가 아닌 일반 청중에게 다가가려면 어떻게 해야 할까?

고쳐쓰기

학회 발표가 큰 각광을 받자 그 주제를 가지고 〈뉴욕타임스〉 칼럼을 써보라는 권유를 받았다고 해보자. 학회에서 발표했던 내용을 지면에 실을 때는 어떤 차이가 생길까? 우선 전체적인 분량이 급격히 줄어들 것이다. 문장 단위의 난이도도 낮아질 것이다. 이때는 텍스트의 시각적 형태에 새롭게 관심을 기울여야 한다. 여러분이 사용한 언어를 주의 깊게 살펴보되, 이번에 독자로 만날 사람들은 전문용어 일색의 글은 원하지 않는다는 점을 염두에 두어야 한다. 갑자기 여러분은 동료 연구자로 가득한 세미나실이 아니라 저 넓은 세상 가운데 서서 긴급한 어조로 문제의식을 알리는 사회언어학자의 권위를 가지고 글을 쓰게 된다.

한 출판사가 칼럼 기사를 관심 있게 보고 출간을 제안한다. 계약 금액이 상당한 대신 마감 기한이 짧고, 이런저런 언론 홍보 계획도 잡혀 있다. 단행본용 텍스트를 위해서는 논지와 맥락을 포함해 모든 것을 보강해야 한다. 그러면서도 칼럼에 담았던 어조를 살리면서 애초에 출판사의 시선을 사로잡았던 특성을 유지해야 한다.

혹은 출판사의 '귀'를 쫑긋하게 만들었다고 해야 할까? 여러분의 글이 관심을 끌었다면 내용 자체가 매력적이어서였을까, 아니

---

9   마이크가 발명된 이래로 대중 강연을 가장 크게 바꿔놓은 파워포인트PowerPoint는 강연자와 청중 모두에게 별 도움이 되지 못했다. 내가 보기에 기술 발전의 결과로 대중 강연 기술이 떨어지면서, 파워포인트를 활용하는 전자 디스플레이의 이점은 쉽게 상쇄되는 듯하다. 발표할 때는 얼마든지 이미지를 활용해도 좋다. 하지만 절대 여러분 자신의 생생한 어조를 이미지로 대체하지는 말라. 파워포인트는 매우 편리한 보조 수단일 뿐, 전적으로 의지할 만한 발표 도구는 되지 못한다.

면 내용을 전달하는 방식이 훌륭해서였을까? 전문가다운 권위와 인간적인, 심지어 대중적인 매력 사이에 균형을 이룬 비결은 무엇이었을까?

운 좋게도 훌륭한 편집자와 작업하게 된다면 외부 전문가의 평가에 더해, 진지하고 전문적인 읽기의 유익도 얻을 수 있다. 내부 독자든 외부 독자든 훌륭한 독자는 내용과 논지뿐만 아니라 어조에도 주의를 기울일 것이다. 편집자나 독자의 보고서를 살펴볼 기회가 생긴다면, 틀림없이 여러분은 글을 고치게 될 것이다. 고쳐쓰기를 할 때는 메시지뿐만 아니라 글의 어조에도 유심히 귀를 기울이길 바란다.

용어의 문제

아직 우리는 이론이 분분한 용어jargon[10]의 문제를 논하지 않았고, 여기서도 그리 길게는 다루지 않을 생각이다. 용어와 상투어cliché 는 (의도적으로 어렵게 말하는) 몽매주의자the obscurantist와 (의도치 않게 말의 공허함을 드러내는) 진부한 이들the banal과 종종 연결된다. 글

---

10 (옮긴이) 다른 사람, 다른 집단과의 차별화를 위해 사용되는 집단 내 배타적인 언어로서 jargon은 우리말 은어와 용어에 해당한다. 그러나 우리말의 '은어'라고 하면 비속어도 함께 연상되는 경향이 있는 반면, '용어'에 좀 더 학적이며 기술적인 의미가 내포되어 있어 이 책에서는 주로 '용어'라고 했다.하지만 맥락에 따라 은어로 옮기기도 했다.

쓰기에서 마치 '빗자루를 들고 굴뚝 청소를 한다'는 것은 상투어를 없앤다는 뜻이다(요즘에는 '누워서 떡 먹기easy as pie' 같은 표현은 잘 쓰지 않을 것이다. '별수 없는 일이다it is what it is'란 표현도 어느새 상투어가 되었다). 용어는 이보다 더 복잡하다.

꽤 오랫동안 사람들은 '용어'라는 것에 감이 있었다. 일찍이 14세기부터 '무의미함', 즉 '듣는 사람이 이해하지 못하는 비밀스러운 말'이란 의미로 용어라는 단어를 썼다. 옥스퍼드 영어사전에 따르면, 이 단어의 첫 번째 사용은 1387년과 1400년 사이에 제프리 초서가 쓴 캔터베리 이야기로 거슬러 올라간다. 초서는 용어를 새의 발성이나 새와 비슷한 소리라고 언급했다. (새들은 결코 그렇게 생각하지 않겠지만.)

분야마다 통용되는 전문어가 있다. 때로 '전문용어terms of art'라고 하는 단어 사용의 권리를 주장하면서 관련 논쟁에서는 한 발짝 물러서려 할지도 모른다.[11] 이는 교묘한 선택이다. 전문어란 특정한 전문 분야 및 직업군 내에서만 통용되는 표현으로, 그 부류가 아니라면 이해할 수 없는 말이다. 그러면 용어는 그저 또 다른 이름의 배타적인 '끼리끼리 작전'을 펼치려고 사용하는 언어일까? 가상의 사례를 하나 생각해보자(이름을 바꿨으므로 가상이라고 할 수 있을 것이다). "연례 회의에서 부위원장 스미스는 영업팀의 라이트

11 학자와 용어의 갈등 관계에 관해서는 Marjorie Garber, *Academic Instincts*(Princeton, NJ: Princeton University Press, 2001)을 참조하라.

사이징right-sizing[12]을 성공리에 마무리한 본부에 칭찬을 아끼지 않았다."[13] 그렇다면 저자는 용어를 어떻게 다뤄야 할까? 용어는 독자에게 다가가는 데 유용한 도구가 될까, 아니면 오히려 방해가 될까?

여기서 우리에게 도움이 되는 사회과학 용어가 있다. 한 체계 내부에 있는 것을 가리켜 '내인적 특성'이라 하고, 체계 밖의 것을 말할 때는 '외인적 특성'이라고 한다. 여러분과 여러분이 속한 집단 내부에 존재하는 용어는 내인적이며, 여러분과 그 집단 외부에 있는 용어는 외인적이라고 말할 수 있다. 여기서 말하는 집단이 여러분의 독자층이다. 문답체의dialogic, 목적론적인teleological 등의 단어를 쓰고 있는가? (비교적 온건한 예를 제시하는 중이다.) 그런 용어를 쓰는데도 움찔하는 사람이 전혀 없다면 내인적 은어를 쓴 것이다. 내부자만 아는 정보를 말하고 있고, 모든 사람이 이야기를 잘 따라온다. 하지만 같은 단어를 다른 맥락—이를테면, 아메리카 원주민의 식생활을 다룬 대중 잡지 기사—에 사용할 경우, 그 단어는 외인적 은어일 가능성이 크다.

제 눈에 안경이라고 하지 않던가(그렇다. 이런 말이 상투어다). 아

---

12 (옮긴이) '규모 적정화'라고도 한다. 본래의 의미를 미화, 축소하려는 목적에서 최근 업계에서는 '인원 감축', '해고' 대신 이 용어를 쓴다.

13 "'비즈니스 모델'은 인터넷 붐의 핵심을 이루는 전문용어 중 하나다." 이 표현은 옥스퍼드 영어사전의 '기술art'이란 표제어에 실린 용례로서, 마이클 루이스Michael Lewis의 《정말 새로운 것: 실리콘밸리 이야기The New New Thing: A Silicon Valley Story》(New York: Norton, 2000)에서 발췌한 것이다. 테오도르 아도르노Theodor Adorno가 '진정성의 용어jargon of authenticity'에 관해 우리에게 경고했음에도 우리는 이 말을 귀담아듣지 않은 듯하다.

니, 달리 표현하자면 용어는 제 귀에 보청기이며, 수용자가 갖추고 있는 담론적 추측이라고 할 수 있을 것이다(이렇게 표현하니 정말 용어 같다).

그렇다면 용어는 나쁜 것일까? 그때그때 다르다. 우리는 날마다 생소한 전문어를 마주친다. 적어도 어느 정도 전문적인 용어를 쓰지 않고서는 복잡한 사상에 관해 소통하기가 어려울 것이다(아예 불가능하지는 않겠지만). 보통 우리가 말하는 용어는 외인적 은어를 가리킨다. 이런 용어들은 불필요하게 복잡하거나, 불가사의하거나, 젠체하는 것처럼 들리는 까닭에 사람들이 좋아하지 않는다. 꼭 그렇지 않더라도 그런 전문용어를 썼다는 것 자체가 모래 위에 선을 그어놓고 편안하게 책을 읽는 독자와 소외감을 느끼는 독자를 구분하는 것이다.

적절히 사용한 용어는 올바른 독자층을 위한 전문적인 기능을 수행한다. 용어를 비롯한 모든 전문용어를 필요할 때만 신중하게 사용하는 일종의 도구 모음이라고 생각한다면 여러분은 올바른 길에 서 있는 것이다. 필요한 만큼 전공 분야의 언어를 사용하되 그 용어가 독자에게도 필요한 것인지 심사숙고하라. 얼마만큼의 전문용어를 써야 적절한지는 아무도 가르쳐주지 않는다. 어떤 단어와 어조를 동원해야 잘 쓴 글이라 할 수 있으며 이를 어떻게 측정할 수 있는지도 아무도 일러주지 않는다. 또한, 어떤 형식이 도움이 될지 말해줄 사람도 없다.

우리가 '어조'라고 부르는 것은 윌리엄 진서가 '감각taste'이라고 일컬은 눈금의 일부다. 그는 감각에 관해 다음과 같이 주장했다.

감각이란 분석을 넘어서는 것이다. 즉 그것은 절뚝거리는 문장과 경쾌한 문장의 차이를 알아차릴 수 있는 귀, 격식 있는 문장에 구어체가 쓰였을 때 그것이 옳은지 그른지 혹은 불가피한 선택인지 아닌지를 판단할 수 있는 직관 등의 자질이 혼합된 것이다.[14]

그가 말하는 감각은 타고났거나 그렇지 않거나 둘 중 하나다. 하지만 이런 감각을 타고나지 않았더라도, 이 기술을 이미 보유한 저자들을 탐구함으로써 우리는 충분히 배울 수 있다. 진서는 다양한 작문 모델에 우리 시선을 고정시킨다. 내가 속한 분야 안팎에 있는 최고의 저자들이 쓴 글을 읽고 그들이 문장과 문단을 만들어내는 방식, 한 단락 한 단락을 매끄럽게 결합하는 비결을 잘 들어보라는 것이다.

진서도 앤 라모트처럼 호소력 있는 대화체를 구사한다. 그는 마치 정기 간행물에 기사를 팔고 싶은 의욕 넘치는 기자 지망생들로 이루어진 교실에서 수업을 하듯이 글을 쓴다. 앤 라모트처럼 진서 역시 자기 자신이 잘 알고 흥미를 느끼는 주제에 대해 진정성 있게 글을 쓰라고 권한다.

---

14 William Zinsser, *On Writing Well: The Classic Guide to Writing Nonfiction*, 30th anniversary ed.(New York: Harper Perennial, 2006), Kindle page 166.

이는 글쓰기에 관한(나아가 인생에 관한) 소중한 교훈이지만, 학술 연구나 학문 비평의 더 격식 있는 체계에 이런 조언이 늘 쉽게 적용되는 것은 아니다. 글쓰기에 관한 책에서 문장의 길이는 정확히 어느 정도여야 하는지를 일러주면서도, 정작 그 안에 무슨 내용을 담아야 하는지는 별로 논하지 않는다면 유용한 지침을 얻지 못할 것이다. 여러분은 자신의 경험, 자신의 정체성, 자신의 고군분투를 글 속에 얼마나 녹여내야 할지 알고 싶기 때문이다. 이는 여러분 스스로 판단해야 한다.[15]

도전적인 연구자였던 헬렌 스워드Helen Sword는 잘못된 학술적 글쓰기를 자신의 연구 주제로 삼았다. 스워드는 인문학과 사회과학 전반에 걸쳐 가장 광범위하게 사용되는 용어들을 집중적으로 살펴보았다. 그의 저서 《세련된 학술적 글쓰기Stylish Academic Writing》는 지나치게 학술적인 글로 스스로를 피폐하게 하는 학술 저자들을 해방시키기 위한 책이다. '세련되다'는 말에는 다양한 뜻이 담겨 있다. 지면에 저자 자신의 존재를 충분히 드러내고, 교양 있는 저자로서 다른 교양 있는 독자들에게 말을 건넨다는 뜻도 담겨 있다. 이 책은 전문용어에 크게 의존하지 않고서도 충분히 좋을 글을 쓸 수 있다고 저자에게 용기를 북돋아준다.[16]

---

15 독자에 관한 논의가 순간적으로 뒤바뀐 것—여러분이 쓰는 것이 저 밖의 대상이 아니라 갑자기 여러분 자신을 가리키는 상황—이 아닌가 싶더라도 괜찮다. 글쓰기의 비밀을 하나 말해주자면, 여러분 자신도 집필의 대상이 되는 독자에 속한다.

16 Helen Sword, *Stylish Academic Writing*(Cambridge, MA: Harvard University Press, 2012).

그 용기는 어디서 찾을까? 지금까지 이 책을 읽으며 격려를 얻었다면, 이제 내가 여러분을 다시 여러분 자신의 텍스트로 이끄리라는 것을 잘 알 테다. 용어에 대한 의구심이 든다면 여러분이 정해둔 키워드를 자세히 살펴보면 좋겠다. 일련의 전문적인 개념을 중심으로 초고를 작성했다면 이를 유지하라. 정확하지만 어려운 용어를 쉬운 용어로 희석한다고 해서 같은 효과를 얻는다는 보장은 없다. 전문용어를 사용해야 한다면 사용하라. 다만 독자는 그 언어를 알 수도 있고, 해석이 필요할 수도 있다는 점을 기억해두라.

다른 사람들의 목소리

"시리, 내 원고를 수정하려면 어떻게 해야 할까?"
"죄송합니다. 잘 모르겠어요. 알렉사에게도 물어보셨나요?"

인간의 목소리를 컴퓨터 프로그래밍과 연결하는 음성 구동 기술은 인식한 음성 단어를 정보로 변환한 뒤 이를 인간의 목소리와 매우 흡사한 소리로 변환해준다.

저자들도 평생 이런 일을 하며 산다.

저자에게도 목소리가 있다. 저자가 가진 인간적인 목소리는 글로 쓴 언어를 통해 재생되고, 변형되며, 재구성된다. 재미있게도 우리는 큰소리로 말할 수 없는 것은 글로 쓰고, 글로 쓸 수 없는 것은 큰소리로 말할 수 있다는 점이다. 글쓰기는 일종의 '발언 구동 진술'이다. 자기의 이야기를 들려주는 소설 속 등장인물은 음성을 통해 구현된 창작물이다. 샬럿 브론테Charlotte Bronte의 '제인 에어', 제롬 데이비드 샐린저Jerome David Salinger의 《호밀밭의 파수꾼》에 등장하는 '홀든 콜필드', 랠프 엘리슨Ralph Ellison의 《보이지 않는 인간》 등에서의 등장인물은 이야기를 이끌어가는 작가로부터 발언권을 부여받는다. 시에서도 어조가 매우 중요하다(물론 다른 수많은 요소도 중요하다). 아니면 치마만다 응고지 아디치에Chimamanda Ngozi Adichie가 쓴 현대 소설 《아메리카나Americanah》를 생각해보라. 아디치에는 장면을 전환시키고, 이야기의 형태를 조성하며, 독자에게 지속적으로 정보를 제공하는 대화와 전달의 기술을 잘 아는 작가다. 이러한 작가의 기술은 글의 어조를 효과적으로 갖추지 않으면 생각해내기 어렵다.

어조는 논픽션을 다룰 때도 중요한 요소다. 《팽팽한 밧줄 Tightrope》의 두 저자 니콜라스 크리스토프Nicholas Kristof와 셰릴 우던 Sheryl WuDunn은 "희망을 향해 손을 뻗는 미국인들"이라는 부제하에 개개인의 경제적 곤경을 분석한다. 이 책은 성공을 가장 우선시하는 나라에서 아직 성공을 이뤄내지 못한 사람들의 이야기다.

아니, 이건 옳은 설명이 아니다. 《팽팽한 밧줄》은 남을 무시할 힘을 가진 사람들에게 무시당하는 무수한 미국인에 관한 비참한 기록이다. 마약과 알코올, 강간과 빈곤, 정치인들의 공약 속에만 존재하는 보이지 않는 시민들에 관한 이야기가 주를 이룬다. 서사적 측면에서 그런 정치인들의 말은 공허하다고 말할 수 있다. 미사여구만 가득할 뿐 진정성이라고는 없기 때문이다. 그들이 언론 인터뷰에서 보여주는 대중 연설의 기술에는 영혼이 담겨 있지 않으며, 그들의 미소는 언제나 카메라 앞에 설 준비가 되어 있다. 하지만 카메라가 꺼지고 나면 사람들의 삶은 전혀 나아지지 않은 채로 남아 있다. 비슷한 주제를 다루는 다른 민족지들처럼 《팽팽한 밧줄》도 그동안 목소리를 갖지 못했던 사람들에게 목소리를 부여해주는 것을 목표로 한다.

아디치에 그리고 크리스토프와 우던은 베스트셀러 작품들을 써냈다. 우리 대다수 사람으로서는 불가능한 일이다. 하지만 학술 저자들도 소설가나 수사 경제학자investigative economist와 같이 제 목소리를 충실히 담아내야 할 책임을 안고 있다.

하지만 누구에 대한, 무엇에 대한 책임인가?

저자, 특히 논픽션 저자는 주제에 대한 책임을 지고 있다. 진실한 나의 생각을 말해야 하며, 그 생각들을 제대로 전달할 언어를 찾아야 한다. 이것이 자기 목소리에 대한 책임이다. 여러분이 택한 주제에 관해 진실을 말하라. 이것이 세상에 대한 여러분의 책임이다.

그렇다면 이 목소리들은 어떻게 작동할까? 아디치에는 등장인물을 만들어내고 그들이 말하는 모습을 상상하면서 그들에게 귀 기울인 뒤, 소설가로서 해야 할 일을 한다. 즉 자기가 창조해낸 인물들의 목소리를 진실하게 담아내는 것이다. 크리스토프와 우던은 그들의 글에 등장하는 사람들의 목소리에 귀 기울이고 이를 독자에게 전달하는 것을 자신들의 책임으로 여긴다. 어쩌면 우리 생각보다 예술과 사회과학 분야가 서로 통하는 점이 많을지도 모른다.

더 전문적인 학술서에는 이런 점이 어떻게 작동할까? 2차 문헌이든 1차 문헌이든 자료를 인용하는 목적은 단순히 어떤 논점을 뒷받침하려는 것이 아니라, 누군가 다른 이들의 목소리를 소환하는 것이다. 그 목소리에 귀 기울이고 여러분이 들은 진실을 말하라.

하지만 여러분은 그들의 목소리와 함께 자신의 목소리를 나란히 배치하고 있다. 사회과학 분야에서 흔히 하는 실수 중 하나가 설문이나 면담을 통해 얻은 응답자의 의견을 지면에 충분히 담아내지 않고 연구 계획서나 보고서를 작성하는 경우다. 자신의 분석과 의견으로만 내용을 채우려는 욕심 때문에 정작 중요한 조사 대상자들의 진술이 배제되기도 한다. 연구를 위해 대화를 나누는 사람들은 연구자인 여러분에게 자신들의 목소리를 공유한다. 그들의 목소리를 다른 사람들과도 공유하라.[17]

인용이 너무 많아지면 저자의 생각이 흐려지거나 자취를 감출 수도 있다. 훌륭한 텍스트를 너무 많이 인용하는 것도 글의 질을 떨어뜨릴 수 있다. 인용 자료와 내가 쓴 글 사이의 균형을 맞추는 것도 여러 목소리를 균형 있게 담아내는 일에 속한다. 독자를 고려하며 글을 고치는 작업에서는 저자 자신이 주도권을 쥐고 있지만,

---

17 연구에 참여하는 사람들의 익명을 보장하고, 내용을 인용할 때는 당사자의 허락을 받으라.

그렇다고 마이크를 독차지하지 않도록 주의해야 한다.

자기 분야를 제대로 이해하고 난 다음에는 과감해져야 한다. 출판 편집자를 비롯한 독자들은 실재하는 사람들의 목소리를 듣고 싶어 한다. 아마 그런 생생한 목소리들 덕분에 여러분도 애초에 그 주제에 관심을 가졌다는 점을 기억하라. 그렇게 흥미진진하게 느꼈던 내용을 독자들에게도 전달하라. 여러분과 여러분의 동료 학자들이 말하고 싶은 것들 사이에 균형을 잡고자 노력하되, 그 외의 목소리를 위한 공간도 마련해두라. 그들에게 질문하고 의견을 물었다는 것은 여러분이 모르는 것을 그들이 알고 있었기 때문이라는 점도 기억해두라.

마지막으로, 글에서 목소리는 말하는 것보다 주는 것에 가깝다. 독자들이 여러분과 생각을 주고받도록 유도할 만한 것들을 독자에게 제공하라. 아낌없이 나누는 자세를 갖추자. 무엇을 쓰든 독자를 위한 기회로 만들라. 단순히 여러분 자신이나 독자에 대한 의무감에서 쓰지 말라.

지금까지 말한 내용을 실천한다면 자신의 글을 더 좋아하게 될 것이다.

7

글이 원하는 것은
무엇일까

글쓰기에서 중요한 글은 오직 최종본의 형식을 모두 갖춘 글이다. 글 쓰는 사람—교수나 기자, 사학자나 대학원생, 전속 작가나 보조금 담당관grants officer[1]등등—이라면 틀림없이 언젠가, 어디선가 이런 질문을 받게 된다. "무슨 일을 하시나요?" 그러면 그는 미소를 지으며 이렇게 답할 것이다. "저는 글을 고치는 일을 합니다."

글을 쓴다는 것도 힘든 일이지만, 퇴고는 그야말로 난잡한 일이다. 하워드 베커가 솔직한 어조로 신선하게 표현했듯이, "퇴고는 저자의 깔끔함을 망쳐놓는다". 글쓰기 작업이란 지면과 생각 속에서 취소선을 긋고, 허점을 찾고, 간극을 메우는 일이다. "어떤 부분은 지금 있는 자리보다 다른 자리에 더 어울리는 것 같다."[2] 전부는 아니지만 고쳐쓰기의 상당수 작업이 이와 같다. 고쳐쓰기가 난잡하지 않다면 제대로 고치고 있는 것이 아니다. 그렇지만 어느 시점에서

---

1   (옮긴이) 비영리단체를 비롯한 민간단체에 지원되는 보조금과 관련된 사항을 조사하고, 해당 단체의 보조금 집행계획서 작성 및 심사 등을 감독하는 직책.

2   Howard Becker, *Writing for Social Scientists*, 3rd ed.(Chicago: University of Chicago Press, 2020), p. 154.

는 다른 사람에게 내놓을 만하도록 매듭을 지어야 한다.

통일성과 응집성

그동안 많은 사람에게 글을 어떻게 고치는지, 자기만의 요령이 있는지, 앞이 깜깜해지는 백지를 대할 때나 초고라는 단단히 막혀 있는 듯한 벽을 대할 때는 어떻게 하는지, 작업이 끝났다고 느껴지는 시점은 어떻게 아는지 물어보았다. 그러나 이런 질문에 우리가 참고할 만한 조언을 일목요연하게 내놓는 사람은 거의 없었다. 그럼에도 나는 그들이 나름의 요령이 있다는 사실을 그들의 글을 통해 발견할 수 있었다. 그들 모두가 이야깃거리를 잘 그러모아서 독자들이 읽을 만한 글로 잘 엮어냈다. 내용을 잘 엮되 너무 꽉 조이지는 않았다는 것이다.

고쳐쓰기의 목적은 한 편의 글을 하나로 단단히 엮는 일이라고 할 수 있다. 글의 하위 단위들이 하나의 주제를 향하여 의미적으로 긴밀하게 연결되는 통일성coherence을 갖도록 만드는 작업이다. 이 말은 정확히 무슨 뜻일까? 언어, 구조, 어조, 장르의 기대치가 모두 일치할 때, 우리는 글이 통일성이 있다고 말한다. 그러한 글 안에서는 자기모순이 일어나지 않는다. 엉뚱한 부분이 불쑥 튀어나오는 일도 없다. 전체 내용이 이치에 맞고 각 부분이 서로 밀착되어 있다. 하나를 떼어내더라도 순식간에 글이 와르르 무너지지 않는다.

어떻게 하면 그러한 효과를 낼 수 있을까? 어떤 날은 저절로 글이 써지는 듯하다. 실제로 글이 글을 쓴다는 말이 아니다. 글을 쓰다 보면 내가 아니라 글 자체가 다음 단계를 아는 것처럼 느껴질 때가 있다. 이런 불가사의한 기분을 느낄 때, 저자는 한껏 들떠서 이대로 키보드 위에 손을 올려놓고 계속 집중력을 발휘하고 싶어진다. 컴퓨터 앞에 있는 내가 뭔가를 만들어내고 있다는 자각 때문이 아니라, 글 자체가 어디로 가서 무엇을 하고 싶은지 스스로 아는 듯한 느낌이 들기 때문이다. 이런 순간에 저자는 글이 원하는 곳으로 확실히 가도록 해야겠다는 느낌을 받는다. 이런 순간이 찾아온다면 꽉 붙잡고 소중히 여기라.

위 문단을 읽은 독자가 합리적인 사람이라면, 모름지기 글쓰기는 고된 정신노동인데 글이란 게 마치 쉽게 얻어지기도 하는 것처럼 들렸을 수도 있겠다. 일찍이 나는 고쳐쓰기를 생각하다 보면 글에 나름의 목적지와 의지가 있는 것처럼 여겨진다고 강조한 바 있다. 물론 고쳐쓰기의 통일성을 크게 좌우하는 것은 논지와 설득력의 명료성이다.

대다수 사람의 경우, 길게 써놓은 글을 재배치하다 보면 여기저기 간극이 나타난다. 초안을 고칠 대로 고쳤는데도 글 속에 커다란 균열이 생겨 독자가 모르고 지나갔으면 하는 부분이 생기기 마련이다. (독자는 반드시 이를 알아본다.) 글을 제대로 다시 읽었다면, 글 속에 자리한 커다란 균열들을 보며 단박에 위험 신호를 알아차릴 것이다.

- 여기에 각주가 필요하겠군.
- 호흡이 너무 빠른데.
- 흠, 이 문단은 앞서 말한 내용과 모순되지 않나?

다른 종류의 균열도 존재한다. 이를테면 문단과 문단의 연결 관계가 어긋날 때도 있다. 이 문단에서 저 문단으로 글이 어떻게 흘러가는지 잘 들어보라. 모든 문단은 시작과 끝을 갖춘 한 편의 작은 드라마다. 이것이 문단을 문단답게 만든다.

따라서 문단을 형성한다는 것은 문단을 만들어내는 일이기도 하다. 말할 거리를 마련하되, 독자가 여러분의 생각을 더 쉽게 들을 수 있도록 해주는 접속부사나 연결 어구를 꼭 활용하라. 그럼에도 불구하고, … 이런 조건에서는, … 이 점을 증명하려는 듯 등등. 여러분 나름의 레파토리를 가져야 한다. 이런 어구가 장면을 전환시키고 독자의 시선을 잡아끈다. 각각의 이음말은 현재 문단과 선행한 문단 간의 관계를 뚜렷이 드러내는 역할을 한다.

부실한 전환은 제 역할을 못하는 테이프와 같다. 역설적인 문장을 쓰는데 첫 단어를 '또한'이라고 했다면, 다시 읽어보며 의도한 내용이 무엇이었는지 확인하라. 너무 뻔히 보이는 연결어는 삼가라. 독자 스스로 알아내야 할 것들도 남겨두라.[3]

문장의 특징이 결여된 단편적인 표현을 너무 두려워하지 말라. 그리 치명적인 잘못은 아니니 말이다. 여러분 내면의 엄한 글쓰기 코치만이 초안에 있는 미흡한 문장을 전부 제거하라고 요구할 것이다.[4] 사실, 때로는 단편적이고 맹랑한 표현이야말로 저자가 원하는 것이다.

하지만 통일성을 갖추는 것은 복잡한 일이어서 상당한 시간을 요한다. 이에 노련한 저자들은 고쳐쓰기의 작업량이 얼마나 될지 예측하는 법을 알게 된다. 글의 목표에 관해 유달리 뛰어난 감각을 가진 사람이라면, 효과적인 고쳐쓰기 전략을 궁리하는 데 그리 많은 시간을 쓰진 않는다. (여기 해당하는 사람은 물 흐르듯 자연스럽게 고쳐쓰기 작업을 진행한다.) 그렇지 않은 사람이 통일성을 갖춘 글의 형태와 요점을 구성하려면 어느 정도 시간을 들여야 한다. 그러려면 자신의 중심 생각을 여러 번 글로 표현해봐야 한다.

나는 이 책과 같은 부류의 책—다양한 독자층이 흥미롭게 여겼으면 하는 분야—뿐만 아니라, 소수의 독자층만이 관심을 보일 것이 분명한 전문 학술논문을 쓸 때도 여러 번 글을 다시 쓴다. 매일 글쓰기 작업을 시작할 때면 전날 쓴 것을 검토하는 일부터 시작한다. 영화감독이 러시rushes[5]를 검토하는 것처럼은 아닐지라도 어느 정도는 그렇게 하려고 애쓴다.

---

3   빈약한 구조가 여러 군데서 드러나는 원고는 "오, 그리고 한 가지 더"라는 부제를 달아 줘야 할 것만 같은 느낌을 준다.

4   분명 나는 그러한 내면의 글쓰기 코치가 아니다. 물론 학생들은 적어놓은 문장 성분들이 문제시되는 이유를 알아야만 한다. 여러분은 이를 이미 잘 알고 있으니 그런 표현들을 효과적으로 활용하라. 원한다면 '그리고'라는 접속어로 문장을 시작해도 좋다.

5   (옮긴이) 하루 촬영을 통해 얻은 모든 화면과 음성 자료로, 아직 아무런 편집을 거치지 않은 날것의 자료를 말한다. 원자료 필름은 서둘러 준비해야 한다는 의미에서 '러시'(서두름, 맹진)라는 이름이 붙었다.

글이 원하는 것은 무엇일까

할 수 있을 때마다 나는 초안을 크게 소리 내어 읽는다. 여백에 메모를 적어두기도 하며, 무슨 말을 하려던 것인지 묻기도 하고, 해당 문단을 앞뒤로 옮기는 편이 나은지 고민하기도 한다. 문장이나 단락 전체를 삭제할 때도 많다. 물론 삭제한 부분은 저장해둔다. 그 어떤 내용도 완전히 없애버리고 싶지는 않다. 적어도 확신이 들 때까지는 말이다. 마음이 바뀔 수도 있다고 나 자신에게 말한다. (이에 관한 한 매번 틀리는 것 같다. 잘라낸 것을 다시 쓰는 경우는 거의 없다. 왜일까? 글로 표현할 방법은 무수히 많고, 잘라낸 표현보다 더 나은 표현을 생각해낼 확률은 매우, 매우 높다.) 새로운 단어나 문장, 표현들을 덧붙이기도 한다. 그러고는 덧붙인 부분에 귀 기울이며 다시 검토한다. 거부, 수락, 혹은 재배치. 내용이나 표현을 덧붙일 가능성이 있을 때마다 나는 바로바로 결정을 내리려는 듯하다. 하지만 삭제 가능성이 있을 때는 어중간한 상태에 좀 더 오래 머무르기도 한다. 때로는 몇 주를 그렇게 보내기도 한다.

아침에 써둔 글을 다시 읽다 보면, 문장 하나하나는 양호해 보이는데 내가 아닌 독자가 읽기에는 문장들이 매끄럽게 연결되지 않는 느낌이 들 때가 있다. 이런 경우에는 짧은 문장이나 절 또는 단어를 삽입해 분위기를 바꿔보려고 한다.

- 여기를 다시 풀어 써보자.
- 모순인가? 아닐지도 몰라.
- 이렇게 하면 X의 의미를 약화시키지 않으면서도 새로운 맥

락을 만들어내겠지.

- 요약 정리할 것.
- 절대 안 될까? 글쎄, 좀처럼 안 된다고 봐야지.
- 이 부분이 데이터의 표준 해석을 정리한 부분이다.

이렇게 주의를 집중할 수 있는 간략한 구간들을 만들어두면 독자에게 지나친 요구를 하지 않고, 독자가 잠시 숨을 고르고 다시 진지한 논의의 영역으로 빠져들게 할 수 있다. 이로써 독자는 핵심 논의에 충분히 오래 머물고, 덜 중요한 내용에는 필요한 만큼 시간을 보낸 뒤에 다른 논점으로 넘어간다. 음악가라면 강약을 조절한 이런 부분들이 있기에 글이 온전해진다고 말할지도 모른다.

주의를 끄는 이 글 조각들은 분변 연화제 같은 거라고 이야기하는 친구도 있었는데 이 말은 좀 심한 듯했다. 하지만 이 말을 들었을 때 하나 떠오른 것이 있었다. 앤 라모트는 《쓰기의 감각》에서 '엉터리 초안'이라는 표현을 썼는데, 이는 어쩔 수 없이 글의 꼴이 형편없긴 하지만 적어도 뭔가를 적어놓기는 한, 이로부터 훨씬 더 나은 버전들이 나올 수 있는 첫 원고를 말한다. 이렇게 작은 틈새를 메우며 의미를 다져가는 작가의 '회반죽'은 약간의 빛과 작가적 개성을 글에 부여하며, 많은 작가가 어조라고 부르는 특성을 내비치도록 도와준다. 전환점과 통일성을 고려하다 보면 어쩔 수 없이 논지, 구조, 독자의 요소들을 뒤섞게 된다. 그런 일이 벌어진다는 것을 여러분도 이미 잘 알고 있다.

전환점은 클 수도 작을 수도 있으며, 요란할 수도 있고 속삭이듯 고요할 수도 있다. 어떤 저자는 이 순간에서 저 순간으로 옮겨 가는 지점을 매우 섬세하게 표현해 글을 부드럽게 만든다. 이런 스타일은 학술 저자보다는 탁월한 에세이 작가, 소설가, 시인들에게 더 잘 어울린다(우리에게는 어려운 문제를 궁리하고 각주까지 달아야 하는 힘든 과업이 있다). 하지만 길게 늘여 쓴 부분과 짧게 정리한 부분, 단호한 순간과 강조점을 살려내는 부분 등을 생각하며 음악이나 운율 규칙의 관점에서 초고를 다시 읽어가면, 독자가 글을 어떻게 듣게 될지 제대로 파악할 수 있다.

'연속성continuity'이라는 말처럼 감질나는 수수께끼가 또 있을까? 1948년 알프레드 히치콕Alfred Hitchcock의 스릴러 영화 〈로프 Rope〉는 '원 컨티뉴어스 숏one continous shot' 방식으로 촬영된 것처럼 그간 알려져 왔지만, 실은 총 10컷의 롱테이크를 자연스럽게 연결해 마치 하나의 컷처럼 교묘히 편집한 작품이다.[6] 그럼에도 〈로프〉는 한 공간에서 장면 전환을 하지 않고 길게 촬영된 영화로 여전히 거론되고 있다. 이와는 달리 디지털카메라로 촬영한 알렉산더 소쿠로프Aleksandr Sokurov 감독의 2002년작 〈러시아 방주Russian Ark〉는 좀 더 방대한 규모로 마치 〈로프〉의 촬영 효과를 낸다. 상트페테르부르크에 있는 에르미타주 박물관의 역사와 전시실 35곳을 거쳐 가는 이 영화는 기적과도 같이 원 컨티뉴어스 숏으로 촬영되었다.

영화감독, 더 낮게는 영상편집자처럼 글을 쓰는 사람이라면 카메라의 시선을 어디에 얼마큼 오래 둘지를 계산할 것이다. 글쓰기도 비슷한 작업이다. 다만 사용하는 도구가 언어일 뿐이다.[7] 여러분은 끊기는 부분이 전혀 없는 매끄러운 글을 지향하는 저자인가? 그럴 수도 있다. 하지만 대다수 학자와 같은 저자라면 유의미한 휴지, 방향 전환, 여담, 파열을 선호할지도 모른다. 통일성의 문제에 어떻게 접근하든지 간에, 여러분은 글의 하위 요소들이 표면적으로 긴밀하게 결속해 전체로서 하나의 목적을 드러내고 있음을 독자가 인식하길 원할 것이다.

글과 관련된 결속성은 이것 말고도 또 있다. 저자는 자기 생각과 주장이 독자의 뇌리에 박히길 바란다. 자신의 이론과 통찰이 독자에게도 중요하고 만족스러웠으면 한다. 누군가가 해주는 푸짐한 밥상 이야기만으로도 배가 든든해질 정도로 포만감이 느껴지듯 말이다. 글의 논지와 구조가 여러분의 생각을 전달한다면, 어조와 독자에 대한 감수성은 영양가 있는 음식처럼 굶주린 정신의 입맛을 돋게 한다. 여러분의 에세이나 논문 또는 책을 집어 든 독자들은 지금 배가 고픈 상태다. 그러니 독자에게 좋은 음식을 대접하자.

이른바 소셜 미디어 세상이라는 디지털 비즈니스 세계에서 결속성은 하나의 제품이나 콘셉트의 지속성을 뜻한다. 이는 해당 사

---

6 미국 영화편집자협회(ACE) 소속 영상편집자 바시 네도만스키Vashi Nedomansky는 이 영화의 컷 장면들을 자신의 블로그에 자세히 설명해두었다. https://vashivisuals.com/alfred-hitchcock-hiding-cuts-rope/.

7 물론 영화는 그 자체로 시간성temporality을 지니고 있다. 하지만 텍스트는 시간성을 독자에게 강요할 수 없다.

글이 원하는 것은 무엇일까

이트에 대한 방문객 수와 방문 빈도로 측정한다. 블로그를 운영하거나 인스타그램에서 영향력 있는 인사가 되길 바랄 경우, 또는 눈길을 끄는 프로젝트나 캠페인을 기획해 사람들의 지속적인 관심을 얻으려는 경우, 여러분은 사람들이 여러 번 반복해서 사이트에 찾아와주기를 바랄 것이다. 다시 말해 최대한 많은 사람들의 주목을 끌고 싶어 한다. 결속성은 좋은 것이다.

한편 저자는 내면의 체조 선수가 되어 준비한 동작을 오류 없이 실행하고 원하는 지점에 완벽하게 착지하고 싶을 것이다. (두 발은 매트를 단단히 딛고, 양팔은 뒤로 곧게 뻗으며, 얼굴에는 빛나는 미소를 띤다. 학자는 이와 동등한 과업을 학문적으로 해내야 한다.) 훌륭한 저자라면 작품의 착지 지점을 알 것이다. 이는 저자가 누릴 수 있는 가장 달콤한 느낌이다.

사고의 속도

적절한 결속성도 중요하지만 페이스도 중요하다. 좋은 글은 좋은 영화나 연극처럼 적절한 페이스를 유지한다. 페이스가 곧 속도는 아니다. 1,600미터 자유형 경기에 임하는 훌륭한 수영선수가 동원하는 기술과 전략에는 속도뿐만 아니라 타이밍과 페이스도 포함되어 있다. 음악가도 전략을 활용하지만, 음악가들은 서로 경쟁하지 않고 협력한다. 저자는 어떨까?

고쳐쓰기

최고의 글은 협력할 때 얻어진다는 점도 이 책이 다루는 주제 중 하나다. 서로 다른 공간에 머물며 때로는 수년을 사이에 두고 만나지만, 저자와 독자도 함께 연주하는 악기들과 같다.[8] 물론 저자가 독자와의 관계를 제한적이나마 통제할 수 있지만, 사실 이 정도의 통제력도 꽤 큰 편이다.

학술적 글쓰기에서 페이스는 저자의 정보 전달 속도와 빈도를 조절하는 글의 요소 중 하나다. 페이스를 전혀 생각하지 않는 저자들도 있는데, 이들은 대개 자기주장을 내세우고 이를 입증하는 데 많은 에너지를 쏟는다. ① 저자의 주장과 견해, 논증과 분석은 독자에게 새로운 정보를 전달하고, ② 저자가 다루는 문제에 독자가 더 가까이 다가오도록 하기 위함이다. ③ 물론 저자와 같은 관점에서 독자도 이 문제를 봐주길 원하면서. 이렇게 주장과 논증은 저자의 중요한 과업이다. 하지만 어쩌면 페이스가 더 중요할지도 모른다.

글쓰기 연습을 하나 해보자. 여러분이 쓴 초안을 다시 한번 읽어보라. 이때 두 개의 지표를 사용한다. 글의 전개 속도가 빠를 때는 플러스(+), 느릴 때는 마이너스(-)로 표시하면 된다. 그다음 곳곳의 맥락을 살펴보라. 빠른 전개를 원하는 지점에서 정말 글이 빠르게 전개되는가? 독자를 빠르게 이끌고 싶은 부분은 어디인가? 더 확

---

8   코로나바이러스가 세계적으로 확산되자 사람들은 음악가들이 디지털 공간에서 나누는 친밀한 교류를 지켜보게 되었다. 음악가들은 각자의 공간에서 악기를 연주하고, 이렇게 완성된 별도의 소리들은 하나의 음악으로 조율된다. 각기 다른 나라에 머무는 가수와 피아니스트가 디지털 공간을 통해 협연하는 모습은 매우 감동적인 장면이다. 이 또한 여러분과 독자의 관계를 생각해볼 수 있는 좋은 참고 모델이다.

실히 독자의 시선을 끌어야 하는 부분에서 글의 호흡이 늘어지지는 않는가?

무엇보다도 빠른 속도가 필요할 때가 있다. 급격한 전환, 뜻밖의 사건, 충격적인 주장 등이 그 예다. 반대로 느리게 전개해야 할 때도 있다. 분석 과정을 세부적으로(느리게, 더 느리게) 설명하고, 해당 사건의 역사적 배경을 재현하고, 일련의 접근방식을 보여준다. 하지만 이후에는 이것들을 (빠르게, 더 빠르게) 고조시키면서 독자가 여러분의 통찰을 마주하도록 준비한다.

위의 설명이 극적이라고 느껴진다면 제대로 파악한 것이다. 글쓰기는 연극과 전혀 무관하지 않다. 사실, 서양 문화에서는 연극이 삶의 모든 것과 연관되어 있다. 테아트룸 문디theatrum mundi(세상이라는 극장, 극장으로서의 세상)[9]는 문학적 비유다. 글쓰기도 나름의 작은 연극이며, 여기서 저자는 극작가이자 감독의 역할 모두를 수행한다. 좋은 감독은 극작가의 각본을 어떤 페이스로 연출할지, 좋은 배우는 맡은 역할을 어떤 페이스로 연기할지 잘 알고 있다. 저자들도 페이스를 조절한다. 하지만 우리는 연극에서처럼 저자가 글 속에서 발휘하는 페이스 기술을 눈치채지 못한다. 연극이든 소설이든 학술논문이든 작품 자체가 우리의 관심을 완전히 사로잡기 때문이다.

---

9   (옮긴이) "세상은 극장이다"라는 뜻의 라틴어. 신의 섭리 속에서 각자 맡은 역할을 해내는 것이 삶이라는 중세의 은유 개념이 담겼다.

부분과 전체, 크고 작음, 중요한 것과 부수적인 것, 느림과 빠름, 복잡한 것과 단편적인 것 등. 지루한 글은 이러한 의미쌍 중 어느 한쪽에 완전히 치우쳐 있다. 어떤 저자는 단조로운 어조로 부수적인 것들을 매우 복잡하고 느리게 서술한다. 그런가 하면 자잘한 조각들을 거창하게 파고드는 저자도 있다. 마치 모든 게 다 시급하게 다뤄져야 할 중대한 사안인 것처럼 말이다. 두 저자 모두 이상적인 방식으로 글을 쓴 것 같진 않다. 느리고 따분한 글도 독자를 지루하게 만들지만, 모든 게 다 중요하다며 다급히 서두르는 글도 독자에게 혼란과 피로감을 준다.

선택을 하라. 변화를 주라. 그리고 변주를 반복하라. 그리고 글에 여러분의 존재감을 드러내라. 글 속에 직접 참여하면 독자를 실망시키지 않을까 혹은 독자와의 경계가 느슨해지지 않을까 염려하지 말라. 여러분은 어떤 방식으로든 발을 담그게 되어 있다. 이를 마지못한 태도로 수동적으로 할지, 아니면 자신의 존재를 드러내며 적극적으로 할지 둘 중 하나를 택해야 한다.[10]

글에서 존재감이란 "날 좀 봐!"라고 소리치는 것이 아니다. 내가 말할 것을 어떻게 전달할지 주도적으로 이끌 때 존재감이 발휘된다. 한 편의 글 곳곳에 필수적으로 나타나는 여러 전환점 말고도 글에서 특히 주의해야 할 세 가지 요소가 있다. 작성한 텍스트를 마지막으로 한번 읽어보면서 서론, 클라이맥스, 결말에 초점을 맞

10 이는 헬렌 스워드가 말하는 '세련된' 글쓰기에 속하는 내용이기도 하다.

춰보자.

학술 저자가 추구하는 클라이맥스는 무엇일까? 막강한 증거 하나로 마지막 일격을 가하면서 지금껏 신중히 접근했던 주장에 종지부를 찍는 순간일 것이다. 어쩌면 어마한 폭로reveal가 될 수도 있다(건축가들이 무언가를 짠! 하고 '드러내듯reveal' 말이다). 어쩌면 구성마다 클라이맥스가 있어서 글 전반에 걸쳐 절정의 순간이 다수 존재할 수도 있다. 어느 정도 자율성이 있는 각각의 챕터 역시 '절정의 타이밍'은 있어야 한다. 이를테면, "이 연구의 모든 참가자가 이 순간을 의식하지 못하도록 만들었다"라고 말할 수 있을 정도로 클라이맥스가 단순하고 거칠더라도 말이다.

독자는 저자가 중요하다고 생각한 것을 알 권리가 있다. "글쎄요. 한번 읽어 이해가 안 된다면 다시 한번 주의 깊게 읽어보세요"라고 말하는 것으로는 절대 충분치 않다. 앞서 유아 현상학에 관해 경고한 바 있다. 독자가 읽고, 필요하다면 다시 읽고 싶어지게 만드는 것은 저자의 일이다. 여러분이 중요하다고 생각한 것을 독자가 충분히 알 수 있도록 챕터, 논문, 혹은 여러분 필생의 역작이 잘 구성되었는지 확인하라. 텍스트가 길수록 전환점과 클라이맥스도 많아지겠으나 기본 원리는 달라지지 않는다.

위에서 말한 글쓰기의 모든 요소는 시간성temporality을 띤다. 즉 저자는 문장을 길고 복잡하게 또는 짧고 간결하게 만듦으로써 독자가 글을 읽는 속도를 높이거나 낮출 수 있다. 글의 페이스는 단어 선택이나 은유에 대한 취향만큼이나 문체를 구성하는 중요한 요소이지만, 이러한 작가적 역량은 사실 글의 내용과는 별개의 영역이다.

글의 전개에서 독자가 기억했으면 하는 지점들이 있다. 당연히도 글의 주요 내용이 언급된 단락으로, 서평에서 가장 많이 인용되거나 블로거들이 퍼 나르기 좋은 부분이기도 하다. 마지막으로 글을 다시 읽을 때는 두 귀를 쫑긋 세우고 가장 중요한 부분이 어떤 식으로 전달되는지 유의해서 들어야 한다. 또는 전문 검토자의 방식을 따라도 좋다. 즉 초고를 다시 읽으면서 인용하고, 논쟁을 벌이며, 소셜 미디어에 언급할 만한 문장 예닐곱 개를 골라내는 것이다. "그렇게 하면 맥락은 어떻게 챙깁니까?"라는 의문이 들 것이다. 물론 그 말도 맞다. 저자의 논점은 오직 더 큰 그림 안에서만 완벽히 이해되니 말이다. 하지만 저자의 글을 인용하는 주된 방식은 그렇지 않다. 선별한 여섯 문장이 맥락 없이 제시될 때 어떻게 읽힐까? 글을 조금이나마 다듬으면 추후 오독의 여지도 줄어들까?

멈춤 신호

충실한 독자들(진정 축복받아 마땅한 이들이다)은 첫 페이지부터 저자가 독자를 위해 마련한 길이 다다르는 마지막 페이지까지 모두 다 읽는다. 학술서는 여유 있게 멈춰야 할 곳에서 멈추는 경우가 드물다. 그러다 보니 학술서 한 권을 다 읽고 나서 더 읽고 싶어 아쉬워하는 독자는 거의 없다.

참 안타까운 일이다. 내 글을 안다는 것은 어디서 이야기를 멈출지 안다는 소리다. 빅토리아 시대에는 이름 아래 펜으로 구불구불한 선을 그어 서명을 강조했다. 이를 가리켜 장식획paraph(그림 7.1)이라고 부른다. 찰스 디킨슨도 장식획으로 즐겨 서명했다.

[그림 7.1] 찰스 디킨슨의 자필 서명(1838). 사진 출처: Wikimedia Commons

여러분이 탈고의 의미로 종이에 커다란 잉크 장식획을 남기거나 마지막 문장에 굵은 선을 그어놓을 일은 없겠지만, 여러분 스스로에게뿐 아니라 독자에게 이제 종착점에 다다랐다는 표식은 남기고 싶을 것이다.

더 이상 쓸 내용이 없다는 이유로 글을 멈추지는 일은 절대 없어야 한다. 물론, 말할 내용이 고갈되었다면 거기서 멈춰라. 그리고 즉시 처음으로 되돌아가서 쓴 것을 다시 읽어보라. 정체되었거나 경직된 부분이 있다면 이는 주어진 문제를 원활히 풀어내지 못했다는 신호다. 전달하려는 바를 최선을 다해 썼다고 생각될 때 멈추

고쳐쓰기

는 것이 더 좋다. 이 작업을 훌륭히 해냈다면 의도적으로, 경제적
으로 글을 썼기 때문에 더 하고 싶은 얘기가 있어도 거기서 멈출 것
이다. 한 친구는 학회 강연을 시작하면서 다음과 같은 말로 청중의
웃음을 자아냈다. "이 논문의 더 짧은 버전으로, 저는 …" 이 말은
학회 강연의 서두에서 강연자는 으레 꺼내는 "이 논문의 더 긴 버
전으로"라는 말을 뒤집어 말한 것이다. 강연자는 이 말을 통해 이
제부터 논하려는 내용보다 더 길고 통일성을 갖춘 논문이 존재한
다는 것을 미리 알려주려고 한다.[11]

아는 것을 다 글로 옮겨 적었다면, 여러분은 이미 너무 많은 말
을 했다. 학술적 글쓰기의 위험 요소 중 하나가 출구가 어디인지
모르는 것이다. 학술 저자라면 지겨울 정도로 한곳에 맴돌지 않도
록 조심해야 한다. 중요한 주장과 의견, 관찰 정보는 이래저래 다
른 말로 불필요한 부연설명을 하지 않을 때 더 효과적이다.

논리적이고 논증적인 귀결이어야 결말다운 결말이라 하겠지만,
결말은 하나의 기회로서 훨씬 더 중요한 의미를 지닌다. 결말은 독
자가 마주하는 마지막 내용이자 저자가 제시하는 마지막 내용이
다. 전체 내용을 요약하거나, 독자의 생각을 자극하거나, 한 걸음
더 나아가거나 한 걸음 뒤로 물러나는 등 다양한 방식이 있겠다.

---

11   앤드루 파커Andrew Parker가 강연을 통해 들려준 그의 생각은 비평이론과 모성을 다룬
     그의 책 《이론가의 어머니The Theorist's Mother》(Durham, NC: Duke University Press,
     2012) 내용의 일부였다. 하지만 그날 강연에서 가장 인상적이었던 건 그가 구사했던 언
     어적 몸짓과 이를 받아들이는 청중의 태도였다.

무슨 말을 하든지 간에 이번이야말로 내용을 다시 되돌아보거나 보강할 마지막 기회다. 이 기회를 허비하지 말라. 그러므로thus라는 표현은 피하라. 몇 초간 스포트라이트를 받으며 서 있으라. 그런 뒤 무대에서 내려오면 된다.

구조에 관해 논하면서 W형 글쓰기라는 조금은 반직관적인 모델을 제안했다. 이 모델은 서론에서 시작해서 결론으로 옮겨간 뒤, 중간의 전개 부분을 작성한 뒤에 결말을 다시 살펴보고, 마지막으로 서론으로 되돌아가는 경로로 이루어져 있다. 고쳐쓰기에 관한 이 기나긴 조언을 마무리하면서 내가 제안한 W 모델의 마지막 단계를 거론하지 않는다면, 내 전제에 내가 충실히 따르지 않았다는 것이다. 글을 끝맺는 방식이야말로 독자가 듣게 될 마지막 내용일 수 있다. 하지만 고쳐쓰기의 마지막 작업은 자기가 작성한 텍스트의 처음으로 돌아가는 것이다. 아래 질문을 스스로에게 해보라.

- 서론은 제 역할을 하고 있는가?
- 내가 탐구하는 문제에 독자를 끌어들일 기회를 포착했는가?
- 독자를 고려했는가?
- 기대를 저버리지는 않았는가?
- 어떤 어조와 접근방식을 채택했는가?
- 이를 통해 신뢰감을 구축했는가?

첫 문장을 효과적으로 만드는 방법은 여러 가지다. 내가 택한 주제나 문제 또는 주장을 첫 문장으로 내세울 수도 있다. 분명한 것은 첫 문장을 통해 앞으로 써나갈 어조와 장르가 결정된다는 점이다. 뚜렷한 지향점이 있는 서론을 쓰라. 아무 지향이 없는 서론은 '잘못된' 서론이다.

흔히 사람마다 선호하는 첫 문장이 있다. (여기서 소설은 제외한다. 심지어 《오만과 편견》도 제외한다.) 논픽션과 학술서 가운데 훌륭한 서문을 써내는 저자들을 떠올려보라. 나는 과학사가 스티븐 샤핀Steven Shapin이 쓴 서론을 자주 펼쳐본다. 그의 책《과학혁명 The Scientific Revolution》의 첫 문장은 이렇다. "과학혁명 같은 것은 없었다. 이 책은 바로 그것에 관한 이야기다There was no such thing as the Scientific Revolution, and this is a history of it."

쾅! 독자를 깜짝 놀라게 한다. 얼마나 훌륭한 문장인가! 어조, 경제성, 초점을 모두 담고 있다. 서두에 이어 이 책은 오랜 기간 역사적, 인식론적 지표로 사용된 '과학혁명'이라는 이 조어의 타당성을 압박한다. 샤핀의 연구는 17세기 과학을 주제로 삼아 우리가 지식에 관해 어떤 추정을 내리고 어떤 방식으로 이를 다음 세대에 전해주는지를 다룬다. 이 정도의 에너지와 기세가 담긴 첫 문장을 초안에 담을 수 있겠는가? 열여섯 단어로 날린 샤핀의 일격을 보면, 해질 녘 지붕 위를 빙글빙글 도는 새들처럼 이 책도 안전한 둥지를 찾기 위해 주제 주위를 빙빙 돈다는 생각은 전혀 들지 않는다.

그러고 보니 새라는 주제로 되돌아왔다. 이 글을 쓰고 있는 지금, 창문 밖의 새들은 해 질 녘의 짧은 비행을 하면서 이따금 건물

꼭대기나 지붕에 잠시 앉았다가 다시 어디론가 날아가고 있다. 글쓰기에 관한 책의 결말에 조금은 엉뚱한 이야기를 꺼낸 듯하지만, 바라건대 이 이야기에 담긴 긍정적인 뜻을 이해해줬으면 한다. 영화이론가이자 미술사가인 카자 실버먼Kaja Silverman은 그의 저서 《비유의 기적The Miracle of Analogy》을 통해 사진 이미지에 관한 사상사에서 눈부신 한 획을 긋는다. 실버먼은 사진이란 "세상이 우리에게 자신을 드러내는 일차적 방식"이라고 했다.[12] 실버먼의 연구는 사진의 작동 방식에 관한 것으로, 순간을 포착한 사진과 그것이 표현하는 실제 대상 사이의 관계를 연구한다. 사진 속 대상과 실제 대상은 어떻게 다를까? 이 두 대상 사이의 핵심에 자리한 '기적'은 글과 생각, 이 둘 사이에도 담겨 있는 듯하다. 글을 쓸 때는 단어와 생각과 대상이 서로 완벽히 매핑mapping될 수 있다고 가정하고 단어를 활용한다. 이것이 사실이 아니라는 점은 모두가 잘 알고 있다. 그럼에도 우리는 고쳐쓰기를 하면서 글을 수선하고, 개선하며, 확장하려고 애쓴다.

글쓰기는 곧 비유다. 우리는 무엇에 관해 쓴다. 하지만 우리가 쓴 글은 결코 대상 자체도 아니며 심지어 그 복사본도 될 수 없다. 시인과 소설가를 넘어 모든 작가는 비유하는 사람들이다. 우리가 쓰

---

12 Kaja Silverman, *The Miracle of Analogy, or The History of Photography*, Part 1(Stanford: Stanford University Press, 2015). 쿠퍼 유니온에서 열린 왈리드 라드Walid Raad와의 대담에서, 실버먼은 이러한 통찰을 다음과 같이 풀어 설명했다. "사진은 세상이 자신의 존재를 우리에게 보여주는 방식이다." 여러분의 글에도 이런 문장 하나쯤은 볼 수 있도록 노력하라.

는 글은 다 전체 중 일부일 수밖에 없으며, 관점은 어느 한쪽으로 치우쳐 있다(앞서 글을 쓰는 모든 야곱은 무엇보다 글의 관점부터 찾아야 한다고 했었다). 모든 글은 하나의 비유로서, 우리가 이해하고 나아가 치유하고자 하는 망가지고 훼손된 세상 앞에 세워둔 깨진 거울과 같다. 그 밖에 달리 글을 쓰는 이유가 있겠는가? 다른 무엇에 관해 글을 쓰겠는가? 또는 무엇을 가지고 쓰겠는가?

초고를 발전시켜 새로운 버전으로 만들 때, 저자는 자신의 아이디어에 새로운 틀을 입혀준다. 수정본은 단순히 초고보다 더 나은 버전을 말하지 않는다. 물론 앞서 작성한 글보다 나아진 점이 없다면 중요한 면에서 실패한 글이지만 말이다. 수정본은 새로운 형상이자 새로운 본체다. 자신의 아카이브를 다시 살피고 거기서 찾은 것을 새로운 서사적 틀에 담는다. 저자의 집요함과 비유는 독자에게 선물로 줄 질문이 될 것이다.

18세기에 벤저민 프랭클린Benjamin Franklin은 자신의 비문을 펜으로 적어놓았다. 오늘날 많은 사람들에게, 특히 책을 연구하는 역사가들에게 사랑받는 그의 비문은 널리 알려진 대로 인간을 '책published book'으로, 부활을 '신성한 작가의 수정본divine author's revision'으로 비유했다. 너덜너덜해진 프랭클린이라는 책volume은 "저자에 의해 수정·보완된 새롭고 더욱 품격 있는 개정판"으로, 믿음으로 재출간될 운명이다. 이처럼 죽음은 마지막 수정본이자 마지막 출판사라고 할 수 있다.

우리 시대에서는 미국의 작가 너새니얼 매키Nathaniel Mackey의 시

를 떠올릴 수 있다. 그는 흑인의 삶을 다룬 시 〈안둠불루의 노래
Song of the Andoumboulou〉에서 창조에 관한 생각을 시로 표현했다. 이
시는 수십 년간 시를 쓰며 보낸 저자 자신의 인생 이야기기도 하
다. 제목의 '안둠불루'라는 이 낯선 단어는 서아프리카 도곤족 신
화에 나오는 등장인물로, 저자의 말을 빌리면 이 신화적 인물은
"인류의 실패한 형상이자 다듬어지지 않은 초안"이다.

　매키는 심지어 "안둠불루성Andoumboulouousness"이라는 말을 언급
하기도 한다. 그는 이 말을 가리켜 "바라건대 우리 인간은 계속 나
아지고 있으며, 이상적인 의미에서 말해지는 인간성humanity에 점점
가까워지고 있는 초안"이라고 덧붙였다. 이는 개선을 의미하는 것
일까? 그렇게 생각해볼 수도 있다. 하지만 안둠불루성은 "결코 어
느 한 변형에 만족하는 법이 없어 끊임없이 전진하는 것"을 의미
하기도 한다.[13]

　글쓰기와 고쳐쓰기는 인간의 일이다. 인간이 하는, 인간에 관한
일이다. 이 일에 과연 끝이 있을까? 우리는 쓰고, 고치고, 자기만의
수정본을 안고 살아간다. 문을 쾅 닫아버리고 배움을 거부하지 않
는 한, 우리는 끊임없이 배우고 성장하며 변화해간다.

　'개인적 성장personal growth'이라는 용어에는 외적으로 나타나지
않는 내적 변화, 가령 심리적·윤리적 성장이란 의미가 담겨 있다.
이러한 모든 변화는 책상 앞에서 또는 우리가 글 쓰고 있는 모든

13　Nathaniel Mackey, "The Art of Poetry No. 107", *Paris Review*, no. 232(Spring 2020).

공간에서 일어난다. 목표한 정도에 다다를 때까지 다듬고, 다시 고민하고, 고쳐쓰는 과정에서 말이다.

그렇다면 끝은 언제 찾아올까? 이를 어떻게 알 수 있을까? 고쳐쓰기에 관한 제임스 볼드윈의 견해는 감성적이기보다는 냉정하기까지 하다. "고쳐쓰기는 매우 고통스럽다. 더는 뭔가를 해볼 수 없을 때 비로소 끝났다는 것을 알 수 있다. 하지만 단 한 번도 원하는 방식으로 끝나지 않는다." 더 분명하고, 더 탄탄하고, 목표에 더 가까우나 결코 완벽한 버전은 아니라는 것이다. 우리 모두가 글을 쓰고 그 글을 고칠 때마다 이런 도전과제를 마주한다.

결국, 유일하게 중요한 버전은 여러분이 세상에 선보이는 마지막 버전, 글로써 만들어낸 마지막 형태, 여러분의 텍스트가 시도하는 마지막 비행이다. 그 글에 담긴 여러 층위와 내력, 그리고 최종본이 지금의 모습을 갖추기까지 지나온 모든 고쳐쓰기의 경로들이 여러분이 수행해온 모든 작업의 면면을 이룬다. 이것이 저자로서 여러분이 알고 있는 일들이다. 여기까지는 반드시 챙겨야 한다. 하지만 독자는 최종적으로 여러분이 선보이는 글만을 보게 된다.

첫 페이지부터 시작해 뒤따르는 모든 페이지까지 가능한 한 최고의 글을 만들어보자.

그러고는 놓아버리자.

감사의 말

이 작은 책을 세상에 내놓을 수 있도록 도와준 분들께 큰 감사의 인사를 전해야겠다. 시카고대학 출판부에 소속된 외부 독자들은 내게 중요한 의견을 제공해주었고 내가 큰 그림과 독자, 일반적인 것과 특수한 것, 큰 것과 작은 것 등 쌍을 이루는 초점의 필요성을 새기도록 도와주었다. 이는 대단한 비밀도 아니고 어마어마한 계시는 더더욱 아니었다. 안과에 가면 시력도 측정하고 두 눈을 자세히 들여다보기도 하는 것처럼, 훌륭한 고쳐쓰기는 멀리 보기와 가까이 보기를 모두 해내야 한다.[1]

좀처럼 텍스트를 손보기 어렵다고 느껴질 때는 단호하면서도 인내심 있는 편집자의 도움을 받는 것이 좋다. 오로지 이런 이유에서, 친구이자 책의 대가이며 시카고대학 출판부의 편집국장인 앨런 토머스와 다시 한번 함께 일하고, 또 다른 출판사의 편집자이자 친구인 랜디 페틸로스의 예리한 통찰력을 빌릴 수 있었던 것은

---

1 몇 년 전 나는 《시력 검사표 Eye Chart》라는 책을 썼다. 책 제목이 의미하듯 이 책은 우리가 어떻게 사물을 보며, 시력을 측정하는 방법을 어떻게 개발하게 되었는지에 관한 내용을 담고 있다. 이 책이 일종의 글쓰기에 관한 책이었다는 것을 이제야 깨닫게 된다.

고쳐쓰기

게 큰 행운이었다. 앨런은 이 책이 아주 오랜 시간에 걸쳐 무르익어 왔음을 누구보다도 잘 아는 사람이다. 바라건대, 너무 오래 뜸을 들인 것은 아니었으면 한다. 너무 오랫동안 뭉근히 끓이다 보면 자칫 원래의 것이 뭉개질 위험이 있기 때문이다. 나는 이 책에 제시한 생각들이 천천히 숙성하는 과정에서 무르익었다고 자부한다. 시카고대학 출판부의 선임 편집자인 조엘 스코어에게도 특별히 감사한다. 스코어는 내가 말하려는 내용에서 눈을 떼지 않도록 끈기 있게 도와주었다.

많은 이들이 이 책에 대한 자신들의 의견을 내게 나눠주었다. 이렇게 사람들은 글쓰기에 관해 자기가 인식하는 것보다 더 많은 가르침을 내게 안겨주었다. 여기서 그들의 이름을 일일이 언급할 수는 없겠지만, 몇몇 사람은 언급하고 넘어가는 것이 마땅할 것이다. 지난 몇 년간 나는 쿠퍼 유니온 작문센터의 총괄자인 나의 벗 키트 니콜스와 만나 교수법 및 학습법에 관해 몇 시간 동안 이야기를 나누곤 했다. 최근 우리는 교수법을 다룬 《교수 요목: 평범하지만 모든 것을 바꿔놓는 놀라운 자료Syllabus: The Remarkable, Unremarkable Document That Changes Everything》를 공동 집필하기도 했다. 《교수 요목》과 이번 책 모두 살면서—저자나 교사로 살았든, 학생이나 독자로 살았든 간에—쌓은 경험의 중요성을 잘 담아냈기를 바란다.

작문센터에 소속된 팸 뉴튼과 존 룬드베리, 짧은 기간이었지만 내가 교사로서 만난 쿠퍼 유니온의 제자들, 그리고 작문센터 동료 교사들에게도 감사의 인사를 전한다. 이들은 내가 작문 교수법에 관해 더 많은 것을, 더 잘 배울 수 있게 해주었다. 나는 출판인으로서 활동하는 동안 글쓰기, 생각하기, 고쳐쓰기가 무엇인지 제대로 알고 있는 뛰어난 학자들과 함께 일할 수 있는 더없이 소중한 기회를 누렸다. 다 언급하기 어려울 정도로 많은 학자가 있지만, 그중에서도 마저리 가버, 카자 실버먼, 이브 코소프스키 세즈윅을 꼽을 수 있다. 이 세 학자를 여기서 잠깐 언급하는 것만으로는 그들의 업적으로부터 내가 배운 것을 다 전달할 수 없다. 닉 탐피오는 꽉 막힌 듯한 기분에 갇혀 있던 내게 글을 다 걷어내고 처음부터 다시 시작해보라고 조언했다. 그는 내가 택한 주제에 관해 가장 중요한 것들은 이미 내 머릿속에 담겨 있다면서 그것들이 알아서 페이지 위에서 길을 찾아갈 거라고, 이번에는 더 나은 형태가 나올 거라고 긍정적으로 조언해주었다.

부족함 없이 모두에게 감사의 말을 전하기란 분명 불가능할 것이다. 나는 운이 좋게도 오랜 세월 동안 여러 학회와 대학교에서 수많은 학자와 교사들(그리고 학자이면서 교사인 사람들)에게 강연하고 그들과 함께 이야기할 기회가 있었다. 그렇게 글쓰기와 출판에 관한 강연과 워크숍을 진행해달라고 나를 초청해준 덕분에 교수 경험을 쌓을 수 있었고, 학자들이 글을 쓰는 이유도 알게 되었으며, 그들이 '더 효과적으로' 글 쓰는 방법을 궁리하는 데 유용한 배움도 얻었다. 이 문구에 따옴표를 붙인 것은 효과라는 단어가 '결과outcomes'(또는 Outcomes라는 상호명)를 의미하는 것으로 쉽게 오해할 수 있기 때문이다. outcome은 분명 유용한 개념이지만 안타깝게도 기업대학corporate university의 기치가 되었다. 물론 글쓰기도 다양한 결과를 낼 수 있지만, 글쓰기가 다루는 것은 이보다 훨씬 많다. 갖가지 사상과 신념, 상상력, 위험, 삶… 이 밖에 수많은 것들이 글쓰기와 연관된다.

이를 생각하면 글쓰기, 출판, 편집, 그리고 학습 과정에 관해 강연할 기회를 제공해주었던 사람들과 그들의 동료, 학생, 동문들에게 진심 어린 감사의 인사를 전하지 않을 수 없다. 고쳐쓰기도 이런 주제들과 전혀 동떨어져 있지 않으니 말이다. 그런 자리들에 참석할 수 있도록 배려해준 여러 교수진과 스태프, 프로그램 디렉터, 학장에게도 이 자리를 빌려 진심으로 감사의 말을 전한다. 그들의 이름을 열거하자면 긴 목록이 될 것이며, 여기에 일일이 언급하기도 어려워 난처하다. 하지만 이 책을 비롯해 내 이름으로 출간한 모든 책에 가치 있는 내용을 담을 수 있었던 것은 내게 가르침을 주었던 그들 덕분이다. 그들은 각종 세미나, 워크숍, 강연장에서 나를 환대해주었다. 지구 한쪽, 즉 뉴질랜드와 호주에서는 오타고대학교와 시드니대학교에 방문할 수 있었고, 또 다른 한쪽 유럽에서는 오슬로, 스톡홀름, 웁살라, 암스테르담 소재 대학들과 블레킹에주 기술대학교, 베른대학교, 취리히 연방공과대학교, 바르셀로나의 폼페우파브라대학교 등을 방문했다.

북미 지역에 있는 대학 중에 학교명이 "university of(…대학교)"로 시작되는 곳으로는 캘리포니아(데이비스, 버클리, 산타크루즈, 샌타바버라, 로스앤젤레스, 얼바인 캠퍼스), 시카고, 플로리다, 하와이, 아이다호, 시카고 일리노이, 루이지애나, 메릴랜드(칼리지 파크), 매사추세츠(보스턴), 마이애미, 미시간, 미주리, 네브래스카, 노스캐롤라이나(윌밍턴), 펜실베이니아, 텍사스(오스틴), 토론토, 서던캘리포니아, 버몬트, 버지니아, 워싱턴 대학교에 감사의 인사를 전한다. 그 외 학교명이 "university of(… 대학교)"로 시작되지 않는 애리조나주립대학교, 바너드 칼리지, 버크넬대학교, 케이스 웨스턴 리저브 대학교, 코네티컷 칼리지, 뉴욕시립대학교(대학원과 시티 칼리지), 에모리대학교, 페어레이디킨슨 대학교, 플로리다주립대학교, 게티스버그 칼리지, 해밀턴 칼리지, 하버드대학교, 로욜라대학교(시카고, 뉴올리언스), 루이지애나주립대학교, 미들베리 칼리지, 뉴욕대학교(워싱턴 스퀘어, 아부다비), 오하이오주립대학교, 프린스턴대학교, 뉴저지주립대학교, 뉴욕주립대학교(파밍데일), 유니온 칼리지, 밴더빌트대학교, 스탠퍼드대학교, 그리고 나의 모교인 컬럼비아대학교와 인디애나대학교(블루밍턴)에도 감사의 뜻을 전한다.

또한, 글쓰기와 고쳐쓰기의 정의와 역할에 관한 나의 생각을 다른 사람들과 자유롭게 나눌 수 있는 기회를 허락해준 대학출판협회, 포드재단 펠로우 프로그램, 현대언어학회(MLA)Modern Language Association에도 감사의 인사를 전한다. 특히 나는 운이 좋게도 MLA에서 진행한 두 차례의 발표를 기획한 적이 있었는데, 당시 행사에 참여했던 모든 교사와 편집자들에게도 깊이 감사한다. 첫 번째 발표는 2007년 연례회의 때 "고쳐쓰기로서의 글쓰기, 글쓰기로서의 고쳐쓰기"라는 주제로 데이비드 바르톨로메, 캐시 비르켄스타인-

그라프, 수전 구바르, 빌 리기어, 제프 윌리엄스 등과 함께 준비했다. 두 번째 발표는 2017년도에 같은 주제 아래 그렉 브리튼, 샘 코헨, 샤론 마르커스, 아얀나 톰슨 등과 함께 준비했다. 지금 돌아보건대, 이 책은 그 첫 번째 발표 후에 구상되었고, 두 번째 발표 이후로 다시 한번 시동이 걸렸다.

그동안 협력해온 모든 편집자에게도 이 자리를 빌려 감사의 인사를 전해야겠다. 시카고대학 출판부의 페니 카이저리언, 폴 셸링거, 린다 할버슨, 프린스턴의 피터 도허티, 영국영화협회의 레베카 바든, 그리고 하리스 나크비에 감사하며, 블룸즈버리에서 '오브젝트 레슨스Object Lessons' 시리즈를 맡았던 편집자 이언 보고스트와 크리스 샤버그에게도 감사한다. 앞서 나온 책들을 작업하는 과정에서 그들이 내게 깨우쳐준 것들이 밑거름되어 이 책이 제 모양을 갖출 수 있었다. 이 밖에 출판과 가르치는 일을 함께했던 많은 동료, MLA와 미국셰익스피어협회에서 만난 수백 명의 가까운 벗들에게도 감사의 뜻을 전한다. 그들을 일일이 언급하자면 버거울 정도로 너무 길어질 테니, 그들의 이름은 가슴에 품어in pectore 두겠다. 간단히 말해서, "고쳐쓰기에 관한 책이라고? 그런 책 정말 필요하지!"라고 말해주었던 모든 사람 덕분에 내가 끈기 있게 버텨낼 수 있었다.

나는 약 5년간 링구아 프랑카Lingua Franca 블로그의 한 꼭지인 고등교육연대기(CHE)Chronicle of Higher Education에 격주로 언어에 관한 칼럼을 썼다. 마감 기한을 앞두고 짧은 텍스트를 작성하는 작업을 지속하다 보면 고쳐쓰기에 관해 많은 것을 배울 수 있다. 글의 의미,

글을 다루면서 우리가 하는 일, 글이 우리에게 끼치는 영향 등에 관해 그렇게 짧은 기사와 소소한 에세이를 쓸 수 있는(그리고 다시 쓰고, 다시 쓰고, 다시 한번 고쳐쓰는) 기회를 준 CHE의 리즈 맥밀런과 하이디 렌데커에게도 감사의 인사를 전한다.

매키넌 리터러리에서 활동하고 있는 나의 에이전트 타냐 매키넌은 능수능란한 재간과 열의로 다시 한번 시카고대학 출판부를 통해 이 책을 출간하도록 이끌어주었다.

발자크의 자료를 재가공해 실을 수 있도록 허락해준 모건 도서관에 특별히 감사의 인사를 드린다.

언제나 그렇듯이 나의 학생들, 심지어 글쓰기를 어려워하는 것이 역력해 보이는 학생들에게도 고마운 마음을 전한다. 가르침과 배움은 하나의 연속선상에 있는 것이 아니라, 그저 하나다.

물론, 이 엄청난 모험에 변함없는 파트너로 함께해준 다이앤 기븐스에게도 감사의 말을 빼놓을 수 없다(감사하다는 말로는 부족할 것이다). 기븐스는 책 쓰기라는 문제를 풀어보고자 애쓰는 나의 노력이 또 한 번 우리 삶을 독차지하는 것을 모두 감내해주었다. 나는 책을 출간할 때마다 이렇게 말하는데 이는 언제나 맞는 말이다.

이 책이 어떻게 나오게 되었는지는 이 정도로 말하면 충분하다. 이제 여러분 차례다. 《고쳐쓰기, 좋은 글에서 더 나은 글로》의 도움을 받아 자기 글을 따라가며—그리고 주도하고, 또 따라가면서—글을 적절한 제 위치에 가져다놓기를 바란다.

여러분은 할 수 있다. 두 귀를 활짝 열어놓기만 하라.

참고문헌

Baldwin, James. "The Art of Fiction No. 78." *Paris Review*, no. 91 (Spring 1984). https://www.theparisreview.org/interviews/2994/james-baldwin-the-art-of-fiction-no-78-james-baldwin

Becker, Howard. *Writing for Social Scientists*. 3rd edition. Chicago: University of Chicago Press, 2020. [한국어판: 하워드 S. 베커, 이성용 옮김, 《학자의 글쓰기—사회과학자의 책과 논문 쓰기에 대하여》(학지사, 2018)]

Belcher, Wendy. *Writing Your Journal Article in Twelve Weeks: A Guide to Academic Publishing Success*. 2nd edition. Chicago: University of Chicago Press, 2019.

Booth, Wayne, and Greg Colomb. *The Craft of Research*. 4th edition. Chicago: University of Chicago Press, 2016. [한국어판: W. 부스·조셉 윌리엄스·그레고리 컬럼 지음, 양기석 옮김, 《학술논문 작성법》(나남출판, 2000)]

Garber, Marjorie. *Academic Instincts*. Princeton, NJ: Princeton University Press, 2001.

Germano, William. *From Dissertation to Book*. 2nd edition. Chicago: University of Chicago Press, 2013.

Germano, William. *Getting It Published: A Guide for Scholars and Anyone Else Serious about Serious Books*. 3rd edition. Chicago: University of Chicago Press, 2016.

Germano, William, and Kit Nicholls. Syllabus: The Remarkable,

Unremarkable Document That Changes Everything. Princeton, NJ: Princeton University Press 2020.

Ghodsee, Kristen. *From Notes to Narrative: Writing Ethnographies That Everyone Can Read*. Chicago: University of Chicago Press, 2016.

Gooblar, David. *The Missing Course: Everything They Never Taught You about College Teaching*. Cambridge, MA: Harvard University Press, 2019.

Graff, Gerald, and Cathy Birkenstein. *They Say/I Say: The Moves That Matter in Academic Writing*. 4th edition. New York: W. W. Norton, 2018.

Haag, Pamela. *Revise: The Scholar-Writer's Essential Guide to Tweaking, Editing, and Perfecting Your Manuscript*. New Haven, CT: Yale University Press, 2021.

Kahneman, Daniel. *Thinking, Fast and Slow*. New York: Farrar, Straus and Giroux, 2011. [한국어판: 대니얼 카너먼, 이창신 옮김,《생각에 관한 생각》(김영사, 2018)]

Kumar, Amitava. *Every Day I Write the Book: Notes on Style*. Durham, NC: Duke University Press, 2020.

Lamott, Anne. *Bird by Bird: Instructions for Writing and Life*. New York: Anchor, 1995. [한국어판: 앤 라모트, 최재경 옮김,《쓰기의 감각—삶의 감각을 깨우는 글쓰기 수업》(웅진지식하우스, 2018)]

Luey, Beth, ed. *Revising Your Dissertation: Advice from Leading Editors*. Revised edition. Berkeley: University of California Press, 2008.

Mackey, Nathaniel. "The Art of Poetry No. 107." Interview with Cathy Park Hong. *Paris Review*, no. 232(Spring 2020). https://www.theparisreview.org/interviews/7534/the-art-of-poetry-no-107-nathaniel-mackey

McPhee, John. *Draft No. 4: On the Writing Process*. New York: Farrar, Straus and Giroux, 2017. [한국어판: 존 맥피, 유나영 옮김,《네 번째 원고—논픽션 대가 존 맥피, 글쓰기의 과정에 대하여》(글항아리, 2020)]

Morrison, Toni. "The Art of Fiction No. 134." Interview with Elissa Chappell and Claudia Brodsky Lacour. *Paris Review*, no. 128(Fall 1993). https://www.theparisreview.org/interviews/1888/the-art-of-fiction-no-134-toni-morrison

Online Writing Lab, Purdue University. owl.purdue.edu

Sewell, David. "It's for Sale, So It Must Be Finished: Digital Projects in the Scholarly Publishing World." *Digital Humanities Quarterly* 3, no. 2(2009).

Shiller, Robert. *Narrative Economics: How Stories Go Viral and Drive Major Economic Change*. Princeton, NJ: Princeton University Press, 2019. [한국어판: 로버트 J. 실러, 박슬라 옮김, 《내러티브 경제학—경제를 움직이는 입소문의 힘》 (알에이치코리아, 2019)]

Silverman, Kaja. *The Miracle of Analogy, or The History of Photography*, Part 1. Stanford: Stanford University Press, 2015.

Steiner, George. *On Difficulty and Other Essays*. Oxford: Oxford University Press, 1980.

Strunk, William, Jr., and E. B. White, *The Elements of Style*, 4th ed. London: Pearson, 1999. [한국어판: 윌리엄 스트렁크, 김지양·조서연 옮김, 곽중철 감수, 《영어 글쓰기의 기본》 (인간희극, 2007)]

Sword, Helen. *Stylish Academic Writing*. Cambridge, MA: Harvard University Press, 2012.

Warner, John. *Why They Can't Write: Killing the Five-Paragraph Essay and Other Necessities*. Baltimore: Johns Hopkins University Press, 2018.

찾아보기

고쳐쓰기

옮긴이 김미정

전문 번역가로 활동하며 인문, 사회 분야의 책을 우리말로 옮기고 있다. 《완벽한 배색》, 《심층적응》(공역), 《멘탈이 강해지는 연습》, 《비즈니스 혁명, 비콥》(공역), 《최소 노력의 법칙》, 《감정 회복력》, 《행복에 걸려 비틀거리다》(공역) 등 다수의 책을 번역했다. 또한 국제 비영리단체에서 번역을 담당했던 경험을 바탕으로 국내외 비영리단체의 번역 작업을 맡아 진행하고 있다. 현재 소통인(人)공감 에이전시에서도 활동 중이다.

고쳐쓰기, 좋은 글에서 더 나은 글로

초판 1쇄 인쇄 2023년 9월 15일
초판 1쇄 발행 2023년 9월 20일

지은이 윌리엄 제르마노
옮긴이 김미정

펴낸이 최정이
펴낸곳 지금이책
주소 경기도 고양시 일산서구 킨텍스로 410
전화 070-8229-3755
팩스 0303-3130-3753
이메일 now_book@naver.com
블로그 blog.naver.com/now_book
인스타그램 nowbooks_pub
등록 제2015-000174호

ISBN 979-11-88554-71-3 (03800)